Scherz Krimi

Spannung mit Niveau

Lawrence Block

Alte Morde rosten nicht

Scherz
Bern München Wien

Einzig berechtigte Übertragung aus dem Amerikanischen
von Renée Mayer
Titel des Originals: »A Stab in the Dark«
Schutzumschlag von Heinz Looser
Foto: Thomas Cugini

2. Auflage 1994, ISBN 3-502-51466-6

Gesamtherstellung: Ebner Ulm

1

Ich sah ihn nicht kommen. Ich saß hinten bei Armstrong an meinem gewohnten Tisch. Ein Teil der Mittagsgäste war schon verschwunden; es war nicht mehr so voll und auch nicht mehr so laut. Aus dem Radio tönte klassische Musik, und man konnte sie hören, ohne sich anzustrengen. Der Tag war grau, es blies ein schneidender Wind, und es sah nach Regen aus. Ein Tag wie geschaffen dafür, sich in einer Kneipe auf der Ninth Avenue zu verschanzen, Kaffee mit einem Schuß Bourbon darin zu trinken und in der *Post* die Geschichte von dem Verrückten zu lesen, der auf der First Avenue auf Passanten einstach.

»Mr. Scudder?«

Um die sechzig herum. Hohe Stirn, randlose Brille, dahinter blaßblaue Augen. Graumeliertes blondes Haar, glatt an den Kopf gekämmt. Etwa 176 bis 180 Pfund. Helle Haut. Glatt rasiert. Schmale Nase. Kleiner Mund mit dünnen Lippen. Grauer Anzug, weißes Hemd, rot, blau und gold gestreifte Krawatte. In einer Hand Aktentasche, in der anderen Schirm.

»Kann ich mich setzen?«

Ich deutete auf den Stuhl mir gegenüber. Er setzte sich, zog eine Brieftasche hervor und überreichte mir eine Karte. Er hatte kleine Hände und trug einen Freimaurerring.

Ich warf einen Blick auf die Karte und gab sie ihm zurück.

»Tut mir leid«, erklärte ich, »aber ich brauche keine Versicherung. Sie sollten gar nicht erst versuchen, mir eine zu verkaufen. Ich wär ein zu riskanter Kunde.«

Er gab so etwas wie ein nervöses Lachen von sich. »Lieber Himmel, natürlich haben Sie das geglaubt. Ich kann mich schon gar nicht mehr erinnern, wann ich die letzte individuelle Police ausgestellt habe. Ich bin auf Gruppenpolicen für große Firmen spezialisiert.« Er legte die Karte auf die blaugewürfelte Decke zwischen uns. »Bitte«, sagte er.

Die Karte wies ihn als Charles F. London aus, Generalvertreter für die New-Hampshire-Lebensversicherung. Als Adresse war Pine Street 42 angegeben, im Finanzdistrikt der Stadt. Zwei Telefonnummern waren aufgeführt, eine mit einer lokalen Nummer, die andere mit der Vorwahlziffer 941. Das galt für die nördlichen Vororte, also wahrscheinlich für Westchester.

Ich hatte seine Karte noch in der Hand, als Trina herüberkam, um

unsere Bestellung entgegenzunehmen. Er wollte einen Dewar mit Soda, meine Kaffeetasse war noch halb voll. Als das Mädchen außer Hörweite war, sagte er: »Francis Fitzroy hat Sie mir empfohlen.«
»Francis Fitzroy?«
»Detective Fitzroy. Achtzehntes Polizeirevier.«
»Ach so, Frank«, sagte ich. »Ich habe ihn schon eine ganze Weile nicht mehr gesehen. Ich wußte gar nicht, daß er jetzt in dem Revier ist.«
»Ich habe ihn gestern gesprochen.« Er nahm seine Brille ab und putzte die Gläser mit seiner Serviette. »Er hat Sie empfohlen, wie ich schon sagte, und ich beschloß, die Entscheidung zu überschlafen. In Ihrem Hotel sagte man mir, ich würde Sie hier finden.«
Ich wartete.
»Wissen Sie, wer ich bin, Mr. Scudder?«
»Nein.«
»Ich bin der Vater von Barbara Ettinger.«
»Barbara Ettinger. Ich habe keine Ahnung – halt, einen Moment.«
Trina brachte seinen Drink. Er umschloß das Glas mit den Fingern, hob es aber nicht vom Tisch.
»Der Eispickelmörder«, stieß ich hervor. »Erinnere ich mich im Zusammenhang damit an den Namen?«
Er nickte.
»Das muß vor zehn Jahren gewesen sein.«
»Vor neun.«
»Sie war eines der Opfer. Ich war damals in Brooklyn stationiert. Im 78. Revier, Bergen und Flatbush Avenue. Barbara Ettinger. Wir arbeiteten an dem Fall, stimmt's?«
»Ja.«
Ich schloß die Augen und versuchte, mich zu erinnern. »Sie war eines der letzten Opfer, das fünfte oder sechste.«
»Das sechste.«
»Nach ihr gab es noch zwei weitere, und dann war Schluß. Barbara Ettinger. Sie war Lehrerin, nein, nicht Lehrerin, aber so etwas Ähnliches. Kinderkrippe – das war's, sie arbeitete an einer Kinderkrippe.«
»Sie haben ein gutes Gedächtnis.«
»Es geht, könnte besser sein. Aber ich hatte den Fall gerade lang genug in der Hand, um festzustellen, daß dahinter wieder der

Eispickelmörder steckte. Nachdem das erst einmal feststand, wurde die Sache der Stelle übergeben, die von Anfang an mit der Bearbeitung beauftragt war, Zentrum-Nord, glaube ich. Wenn ich mich nicht irre, war das damals Frank Fitzroys Revier.«

»Stimmt.«

Ein seinerzeit empfundenes Gefühl kam plötzlich zurück. Ich erinnere mich an eine Küche in Brooklyn und an Küchengerüche, die vom Geruch des Todes übertönt wurden. Eine junge Frau, die Kleidung ganz durcheinander und mit unzähligen Wunden, lag auf dem Linoleumboden. Wie sie ausgesehen hatte, daran konnte ich mich nicht mehr erinnern, nur, daß sie tot war.

Ich trank meinen Kaffee aus. Unverdünnter Bourbon wäre mir lieber gewesen.

»Acht Frauen hat er in einer Zeitspanne von ein paar Monaten umgebracht«, sagte ich. »Und immer nach derselben Methode. Am hellichten Tag und in ihren eigenen Wohnungen. Hieb auf sie ein, mehrfach, mit einem Eispickel. Acht Opfer, und dann war Schluß.«

Er sagte nichts.

»Und neun Jahre später schnappen sie ihn. Wann war das? Vor zwei Wochen?«

»Fast drei.«

Ich hatte den Zeitungsberichten keine große Aufmerksamkeit geschenkt. Polizisten auf der oberen Westseite hatten einen verdächtigen Typ angehalten und bei einer Durchsuchung einen Eispickel bei einem Kerl gefunden. Sie nahmen ihn mit auf die Wache, und bei der Prüfung seiner Personalien stellte sich heraus, daß man ihn nach längerer Verwahrung im Manhattan State Hospital, dem staatlichen Irrenhaus für Verbrecher, wieder herausgelassen hatte. Jemand machte sich die Mühe, ihn zu fragen, wieso er denn einen Eispickel mit sich herumschleppe, und dann hatten sie einfach Glück, wie es das eben manchmal gibt. Bevor sie noch wußten, wie ihnen geschah, bekannte er sich als Täter einer ganzen Reihe ungelöster Mordfälle.

»Sie haben doch auch sein Bild gebracht«, sagte ich. »Ein unansehnlicher Kerl. An den Namen erinnere ich mich nicht.«

»Louis Pinell.«

Ich sah auf. Seine Hände lagen auf dem Tisch, und er blickte darauf hinunter. Er müsse doch sehr erleichtert sein, meinte ich, daß der Mann nach all den Jahren nun endlich in Gewahrsam sei.

»Nein«, war die Antwort.
Die Musik verstummte. Der Radioansager rührte die Werbetrommel für eine Zeitschrift der Audubon-Gesellschaft. Ich wartete.
»Mir wär's fast lieber, sie hätten ihn nicht erwischt«, erklärte Charles London.
»Warum?«
»Er hat Barbara nicht umgebracht.«
Ich las später alle drei Zeitungen, und aus den Berichten ließ sich entnehmen, daß Pinell sich zu sieben der Eispickelmorde bekannt hatte, aber nicht zu acht. An dem einen sei er unschuldig. Selbst wenn mir das schon bei der ersten Lektüre aufgefallen wäre, hätte ich mich kaum davon beeindrucken lassen. Was ist schon von dem zu halten, woran ein psychisch kranker Mörder sich neun Jahre nach begangener Tat noch erinnert?
London behauptete aber, Pinell habe ein besseres Alibi als nur seine Erinnerung. In der Nacht vor der Ermordung Barbara Ettingers hatte der Kellner eines Cafés in der Zwanzigsten Straße sich bei der Polizei über Pinell beschwert, woraufhin die Polizei den Mann aufgriff und zur Beobachtung ins Bellevue Hospital einlieferte. Dort behielt man ihn zwei Tage und ließ ihn dann laufen. Die Unterlagen der Polizei wie auch des Hospitals ließen keinen Zweifel darüber zu, daß Pinell sich zur Zeit des Mordes an Barbara Ettinger hinter Schloß und Riegel befunden hatte.
»Ich versuchte mir einzureden, daß das ein Irrtum sein müsse«, erklärte London. »Ein Angestellter kann einen Fehler machen und sich beim Datum der Einlieferung oder Entlassung irren. Aber in diesem Fall lag kein Irrtum vor. Und Pinell beharrte auf seiner Aussage. Die anderen Morde gab er ohne weiteres zu. Ich glaube, er war auf sonderbare Weise sogar stolz auf seine Taten, aber darüber, daß man ihm einen Mord anhängen wollte, mit dem er nichts zu tun hatte, wurde er richtig wütend.«
Er hob sein Glas, setzte es aber dann wieder ab, ohne zu trinken.
»Ich habe die Suche vor Jahren aufgegeben«, fuhr er fort. »Ich war überzeugt, Barbaras Mörder würde unentdeckt bleiben. Als dann diese Folge von Morden plötzlich abbrach, nahm ich an, der Mörder sei gestorben oder weggezogen. In Gedanken stellte ich mir vor, er hätte vielleicht in einem Augenblick der Erkenntnis begriffen, was er getan hatte, und sich das Leben genommen. Es machte es mir leichter, daran zu glauben. Und nach dem, was mir ein Polizist erzählte, kommt das manchmal wirklich vor. Ich

brachte mich soweit, an Barbara zu denken, als sei sie das Opfer einer Naturkatastrophe geworden, als sei sie bei einer Flut oder bei einem Erdbeben umgekommen. Ihr Tod war unpersönlich, der daran Schuldige unbekannt, ja, unmöglich zu kennen. Verstehen Sie, was ich meine?«

»Ich glaube, ja.«

»Jetzt ist das alles anders. Barbara starb nicht durch höhere Gewalt. Sie wurde von jemandem ermordet, dem es darauf ankam, den Verdacht auf den Eispickelmörder zu lenken. Es war eine kalkulierte, entsetzlich kaltblütige Tat.« Er schloß die Augen für einen Moment, und ein Muskel zuckte in seinem Gesicht. »All die Jahre war ich überzeugt davon, daß ihr Tod vollkommen sinnlos gewesen sei, und das war furchtbar, und jetzt erkenne ich, daß der Tat eine Absicht zugrunde lag, und das ist noch schlimmer.«

»Ja.«

»Ich bin zu Detective Fitzroy gegangen, um zu hören, was die Polizei zu unternehmen gedenkt. Das heißt, ich bin nicht direkt zu ihm gegangen. Ich wandte mich an eine Stelle, von wo man mich zu einer anderen Stelle schickte und dann wieder woanders hin, vermutlich in der Hoffnung, ich würde früher oder später den Mut verlieren und sie in Ruhe lassen. Schließlich landete ich bei Detective Fitzroy, und der sagte mir klipp und klar, daß sie nichts zu unternehmen gedächten, um Barbaras Mörder aufzuspüren.«

»Was hatten Sie erwartet?«

»Daß man den Fall wieder aufgreift. Neue Untersuchungen anstellt. Fitzroy versuchte mir klarzumachen, daß meine Annahme unrealistisch sei. Ich wurde erst wütend, aber er redete auf mich ein, und ich beruhigte mich. Der Fall sei neun Jahre alt, sagte er. Seinerzeit hätten sich weder Hinweise noch Verdächtige gefunden, und ganz sicher gäbe es auch jetzt keine. Schon vor Jahren haben sie die acht Mordfälle zur Seite gelegt, und daß sie jetzt in sieben Fällen die Akten als abgeschlossen betrachten können, ist ein Geschenk des Himmels. Es schien weder ihn noch die anderen Polizisten, mit denen ich sprach, zu plagen, daß ein Mörder da draußen frei herumläuft. Ich habe den Eindruck, als liefen da eine ganze Anzahl Mörder frei herum.«

»Das befürchte ich auch.«

»Aber an diesem speziellen Mord habe ich ein spezielles Interes-

se.« Seine schmalen Hände ballten sich zu Fäusten. »Sie muß von jemandem umgebracht worden sein, der sie kannte. Jemand, der zur Beerdigung kam, jemand, der so tat, als ob er ihretwegen traure. Mein Gott, ich halte das nicht aus.«
Ich sagte ein paar Minuten lang nichts, winkte aber Trina zu, mir einen Drink zu bringen. Unverwässert diesmal. Von Kaffee hatte ich für eine Weile genug. Ich trank gleich die Hälfte und fühlte wohlig, wie mich Wärme durchströmte und die bittere Kälte des Tages verdrängte.
»Und was wollen Sie von mir?« erkundigte ich mich.
»Sie sollen ausfindig machen, wer meine Tochter umgebracht hat.«
Ich war nicht überrascht. »Wahrscheinlich erweist sich das als unmöglich«, gab ich zu bedenken.
»Ich weiß.«
»Wenn es jemals eine Spur gegeben hat, ist sie nach neun Jahren kalt. Was könnte ich tun, was die Polizei nicht kann?«
»Sie können sich dahinterklemmen, sich anstrengen, und das ist genau das, was die Polizei nicht tut oder nicht tun will, das kommt aufs gleiche heraus. Vielleicht haben sie recht, den Fall nicht wieder zu eröffnen. Aber mir liegt daran, ich kann die Polizei aber nicht zwingen. Bei Ihnen ist das etwas anderes. Sie kann ich engagieren.«
»Das trifft nicht ganz zu.«
»Wieso?«
»Sie können mich nicht engagieren«, klärte ich ihn auf. »Ich bin kein Privatdetektiv.«
»Fitzroy hat mir doch gesagt –«
»Privatdetektive haben eine Lizenz. Ich nicht. Sie füllen Formulare aus, schreiben ihre Rapporte in Triplikat, weisen Belege für alle Unkosten vor, reichen detaillierte Steuererklärungen ein – alles Sachen, die ich nicht tue.«
»Was tun Sie denn, Mr. Scudder?«
Ich zuckte die Achseln. »Ich tue manchmal jemandem einen Gefallen. Und manchmal gibt mir dieser Jemand dann Geld. Als Gegengefälligkeit sozusagen.«
»Ich verstehe.«
»Wirklich?« Ich sah die Leiche in der Küche in Brooklyn wieder vor mir. Weiße Haut und rund um die Einstichstellen kleine Perlen aus schwärzlichem Blut. »Sie wollen, daß ein Mörder zur

Verantwortung gezogen wird. Seien Sie sich von Anfang an darüber klar, daß das unmöglich ist«, gab ich ihm zu bedenken. »Selbst wenn dieser Mörder da draußen frei herumläuft, selbst wenn man entdeckt, wer es ist, liegt nach all den Jahren nirgends mehr Beweismaterial herum. Nirgends wird sich ein blutbefleckter Eispickel in einem Werkzeugkasten finden. Aber selbst angenommen, ich hätte Glück und kriegte etwas in die Finger, niemals ließe sich darauf genug aufbauen, um es einem Geschworenengericht vorzulegen. Ihre Tochter wurde ermordet, und der Mörder ist entkommen. Das empört Sie. Jetzt stellen Sie sich aber mal vor, Sie wüßten, wer der Mörder ist, könnten ihm aber nichts anhaben? Wäre das nicht noch hundertmal schlimmer?«

»Ich will es trotzdem wissen!«

»Sie stoßen vielleicht auf Dinge, die Ihnen schrecklich sind. Sie haben selbst gesagt, sie muß von jemandem ermordet worden sein, der einen bestimmten Grund hatte. Ihnen wäre vielleicht wohler, wenn Sie den Grund nie erführen.«

»Das ist möglich.«

»Sie wollen aber das Risiko auf sich nehmen?«

»Ja.«

»Na schön. Ich kann versuchen, mit ein paar Leuten zu reden.« Ich zog mein Notizbuch und meinen Kugelschreiber hervor und schlug eine neue Seite auf. »Am besten fange ich mit Ihnen an.«

Wir unterhielten uns beinahe eine ganze Stunde, und ich machte mir eine Menge Notizen. Ich bestellte mir noch einen Bourbon, einen doppelten, trank aber nur langsam. Er bedeutete Trina, seinen Drink wegzunehmen und ihm einen Kaffee zu bringen. Zweimal füllte sie die Tasse nach, bis wir fertig waren.

Er lebte in Hastings-on-Hudson in Westchester County. Sie waren aus der Stadt dort hinausgezogen, als Barbara fünf und ihre jüngere Schwester Lynn drei Jahre alt war. Vor drei Jahren, etwa sechs Jahre nach Barbaras Tod, war Londons Frau Helen an Krebs gestorben. Nun lebte er allein dort, dachte von Zeit zu Zeit daran, das Haus zu verkaufen, hatte aber bis jetzt noch nie einem Grundstücksmakler den Auftrag dazu erteilt. Früher oder später würde er es wohl tun, meinte er, und dann entweder zurück in die Stadt ziehen oder sich in Westchester eine Gartenwohnung mieten.

Barbara war sechsundzwanzig gewesen. Sie wäre jetzt fünfunddreißig geworden. Kinder hatte sie nicht. Zur Zeit ihres Todes war sie seit mehreren Monaten schwanger, wovon London erst nach ihrem Tode erfuhr. Seine Stimme brach, als er mir das sagte.

Douglas Ettinger hatte ein paar Jahre nach Barbaras Tod wieder geheiratet. Er war Sozialarbeiter beim Wohlfahrtsamt gewesen, gab aber diese Stellung kurz nach dem Mord auf und wurde Kaufmann. Der Vater seiner zweiten Frau besaß ein Sportgeschäft in Long Island, und nach der Heirat nahm er Ettinger als Partner in sein Geschäft auf. Ettinger lebte in Mineola mit seiner Frau und zwei oder drei Kindern – London wußte nicht genau, wie viele es waren. Zu Helen Londons Beerdigung war Douglas allein erschienen, und seitdem hatte London keinen Kontakt mehr mit ihm gehabt. Die Frau hatte er nie kennengelernt.

Lynn London wurde diesen Monat dreiunddreißig. Sie lebte in Chelsea und unterrichtete Viertkläßler in einer fortschrittlichen Privatschule im Village. Sie hatte kurz nach Barbaras Tod geheiratet, aber ihr Mann und sie hatten sich nach etwas mehr als zwei Jahren voneinander getrennt und nicht lang danach scheiden lassen. Sie hatten keine Kinder.

London erwähnte andere Leute. Nachbarn, Freunde. Die Leiterin der Kinderkrippe, in der Barbara gearbeitet hatte. Auch einen Mitarbeiter dort. Ihre beste Freundin vom College. Manchmal erinnerte er sich an die Namen, manchmal auch nicht, aber er besann sich auf dies oder jenes, wo man vielleicht einhaken konnte, auch wenn sich daraus nicht notwendigerweise eine Spur ergab.

Er schweifte oft ab. Ich ließ ihn gewähren, denn ich dachte, ich könnte mir so ein besseres Bild von der Toten machen, aber ich bekam doch keine klare Vorstellung von ihr. Ich erfuhr, daß sie hübsch und reizvoll gewesen war, sehr beliebt in ihren Jungmädchenjahren und eine gute Schülerin. Sie war hilfsbereit, arbeitete gern mit Kindern und wünschte sich eine eigene Familie. Was sich für mich dabei herauskristallisierte, war das Bild einer Frau ohne Laster, jedoch von fader Tugend, die ohne besonders aufzufallen von der Kindheit bis zum Alter gelebt hatte, einem Alter, das sie nie erreichte. Ich konnte mich des Eindrucks nicht erwehren, daß London seine Tochter nicht sehr gut gekannt hatte und dermaßen in seiner Arbeit und seiner Rolle als Vater befangen war, daß ihm Barbara als Person fremd blieb.

Das gibt es öfters. Die meisten Leute kennen ihre Kinder nicht richtig, ehe die Kinder selber Eltern geworden sind. Und Barbara hatte dazu nicht lange genug gelebt.

Als er nichts mehr hinzuzufügen hatte, überflog ich meine Notizen und klappte dann das Heft zu. Ich würde sehen, was sich tun lasse, versicherte ich ihm.

»Aber ich brauche etwas Geld«, erklärte ich.

»Wieviel?«

Ich weiß nie, was ich als Honorar verlangen soll. Was ist zu wenig und was ist zu viel? Ich brauchte Geld, das war klar – ein chronischer Zustand bei mir –, und er hatte vermutlich genug davon. Versicherungsmakler können unterschiedliche Einnahmen haben, aber Gruppenversicherungen an große Unternehmen zu verkaufen, war sicher ein lohnendes Geschäft. Ich sagte aufs Geratewohl: Fünfzehnhundert Dollar.

»Und was bekomme ich dafür, Mr. Scudder?«

Das könne ich ihm beim besten Willen nicht sagen, gab ich zu. »Meine Bemühungen, meine Anstrengungen. Ich werde an dieser Sache so lange arbeiten, bis ich auf etwas stoße oder bis ich erkennen muß, daß einfach nichts da ist, auf das ich stoßen könnte. Tritt das ein, bevor ich meiner Meinung nach die ganze Summe, die Sie mir gegeben haben, verdient habe, kriegen Sie einen Teil davon zurück. Wenn ich aber glaube, daß Sie mir mehr schulden, werde ich es Ihnen sagen, und Sie können dann entscheiden, ob Sie mir mehr zahlen wollen oder nicht.«

»Es ist nicht ganz das übliche Verfahren. Habe ich recht?«

»Es ist vielleicht nicht nach Ihrem Geschmack.«

Er überlegte, sagte aber nichts. Dann zog er sein Scheckbuch hervor und fragte, auf wen er den Scheck ausstellen solle. Auf Matthew Scudder, erwiderte ich, und er füllte ihn aus, riß ihn dann ab und legte ihn zwischen uns auf den Tisch.

Ich nahm ihn nicht auf. »Ich bin nicht die einzige Alternative zur Polizei. Das wissen Sie. Es gibt große Agenturen mit viel Personal, die auf erheblich konventionellere Art arbeiten. Sie erstellen detaillierte Berichte, belegen ihre Ausgaben bis auf den letzten Cent. Und, was noch wichtiger ist, es stehen ihnen ganz andere Möglichkeiten zur Verfügung als mir.«

»Fitzroy hat mir das auch schon gesagt. Es gebe einige große Agenturen, die er empfehlen könne.«

»Aber er empfahl mich?«

»Ja.«
»Warum?« Ich wußte einen Grund, aber den hatte er London bestimmt nicht genannt.
London lächelte zum ersten Mal. »Er sagte, Sie seien ein verrückter Teufelskerl. Das sind seine Worte, nicht meine.«
»Und weiter?«
»Er sagte, Sie würden sich vielleicht so in die Sache verbeißen, wie das bei einer großen Agentur nie möglich sei. Und daß Sie nie aufgäben, wenn Sie sich mal auf etwas versteift hätten. Er sagte, es bestünden kaum Chancen, daß Sie etwas entdeckten, aber bei Ihnen könne man nicht wissen, ob Sie nicht tatsächlich herausfänden, wer Barbara umgebracht hat.«
»Das hat er gesagt?« Ich nahm den Scheck, sah ihn mir an und faltete ihn zusammen. »Tja, er hat recht. Wer weiß?«

2

Es war zu spät, um auf die Bank zu gehen. Nachdem London sich entfernt hatte, zahlte ich meine Zeche und pumpte mir etwas an der Bar gegen Quittung. Als erstes beabsichtigte ich, zum Achtzehnten Polizeirevier zu gehen, und wer dort mit leeren Händen erscheint, gilt als schlecht erzogen.
Vorsichtshalber rief ich an, um sicher zu sein, daß Fitzroy da war. Dann nahm ich den Autobus. Armstrong ist an der Ninth Avenue, um die Ecke von meinem Hotel in der Siebenundfünfzigsten Straße. Das Achtzehnte befindet sich im Erdgeschoß der Polizeiakademie, einem modernen Gebäude mit acht Stockwerken, wo Klassen für Rekruten eingerichtet sind und Vorbereitungskurse für Sergeant- und Lieutenantexamina abgehalten werden. Es gibt ein Schwimmbad und eine Turnhalle mit einer Laufbahn und allem, was man zum Krafttraining braucht. Man kann militärische Ausbildungskurse belegen oder sich am Schießstand die Ohren taub schießen.
Mir erging es wie immer, wenn ich eine Polizeiwache betrete. Wie ein Betrüger komme ich mir vor, und wie ein nicht sehr erfolgreicher dazu. Ich sagte, ich sei mit Detective Fitzroy verabredet, und der uniformierte Sergeant ließ mich durch. Wahrscheinlich nahm er an, ich sei einer von ihnen. Ich muß wohl immer

noch wie ein Polizist aussehen oder so gehen. Jedenfalls werde ich immer wieder dafür gehalten. Sogar von Polizisten.
Fitzroy saß an einem Schreibtisch in der Ecke und tippte einen Rapport. Auf dem Schreibtisch standen etwa ein halbes Dutzend Plastikbecher herum, in jedem noch ein Rest von hellem Kaffee. Er deutete auf einen Stuhl, und ich setzte mich hin, während er seinen Bericht fertig tippte. Ein paar Schreibtische weiter setzten zwei Polizisten einen ausgemergelten Negerjungen unter Druck, der Augen wie ein Frosch hatte. Anscheinend war er bei einem Kartentrick erwischt worden. Sie machten ihm die Hölle nicht zu heiß, schließlich ging es ja auch nicht um das Verbrechen des Jahrhunderts.
Fitzroy sah noch so aus, wie ich ihn in Erinnerung hatte. Vielleicht ein bißchen älter und ein bißchen dicker. Auf der Laufbahn brachte er bestimmt nicht zu viele Stunden zu. Er hatte ein fleischiges, typisch irisches Gesicht mit kurzgeschnittenem grauen Haar, und es war kaum anzunehmen, daß ihn jemand für einen Buchhalter, einen Orchesterdirigenten oder Taxichauffeur gehalten hätte. Und auch nicht für einen Stenographen – er tippte schnell, aber nur mit zwei Fingern.
Als er fertig war, schob er die Maschine zur Seite. »Es ist weiß Gott nichts weiter als Papierkram«, sagte er. »Das und Gerichtsverhandlungen. Wer hat da noch Zeit, Verbrechen nachzuspüren? Hallo, Matt.« Wir gaben uns die Hand. »Es ist lange her. Siehst nicht schlecht aus.«
»Hast du was anderes erwartet?«
»Natürlich nicht. Wie wär's mit einem Kaffee? Milch und Zucker?«
»Schwarz, danke.«
Er ging zur Kaffeemaschine hinüber und kam mit zwei weiteren Plastikbechern zurück. Die zwei Detektive bearbeiteten den abgerissenen Kartenschwindler mit der Behauptung, ihrer Meinung nach müsse er der Mörder von der First Avenue sein. Das Bürschchen hielt sich aber recht ordentlich.
Fitzroy setzte sich, blies auf seinen Kaffee, nahm einen Schluck und verzog das Gesicht. Er zündete sich eine Zigarette an und lehnte sich in seinem Drehstuhl zurück. »Dieser London«, sagte er. »Hast du mit ihm gesprochen?«
»Ja, vor einem Weilchen.«
»Was hältst du von der Sache? Wirst du ihm helfen?«

»Ich weiß nicht, ob das das richtige Wort dafür ist«, wandte ich ein. »Ich habe ihm gesagt, ich würd's probieren.«
»Ich hab mir gedacht, da wär was drin für dich, Matt. Der Mann will doch was springen lassen. Du weißt ja, wie's ist. Für ihn ist's doch so, als ob die Tochter von neuem gestorben wär, und er braucht das Gefühl, daß er was tut in der Sache. Er kann natürlich nichts tun, aber wenn er ein bißchen Geld ausgibt, ist ihm wohler ums Herz, und warum soll das Geld nicht in die Tasche eines anständigen Mannes wandern, der's gut gebrauchen kann? Dieser London ist ganz gut gepolstert. Du nimmst es nicht einem blinden Zeitungsverkäufer ab.«
»Den Eindruck hatte ich auch.«
»Also, du wirst's versuchen, sehr gut. Er hat mich gefragt, ob ich ihm jemanden empfehlen könnte, und da habe ich sofort an dich gedacht. Warum den Verdienst nicht einem Freund zugute kommen lassen? Eine Hand wäscht die andere, auf diese Art funktioniert die Welt, wie man so sagt.«
Ich hatte mir fünf Zwanziger in die Hand gesteckt, als er den Kaffee holen gegangen war. Jetzt beugte ich mich vor und schob sie ihm zu. »Mir kommen die paar Tage Arbeit sehr gelegen«, versicherte ich ihm. »Das war nett von dir.«
»Na, hör mal! Ein Freund ist ein Freund, hab ich recht?« Er ließ das Geld verschwinden. Ein Freund ist ein Freund, das hört sich schön an, aber ein Gefallen ist ein Gefallen, und umsonst gibt's nichts, weder innerhalb noch außerhalb des Polizeidepartments. Und warum sollte es anders sein?
»Also läufst du ein bißchen herum und stellst ein paar Fragen«, fuhr er fort, »und ihn kannst du hinhalten, solange er mitmacht, und du brauchst dich nicht zu Tode zu arbeiten. Neun Jahre, du meine Güte. Wenn du diese Nuß knackst, fliegen wir dich nach Dallas, damit du ausfindig machst, wer Kennedy umgebracht hat.«
»Mittlerweile sind doch alle Spuren kalt.«
»Kälter als der Nordpol. Hätte es damals auch nur den kleinsten Hinweis gegeben, daß sie ein Fall für sich und nicht bloß ein weiterer Name auf der Liste des Eispickelmörders sein könnte, wäre ganz sicher jemand der Spur nachgegangen. Aber du weißt ja, wie das läuft.«
»Klar.«
»Jetzt haben wir diesen Kerl auf der First Avenue, der mit einem

Schlachtmesser auf die Leute einhaut. Wir müssen doch annehmen, daß er aufs Geratewohl zuschlägt, oder nicht? Wir können doch nicht gut zum Ehemann von einem Opfer gehen und uns erkundigen, ob seine Frau es vielleicht mit dem Briefträger getrieben hat. Und so war's auch mit der – wie hat sie geheißen – Ettinger. Vielleicht hat sie mit dem Briefträger rumgefummelt, und vielleicht war das der Grund für ihre Ermordung, aber damals gab's nicht den geringsten Anlaß, in der Richtung Untersuchungen anzustellen, und das jetzt zu tun – da müßte es schon mit dem Teufel zugehen.«
»Na, ich kann ja die üblichen Schritte unternehmen.«
»Sicher, warum denn nicht?« Er klopfte auf einen Akkordeonordner auf dem Schreibtisch. »Ich habe das für dich heraussuchen lassen. Überflieg's doch mal. Ich muß mich um einen Burschen kümmern.«

Er blieb etwa eine halbe Stunde weg. Ich verbrachte die Zeit damit, die Akte über den Eispickelmörder durchzusehen. Der Kartenschwindler wurde von den zwei Detektiven in eine Wartezelle verfrachtet, sie selbst stürmten hinaus, vermutlich wegen eines Tips, der mit dem Mörder von der First Avenue zu tun hatte. Dieser Messerstecher hatte seine Nummer hier im Achtzehnten Bezirk abgezogen, nur ein paar Straßenzüge von der Polizeiwache entfernt, und sie konnten es offensichtlich nicht abwarten, den Kerl hinter Schloß und Riegel zu bringen.
Als Frank Fitzroy zurückkam, hatte ich die Akte durchgesehen.
»Na? Was gefunden?« erkundigte er sich.
»Nicht viel. Ich habe mir ein paar Notizen gemacht. Meist Namen und Adressen.«
»Die stimmen aber vielleicht nicht mehr. Nach neun Jahren. Die Leute ziehen um, ändern ihre Lebensweise.«
Meine hatte sich geändert. Lieber Himmel! Vor neun Jahren war ich Detective bei der New Yorker Polizeibehörde gewesen. Ich lebte in Long Island in einem Haus mit einem Rasen davor und einem Hinterhof mit einer Feuerstelle. Ich hatte eine Frau und zwei Söhne. Ich war umgezogen, das traf zu, aber wohin, das ließ sich schwer bestimmen. Und meine Lebensweise hatte sich geändert. Wahrhaftig.
Ich klopfte auf den Ordner. »Dieser Pinell«, sagte ich, »wie sicher ist, daß er Barbara Ettinger nicht umgebracht hat?«

»Hundertprozentig, Matt. Es ist überhaupt nicht daran zu rütteln. Er befand sich zur Zeit des Mordes im Bellevue Hospital.«
»Es ist schon vorgekommen, daß Leute sich hinaus- und dann wieder hineingeschlichen haben.«
»Stimmt. Aber er steckte in einer Zwangsjacke. Das schränkt die Bewegungsfreiheit ziemlich ein. Außerdem gibt's da Einzelheiten in diesem Ettingermord, die ihn von den anderen unterscheiden. Sie springen nicht ins Auge, aber wenn man danach sucht, sind sie da.«
»Was zum Beispiel?«
»Die Anzahl der Wunden. Die Ettinger wies von allen acht Opfern die geringste Zahl an Stichen auf. Der Unterschied ist nicht sehr groß, aber groß genug, um Bedeutung haben zu können. Außerdem hatten alle anderen Opfer Wunden an den Schenkeln. Bei der Ettinger waren weder in den Schenkeln noch in den Beinen Einstiche. Die Sache ist die, daß es auch bei den anderen Ermordeten Unterschiede gab. Der Kerl hat die Morde nicht ausgeführt, wie man mit immer derselben Form Kekse aus dem Teig sticht. Darum fielen damals die Verschiedenheiten bei dem Ettingerfall nicht auf. Die kleinere Zahl an Einstichen und ihr Fehlen an den Schenkeln ließen sich damit erklären, daß er vielleicht jemanden hörte oder sich einredete, jemanden zu hören, und sich daher keine Zeit mehr nahm, ihr die volle Portion zu verabreichen.«
»Möglich.«
»Du weißt ja, wodurch ganz klar zu sein schien, daß es der Eispickelbursche war, der ihr den Garaus gemacht hatte.«
»Ja, die Augen.«
»Richtig.« Er nickte anerkennend. »All seinen Opfern stach der Kerl in die Augen. In beide Augen. Das kam nie in die Zeitungen. Wir hielten es zurück, wie wir immer eine oder zwei Einzelheiten für uns behalten, um nicht auf die Verrückten hereinzufallen, die uns mit ihren falschen Geständnissen die Zeit stehlen. Du würdest es nicht glauben, wie viele von diesen Clowns sich schon bei uns als der Messerstecher vorgestellt haben.«
»Ich kann's mir vorstellen.«
»Und jedesmal mußt du ihre Angaben nachprüfen und einen Rapport darüber schreiben. Das ist das, was einem am meisten auf die Nerven geht. Aber um auf die Ettinger zurückzukommen: Der Eispickelkerl hatte es immer auf die Augen abgesehen. Das

wurde streng geheimgehalten, und die Ettinger wurde durch die Augen gestochen. Wieso sollte man da also stutzig werden? Es konnte einem doch scheißegal sein, ob es sie an den Schenkeln erwischt hatte oder nicht, wo doch der Augapfel durchstochen war.«

»Aber nur an einem Auge.«

»Stimmt. Zugegeben, das ist ein Unterschied, aber zusammen damit, daß weniger Wunden da waren und keine in den Schenkeln, kommt's darauf raus, daß er in Eile war, keine Zeit mehr hatte, es so wie immer zu tun. Würdest du nicht denselben Schluß gezogen haben?«

»Jeder hätte es getan.«

»Natürlich. Möchtest du noch einen Kaffee?«

»Nein, danke.«

»Ich lieber auch nicht. Ich hab heute schon zuviel von dem Zeug getrunken.«

»Was denkst du jetzt über die Sache, Frank?«

»Über den Fall Ettinger? Was ich denke, was passiert ist?«

»Ja.«

Er kratzte sich am Kopf. Vertikale Denkfalten zeichneten sich auf seiner Stirn ab. »Meiner Meinung nach ist gar keine komplizierte Theorie nötig«, sagte er schließlich. »Ich glaube, da las jemand die Zeitungen, hockte vor dem Fernseher und hörte sich die Geschichten über den Eispickelmörder an, und das brachte ihn auf Touren. Das gibt's immer wieder, solche Nachahmer. Selbst haben sie nicht genug Phantasie, um sich ihre eigenen Sensationen auszudenken, und da machen sie nach, was ein anderer Verrückter ihnen vorgemacht hat. Irgendein Psycho hat sich die Sechs-Uhr-Nachrichten angehört und sich daraufhin einen Eispickel gekauft.«

»Und hat sie aus reinem Zufall in den Augapfel gestochen?«

»Möglich. Könnte sein. Oder es fiel ihm einfach ein, so wie es Pinell eingefallen ist. Oder es gab eine undichte Stelle.«

»Das halte ich für wahrscheinlicher.«

»Soweit ich mich erinnere, wurde weder in den Zeitungen noch in den Nachrichten etwas von einer Verletzung am Auge erwähnt. Aber vielleicht war's doch der Fall, und wir unterdrückten es zwar sofort, aber möglicherweise hatte dieser Psycho es da schon gelesen oder gehört und war davon beeindruckt. Vielleicht brachten es die Medien auch gar nicht, aber es sickerte durch.

Stell dir doch vor, da wissen ein paar hundert Polizisten darüber Bescheid, dann alle, die bei der Leichenschau auftauchen und diejenigen, die Einsicht in die Akten haben, die Büroangestellten und Gott weiß wer noch, und jeder von denen sagt's bloß drei anderen, und die tragen es weiter – wie lange dauert es da, bis jede Menge Leute davon weiß.«
»Das ist einleuchtend.«
»Gerade das mit dem Auge deutet darauf hin, daß es ein Psycho war. Er hat's mal versucht und dann dabei bewenden lassen.«
»Wie kommst du darauf, Frank?«
Er lehnte sich zurück und verflocht die Finger hinter seinem Kopf. »Sagen wir mal, es war der Ehemann«, erklärte er. »Nehmen wir an, er will sie umbringen, weil sie's mit dem Briefträger treibt, und er will's so anfangen, daß man denkt, der Eispickelmörder war's, damit es ihm nicht an den Kragen geht. Falls er über die Sache mit den Augen Bescheid weiß, wird er beide durchstechen, stimmt's? Er wird doch kein Risiko eingehen. Wenn's aber ein Verrückter ist, sieht die Sache anders aus. Er sticht in ein Auge, weil es ihm etwas zu tun gibt, aber dann macht's ihm keinen großen Spaß, und er läßt das andere in Ruhe. Wer weiß, was in diesen komischen Köpfen vorgeht.«
»Wenn es ein Psycho ist, finden wir ihn nie«, räumte ich ein.
»Natürlich. Neun Jahre später willst du nach einem Mörder ohne Motiv suchen? Das ist, als ob du nach einer Nadel im Heuhaufen suchst, bloß ist keine Nadel vorhanden. Aber das geht in Ordnung. Spiel ein bißchen damit herum, und dann sag London einfach, es muß ein Verrückter gewesen sein. Er wird froh sein, das zu hören. Glaub mir.«
»Wieso soll er darüber froh sein?«
»Weil er das vor neun Jahren geglaubt und sich an den Gedanken gewöhnt hat. Er hat sich damit abgefunden. Und jetzt hat er Angst, es könnte jemand gewesen sein, den er kennt, und die Vorstellung macht ihn wahnsinnig. Also wirst du die Sache für ihn untersuchen und ihm dann eines Tages versichern, es sei alles in Ordnung. Die Sonne geht immer noch im Osten auf, und seine Tochter wurde, wie vermutet, von einem Irren umgebracht, also sozusagen durch höhere Gewalt. Er soll sich beruhigen und wieder seinem normalen Leben zuwenden. Er kriegt für sein Geld, was er wollte.«
»Wahrscheinlich hast du recht.«

»Darauf kannst du dich verlassen. Du kannst dir sogar die Rumrennerei ersparen und auf deiner Kehrseite sitzen bleiben für eine Woche lang und ihm dann erzählen, was du ihm zu guter Letzt sowieso erzählen würdest. Aber wie ich dich kenne, tust du das nicht.«
»Ich werde mein Bestes tun.«
»Ich hab mir schon gedacht, daß du die üblichen Bahnen nicht verlassen würdest. Du bist halt immer noch ein Polizist, was, Matt?«
»Es sieht so aus. Auf meine Art, was immer das ist.«
»Du hast nichts Festes, he, Matt? Nur so von Fall zu Fall, wenn sich ein Auftrag ergibt?«
»Stimmt.«
»Hast du je daran gedacht zurückzukommen?«
»Zum Department? Selten und nie wirklich im Ernst.«
Er zögerte. Da waren Fragen, die er gern gestellt hätte, Dinge, die es ihn zu erwähnen drängte, aber er entschloß sich, sie unausgesprochen zu lassen. Ich war ihm dankbar dafür. Er stand auf, und ich tat das gleiche. Ich dankte ihm für die mir gewidmete Zeit und die Auskünfte, und er sagte, ein alter Freund sei schließlich ein alter Freund, und man täte doch nichts lieber, als einem Kameraden zu helfen. Keiner von uns erwähnte die hundert Dollar, die den Besitzer gewechselt hatten. Wozu auch? Er war froh gewesen, sie zu bekommen, und ich war froh, sie ihm zu geben. Eine Gefälligkeit ist nur etwas wert, wenn man dafür bezahlt. Früher oder später muß man das sowieso immer.

3

Es hatte geregnet, während ich bei Fitzroy war. Zwar hatte es aufgehört, als ich ins Freie trat, aber es machte mir den Eindruck, als wäre es an diesem Tag mit dem Regen noch nicht vorbei. Ich nahm in einer Bar in der Third Avenue einen Drink und sah mir einen Teil der Nachrichten an. Sie brachten ein von der Polizei nach Zeugenangaben gemachtes Phantombild des Messerstechers, dieselbe Zeichnung, die auf der ersten Seite des *Post* erschienen war. Es zeigte einen Schwarzen mit rundem Gesicht, einem gestutzten Bart und einer Kappe auf dem

Kopf. Ein gefährliches Glitzern lag in den mandelförmigen Augen. »Stellen Sie sich vor, so was kommt einem auf der Straße entgegen«, meinte der Barmixer. »Ich sag Ihnen, 'ne Menge Leute haben sich 'nen Waffenschein geholt wegen dem da. Ich überleg mir auch, ob ich's nicht tun soll.«

Ich erinnerte mich an den Tag, an dem ich aufgehört hatte, eine Waffe zu tragen. Es war der gleiche Tag, an dem ich mein Schild zurückgab. Zuerst hatte ich mich entsetzlich unsicher und schutzlos gefühlt ohne das Eisen an meiner Hüfte, und jetzt konnte ich mir kaum noch vorstellen, wie das gewesen war, bewaffnet herumzulaufen.

Ich trank aus und ging. Ob der Barmixer sich einen Waffenschein holte? Wahrscheinlich nicht. Viele reden davon, ohne es schließlich zu tun. Aber jedesmal, wenn so eine Sache wie die mit dem Messerstecher oder dem Eispickelmörder in die Schlagzeilen kommt, holen sich eine Anzahl Leute Waffenscheine, und eine Anzahl anderer verschafft sich Revolver auf ungesetzliche Weise. Und manche besaufen sich dann und erschießen ihre Frauen. Anscheinend gelingt es aber nie jemandem, so einen Kerl wie den Messerstecher zu erwischen.

Ich aß unterwegs, in einem italienischen Restaurant, und verbrachte dann ein paar Stunden in der Zentralbibliothek an der Zweiundvierzigsten Straße. Ich sah mir Mikrofilme von alten Zeitungen und alte Stadtpläne an. Ich machte mir auch ein paar Notizen. Woran mir lag, war, ein Gefühl für das damalige Geschehen zu bekommen, ein paar Schritte in die Vergangenheit zu tun. Als ich wieder auf die Straße trat, hatte es zu regnen begonnen. Ich nahm ein Taxi, fuhr zu Armstrong und machte es mir an der Bar bequem. Da waren Leute, mit denen man sich unterhalten und dabei Bourbon trinken konnte, und um die Müdigkeit in Schach zu halten, gab es schließlich genug Kaffee. Ich nahm es gemütlich mit dem Trinken und ließ einfach die Zeit an mir vorübergleiten.

Der nächste Tag war Freitag. Ich las die Zeitung beim Frühstück. In der vergangenen Nacht hatte es keine weitere Messerstecherei gegeben, aber irgendein Fortschritt in dem Fall war auch nicht zu verzeichnen. In Equador hatte es bei einem Erdbeben mehrere hundert Tote gegeben. In letzter Zeit schienen die Erdbeben zuzunehmen, oder es war mir früher nicht aufgefallen.

Ich ging zu meiner Bank, deponierte Charles Londons Scheck auf meinem Sparkonto, hob etwas Bargeld ab und ließ mir eine Zahlungsanweisung über fünfhundert Dollar ausstellen. Mit der Zahlungsanweisung gaben sie mir ein Kuvert, und ich adressierte es an Mrs. Anita Scudder in Syosset. Mit der Feder in der Hand blieb ich ein paar Minuten an dem Pult stehen und zerbrach mir den Kopf, was ich dazu schreiben solle, dann schickte ich das Geld doch ohne ein Begleitwort ab. Später kam mir der Gedanke, sie anzurufen und ihr zu sagen, daß das Geld unterwegs sei, aber das erschien mir noch schwieriger, als ein paar passende Worte für eine Mitteilung zu finden.

Es war kein schlechter Tag. Die Sonne war zwar von Wolken verhangen, aber stellenweise konnte man blauen Himmel sehen, und die Luft hatte etwas Belebendes. Zu Armstrong ging ich nur, um meine Schulden zu zahlen. Um etwas zu trinken, war es noch ein bißchen zu früh. Bis zum Columbus Circle ging ich zu Fuß, dann nahm ich die Untergrundbahn und fuhr mit der Linie D bis Smith und Bergen Avenue. Als ich wieder ans Tageslicht kam, schien die Sonne. Ich spazierte erst nur herum, um mich wieder zurechtzufinden. Für kurze Zeit war ich dem Achtundsiebzigsten Revier zugeteilt gewesen, und das war nur etwa sechs oder sieben Straßenblocks entfernt, aber das lag schon lange zurück, und seither hatte ich mich nur sehr wenig in Brooklyn aufgehalten. Nichts kam mir bekannt vor. Ich befand mich in einer Gegend, die erst vor kurzem einen eigenen Namen bekommen hatte. Ein Teil hieß jetzt Cobble Hill und ein anderer Boerum Hill, und beide machten kräftig mit bei der Renaissance der Brownstonearchitektur. In New York verändern sich die verschiedenen Stadtteile ständig. Entweder machen sie sich heraus oder sie verfallen. An vielen Stellen schien sich die Stadt in Schutt aufzulösen. Die südliche Bronx bestand aus ganzen Straßenzügen ausgebrannter Wohnhäuser, und in Brooklyn konnte man in Bushwick und Brownsville denselben Prozeß am Werk sehen.

Bei den Straßen hier war es anders. Ich wanderte herum, und die Veränderungen fielen mir auf. In jedem Häuserblock gab es Bäume, die meisten erst in den letzten Jahren gepflanzt. Während manche der Häuser vernachlässigt wirkten, gab es andere, und das war die Mehrzahl, bei denen das Holzwerk frisch gestrichen worden war. Daß ein Wechsel stattgefunden hatte, ließ sich an den Läden erkennen. Ein Reformgeschäft auf der Smith Street,

eine Boutique an der Ecke Bond und Warren und hie und da eingestreut nette, kleine, Ehrgeiz verratende Restaurants.
Das Haus, in dem Barbara Ettinger gelebt hatte und gestorben war, befand sich in der Wyckoff Street. Es war ein fünfstöckiger Ziegelbau mit vier Wohnungen auf jeder Etage, und dieser Umstand hatte es vor dem Umbau gerettet, der so viele der Braunsteinhäuser zurück in Einfamilienhäuser verwandelt hatte, als die sie ursprünglich erbaut worden waren. Aber das Haus war doch ein bißchen aufgeputzt worden. Im Vestibül sah ich mir die Namen auf den Briefkästen an und verglich sie mit denen, die ich mir aus einem alten städtischen Adreßbuch abgeschrieben hatte. Nur sechs Mieter der zwanzig Wohnungen hatten schon zur Zeit des Mordes da gelebt. Man kann sich natürlich nicht ganz auf Namen verlassen. Die Leute heiraten oder hören auf, verheiratet zu sein, und wechseln die Namen. Oder eine Wohnung wird untervermietet, und damit der Hausvermieter die Miete nicht erhöht, bleibt der Name eines Mieters, der vielleicht schon längst das Zeitliche gesegnet hat, im Vertrag und auf dem Briefkasten stehen. Ein Freund oder eine Freundin zieht ein und bleibt wohnen, wenn der- oder diejenige, die den Vertrag unterzeichnet hat, anderswohin verschlagen wird. Eine einfache Lösung gibt es nicht. Man muß an jede einzelne Tür klopfen.
Ich klingelte, jemand drückte auf den Knopf, und die Tür öffnete sich. Von der obersten Etage arbeitete ich mich Stockwerk um Stockwerk hinunter. Man hat es leichter, wenn man einen Polizeiausweis zücken kann, aber das Auftreten ist noch wichtiger als der Ausweis, und ich konnte den ehemaligen Polizisten nicht verbergen, selbst wenn ich gewollt hätte. Ich sagte nie, ich sei ein Polizist, aber wer das annahm, den ließ ich in dem Glauben.
Die erste Person, mit der ich sprach, war eine junge Mutter in einer der nach hinten gelegenen Wohnungen auf der obersten Etage. Ihr Baby schrie nebenan, während wir uns unterhielten. Sie sei vor einem Jahr eingezogen, sagte sie, und wisse nichts von einem Mord vor neun Jahren. Sie erkundigte sich ängstlich, ob der Mord etwa in ihrer Wohnung stattgefunden habe, und schien erleichtert, aber zugleich enttäuscht zu sein, als ich das verneinte.
Eine Slawin, die Hände von Leberflecken übersät und von Arthritis verkrüppelt, servierte mir in ihrer nach vorn gelegenen Wohnung im vierten Stock eine Tasse Kaffee. Sie plazierte mich

auf dem Sofa und drehte ihren Stuhl um, so daß sie mir ins Gesicht sehen konnte. Er hatte am Fenster gestanden, von wo sich die Straße beobachten ließ.
Beinahe vierzig Jahre sei sie schon in der Wohnung, erklärte sie mir. Bis vor vier Jahren hatte sie mit ihrem Mann zusammengelebt, aber nun war sie allein. Mit der Nachbarschaft werde es besser, stellte sie fest. »Aber die alten Leute verschwinden. Läden, in denen ich jahrzehntelang gekauft habe, sind nicht mehr da. Und die Preise! Man traut seinen Augen nicht.«
Sie erinnerte sich an den Eispickelmord. Aber sie war erstaunt, daß das schon neun Jahre her war. Ihr schien es nicht so lang zu sein. Die Frau, die ermordet worden war, sei ein netter Mensch gewesen, sagte sie. »Nur die netten Menschen müssen dran glauben.«
Abgesehen von der Nettigkeit war ihr von Barbara Ettinger nichts in Erinnerung geblieben. Sie wußte nicht, ob sie besonders freundlich oder unfreundlich zu ihren Nachbarn gewesen war, ob sie sich gut oder schlecht mit ihrem Mann vertragen hatte. Ich fragte mich, ob sie sich überhaupt daran zu erinnern vermochte, wie Barbara Ettinger ausgesehen hatte, und wünschte, ich hätte ein Bild, um es ihr zu zeigen. Ich hätte London danach fragen können, hatte aber nicht daran gedacht.
Eine Miss Wicker im vierten Stock war die einzige Person, die einen Ausweis sehen wollte. Ich erwiderte, ich sei kein Polizist, und sie ließ die Kette eingehakt und sprach mit mir durch eine fünf Zentimeter große Öffnung, was ich durchaus nicht unvernünftig fand. Sie wohnte erst seit ein paar Jahren in dem Gebäude, wußte jedoch von dem Mord und daß der Eispickelmörder vor kurzem gefaßt worden war, mehr aber war ihr nicht bekannt.
»Die Leute machen jedem auf«, bemerkte sie. »Wir haben eine Sprechanlage, aber viele drücken auf den Knopf und öffnen die Tür, ohne sich zu vergewissern, wer geläutet hat. Sie reden von Verbrechen, aber daß es einem selbst passieren kann, daran glaubt niemand, und dann geschieht es eben.«
Mir lag auf der Zunge, ihr zu sagen, wie leicht es wäre, ihre Kette mit einer Bolzenschere zu knacken, aber sie war schon ängstlich genug, und ich ließ es bleiben.
Viele der Mieter waren nicht zu Hause. Im dritten Stock, wo Barbara Ettinger gewohnt hatte, rührte sich nichts an den nach rückwärts gelegenen Wohnungen, und ich wandte mich der

danebenliegenden Tür zu. Ich konnte Discomusik hören. Ich klopfte, und einen Moment später öffnete mir ein Mann von etwa Ende Zwanzig. Die Haare waren kurz geschnitten, er hatte einen Schnurrbart und trug nichts außer blaugestreiften Shorts. Der Körper wirkte gut durchtrainiert und war von einer leichten Schweißschicht bedeckt.
Ich nannte meinen Namen und erklärte, daß ich ihm gern ein paar Fragen gestellt hätte. Er geleitete mich in das Innere der Wohnung, schloß die Tür und ging an mir vorbei zum Radio, das er erst leiser und dann ganz abstellte.
In der Zimmermitte lag eine große Matte auf dem Parkettboden und darauf Hanteln, Gewichte und ein zusammengerolltes Seil.
»Ich war gerade beim Trainieren«, sagte er. »Wollen Sie sich nicht setzen? Der Stuhl dort ist am bequemsten. Der andere ist hübsch zum Ansehen, aber weniger gut zum Sitzen.«
Ich folgte seinem Rat, während er sich im Schneidersitz auf der Matte niederließ. Als ich den Mord erwähnte, konnte man an seinen Augen erkennen, daß er sich erinnerte. »Ja, Donald hat mir davon erzählt«, bestätigte er. »Ich bin erst etwas mehr als ein Jahr hier, aber Donald lebt seit Urzeiten in dem Haus. Er hat mitgekriegt, wie die Gegend hier direkt schick geworden ist. Gott sei Dank ist dieses Gebäude verschont geblieben und hat sein etwas verschlamptes Aussehen behalten. Sie wollen wahrscheinlich mit Donald reden. Er kommt aber erst gegen sechs oder halb sieben von der Arbeit.«
»Wie ist Donalds Nachname?«
»Gilman.« Er buchstabierte es. »Und ich heiße Rolfe Waggoner. Rolfe mit einem ›e‹ am Ende. Ich habe gerade in der Zeitung von dem Eispickelmörder gelesen. Erinnern kann ich mich natürlich nicht an den Fall. Ich ging damals noch zur Schule, und zwar zu Hause in Indiana – Muncie in Indiana –, und das ist weit weg von hier.« Er sah nachdenklich drein. »In mehr als nur einer Beziehung«, fügte er dann hinzu.
»Stand Mr. Gilman auf freundschaftlichem Fuß mit den Ettingers?«
»Das kann er Ihnen besser selbst beantworten. Sie haben den Kerl erwischt, der es getan hat, nicht? Ich habe gelesen, daß er jahrelang in einer Irrenanstalt war, wo niemand wußte, daß er jemanden ermordet hatte, und dann ließen sie ihn raus, und er wurde erwischt und legte ein Geständnis ab. War's nicht so?«

»So ähnlich.«
»Und jetzt wollen Sie sicher sein, daß Sie etwas Hieb- und Stichfestes gegen ihn vorbringen können.« Er lächelte. Er hatte ein nettes Gesicht und machte einen ganz lockeren Eindruck, wie er da in seinen Shorts auf der Matte saß. Homosexuelle hatten sich früher nicht so ungezwungen gegeben, sie waren viel gehemmter gewesen, besonders in Gegenwart von Polizisten. »Es muß schwierig sein, eine Sache aufzuklären, die so viele Jahre zurückliegt. Haben Sie schon mit Judy gesprochen? Judy Fairborn. Sie wohnt in der Wohnung der Ettingers. Sie ist Kellnerin, arbeitet nachts, also dürfte sie jetzt zu Hause sein, falls sie nicht gerade vorspricht oder in ihrer Tanzklasse ist oder einkauft – also, sie müßte zu Hause sein, wenn sie nicht gerade ausgegangen ist. Aber das ist ja wohl immer so.« Er lächelte wieder und zeigte ebenmäßige weiße Zähne. »Aber Sie haben vielleicht schon mit ihr gesprochen.«
»Nein, noch nicht.«
»Sie ist neu im Haus. Vor ungefähr sechs Monaten ist sie eingezogen. Wollen Sie trotzdem mit ihr reden?«
»Ja.«
Er sprang leichtfüßig auf. »Ich mache Sie bekannt«, versicherte er. »Ich muß mir nur etwas anziehen. Es dauert bloß eine Minute.«
Er kam zurück, in Jeans, einem Flanellhemd und Tennisschuhen ohne Socken. Wir gingen hinüber zur Wohnung 3-A, und er klopfte an die Tür. Erst war nichts zu hören, dann näherten sich Schritte, und eine weibliche Stimme fragte, wer da sei.
»Nur Rolfe. In Gesellschaft eines Polizisten, der dich gern ausgefragt hätte, Judy.«
»Was?« fragte sie und öffnete die Tür. Sie hätte Rolfes Schwester sein können, mit denselben hellbraunen Haaren, denselben regelmäßigen Gesichtszügen, derselben offenen, für die Leute aus dem mittleren Westen typischen Art. Sie trug auch Jeans, einen Pullover und Schuhe ohne Absätze. Rolfe machte uns bekannt, und sie trat zur Seite und forderte uns auf, hereinzukommen. Über die Ettingers wußte sie gar nichts und von dem Mord nicht mehr, als daß er in dieser Wohnung stattgefunden hatte. »Ich bin froh, daß ich das nicht wußte, bevor ich einzog. Es wäre mir vielleicht unheimlich gewesen, und ich hätte auf die Wohnung verzichtet. Aber das wäre ja dumm gewesen, nicht

wahr, denn es ist so schwer, eine Wohnung zu finden. Wer kann sich da Aberglauben leisten?«

»Niemand«, bestätigte ihr Rolfe. »Nicht bei dem Wohnungsmarkt.«

Sie unterhielten sich über den Messerstecher von der First Avenue und über eine Welle kürzlich begangener Einbrüche in der Nachbarschaft, auch über den, der vor einer Woche im ersten Stock verübt worden war. Ich fragte, ob ich einen Blick in die Küche werfen dürfe. Während ich die Frage stellte, war ich schon auf dem Weg. Ich glaube, ich hätte mich zurechtgefunden, auch wenn ich nicht schon in einigen anderen Wohnungen im Haus gewesen wäre. Die Anordnung der Räume war in allen gleich.

»Ist es da geschehen?« fragte Judy. »Hier in der Küche?«

»Was hast du geglaubt? Im Schlafzimmer?« fragte Rolfe.

»Ich habe überhaupt nicht darüber nachgedacht«, gab Judy zu.

»Du warst nicht neugierig? Das hört sich wie Nicht-wahr-haben-Wollen an.«

»Möglich.«

Ich bemühte mich, über ihre Unterhaltung wegzuhören. Ich versuchte, mich an die Küche zu erinnern, versuchte, die vergangenen neun Jahre zu überspringen und wieder über Barbara Ettingers Leiche gebeugt zu stehen. Beim Herd hatte sie gelegen, die Beine zur Mitte der kleinen Küche gestreckt und den Kopf dem Wohnzimmer zugewandt. Damals hatte Linoleum den Boden bedeckt. Das war nicht mehr da. Der Holzboden war wieder zum Vorschein gekommen und auf Hochglanz poliert worden. Ob die Ziegel der Außenwand schon damals freigelegt waren, konnte ich nicht mit Sicherheit sagen und auch nicht, wieweit das Bild, das ich mir machte, den Tatsachen entsprach. Mit dem Gedächtnis ist es so eine Sache. Es ist immer bereit, gefällig zu sein, und kann es Erinnerungen nicht zurückrufen, erfindet es welche und malt die leeren Stellen hübsch sorgfältig aus.

Wieso in der Küche? Die Tür führte ins Wohnzimmer, und sie hatte den Mörder eingelassen, entweder weil sie ihn kannte oder obwohl er ihr fremd war. Und was war dann passiert? Holte er den Eispickel hervor, und versuchte sie, vor ihm zu fliehen? Verfing sich dann mit dem Absatz im Linoleum und fiel hin, und er hieb mit dem Eispickel auf sie ein?

Die Küche lag in der Mitte, zwischen Schlafzimmer und Wohnzimmer. Vielleicht war er ihr Liebhaber, und sie waren auf dem

Weg ins Bett, als er sie mit einem Stück zugespitztem Stahl überrraschte. Aber hätte er dann nicht gewartet, bis sie da waren, wo sie hinwollten?
Möglicherweise hatte sie etwas auf dem Herd stehen, wollte ihm vielleicht eine Tasse Kaffee machen. Die Küche war zu klein, um darin zu essen, aber zwei Leute konnten bequem darin stehen, während sie darauf warteten, daß das Wasser kochte.
Und dann eine Hand über ihrem Mund, um den Aufschrei zu ersticken, und ein Stoß ins Herz, um sie zu töten. Und dann weitere Stöße mit dem Eispickel, damit es so aussah, als sei der Eispickelmörder an der Arbeit gewesen.
Hatte der erste Hieb sie getötet? Ich erinnerte mich an die Perlen von Blut. Ein toter Körper blutet kaum, aber Stichwunden im allgemeinen auch nicht. Die Autopsie hatte eine Herzverletzung ergeben, die praktisch sofort zum Tode geführt hatte. Es konnte die erste zugefügte Wunde, aber auch die letzte gewesen sein, dem Autopsiebefund nach.
Judy Fairborn stellte Wasser auf, zündete mit einem Streichholz das Gas an und goß drei Tassen Pulverkaffee auf, als das Wasser kochte. Ich hätte ganz gern ein bißchen Bourbon in meiner gehabt oder noch lieber Bourbon anstatt des Kaffees, aber niemand schlug das vor. Wir trugen unsere Tassen ins Wohnzimmer, und Judy sagte: »Sie haben ausgesehen, als wäre Ihnen ein Geist begegnet. Nein, das ist nicht richtig. Sie sahen aus, als ob Sie einen suchten.«
»Das habe ich vielleicht wirklich getan«, gab ich zu.
»Ich weiß nicht, ob ich wirklich an Geister glaube. Angeblich gibt es sie öfters in Fällen, bei denen der Tod plötzlich eingetreten ist, weil das Opfer nicht ahnte, was ihm bevorstand. Es gibt die Theorie, daß das so ist, weil die Seele sich nicht bewußt ist, gestorben zu sein, und darum verharrt, anstatt in die nächste Ebene des Seins hinüberzuwechseln.«
»Ich dachte, sie wandern ruhelos, Rache brütend, umher«, meinte Rolfe. »Ketten schleifend und seltsame Geräusche hervorbringend.«
»Nein, die Seele weiß einfach nicht, was zu tun ist. Man muß jemanden finden, der den Geist beschwört.«
»Dieser Bemerkung gegenüber verhalte ich mich lieber stumm«, war Rolfes Antwort.
»Ich bin stolz auf dich«, gab Judy zurück. »Du kriegst eine Eins für außerordentliche Selbstbeherrschung. Aber so wird's genannt:

Geisterbeschwörung. Es ist ähnlich wie Teufelsaustreibung. Der Beschwörer, oder wie er genannt wird, setzt sich mit dem Geist in Verbindung und erklärt ihm, was geschehen ist und daß er sich auf die nächste Ebene begeben muß. Und dann begibt sich der Geist eben dahin, wo Geister hingehören.«

»Und das alles glaubst du wirklich?«

»Ich weiß nicht recht, was ich glaube oder nicht«, räumte sie ein. Sie kreuzte die Beine, wechselte aber gleich wieder ihre Stellung. »Falls Barbara wirklich in dieser Wohnung als Geist herumspukt, benimmt sie sich aber sehr zurückhaltend. Keine quietschenden Böden, keine mitternächtlichen Erscheinungen.«

»Der typische vornehm Abstand haltende Geist«, lobte Rolfe.

»Ich habe heute nacht bestimmt Alpträume«, seufzte Judy. »Wenn ich überhaupt schlafen kann.«

Ich klopfte an alle Türen in den unteren zwei Stockwerken, was mir jedoch wenig einbrachte. Entweder waren die Mieter nicht zu Hause, oder sie konnten mir nichts Nützliches mitteilen. Der Hauswart des Gebäudes wohnte im Kellergeschoß eines Nebenhauses, aber ich sah keinen Grund, ihn aufzusuchen. Er war erst seit ein paar Monaten in der Stellung, und von einer alten Frau in einer der Wohnungen im vierten Stock hatte ich erfahren, daß es im Verlauf der letzten neun Jahre vier oder fünf Hausmeister gegeben hatte.

Die frische Luft tat gut, und ich war froh, wieder draußen auf der Straße zu sein. Ich hatte ein merkwürdiges Gefühl gehabt in Judys Küche, auch wenn ich nicht so weit gehen würde, es der Einwirkung eines Geistes zuzuschreiben. Es war immerhin so gewesen, als ob etwas aus der Vergangenheit mich rief, an mir zog und zerrte.

Ob es Barbara Ettingers Vergangenheit war oder meine eigene – ich wußte es nicht.

An der Straßenecke ging ich in eine Bar. Es gab Sandwiches, und auch ein Mikroöfchen zum Aufwärmen war da, aber ich war nicht hungrig. Ich nahm einen Bourbon und ein kleines Bier zum Nachspülen. Der Barmixer saß auf einem der hohen Stühle und trank aus einem großen Glas etwas, das wie Wodka aussah. Die einzigen Gäste außer mir, zwei Schwarze in meinem Alter, hockten am anderen Ende der Bar und verfolgten ein Sportprogramm im Fernsehen.

Ich blätterte in meinem Notizbuch, ging dann zum Telefon und nahm mir das Buch für Brooklyn vor. Die Kinderkrippe, in der Barbara Ettinger gearbeitet hatte, schien nicht mehr zu existieren. Ich sah auch noch im Branchenverzeichnis nach, ob vielleicht bei derselben Adresse ein anderer Name aufgeführt wäre. Aber nichts dergleichen.

Die Adresse lautete Clinton Street. Ich hatte so lange nicht mehr in der Gegend zu tun gehabt, daß ich jetzt jemanden um Auskunft fragen mußte. Es war nur ein paar Blocks entfernt. Die einzelnen Gegenden Brooklyns sind nicht sehr deutlich voneinander abgegrenzt, und welchen Namen ein Teil trägt, hängt manchmal nur von der Phantasie der Häusermakler ab. Als ich zum Beispiel die Court Street überquerte, war ich nicht mehr in Boerum Hill, sondern in Cobble Hill. Der Unterschied sprang ins Auge. Cobble Hill war um ein paar Schattierungen gepflegter. Mehr Bäume, eine größere Anzahl von Braunsteinhäusern und mehr weiße Gesichter auf den Straßen.

Die Nummer, die ich auf der Clinton Street suchte, fand ich zwischen der Pacific und der Amity Avenue. Eine Kinderkrippe gab es da aber nicht. Statt dessen war ein Handarbeitsladen in dem Haus. Die Besitzerin, ein rundlicher Erdmuttertyp mit einem Goldzahn im Mund, wußte auch nichts Näheres. Sie war vor anderthalb Jahren eingezogen, nachdem ein Rohkostrestaurant Pleite gemacht hatte. »Einmal habe ich da gegessen«, sagte sie. »Die haben's verdient, Pleite zu machen. Das können Sie mir glauben.«

Sie nannte mir den Namen des Hausbesitzers und gab mir auch seine Telefonnummer. Ich versuchte, ihn anzurufen, aber es war ständig besetzt. Also ging ich hinüber zum Büro. Nur eine Person saß in dem Raum, ein junger Mann mit aufgerollten Hemdsärmeln und einem großen, runden Aschenbecher voller Zigarettenstummel vor sich auf dem Schreibtisch. Er paffte weiter, während er telefonierte. Die Fenster waren geschlossen, und es herrschte eine Luft wie in einem Nachtklub gegen vier Uhr morgens.

Als er einhängte, nahm ich ihn mir gleich vor, bevor er noch ein neues Gespräch anfangen konnte. Seine Erinnerung reichte weiter zurück. Vor dem Rohkostrestaurant war ein Laden für Kinderkleidung an der Stelle gewesen, der ebenfalls hatte schließen müssen. »Jetzt haben wir Stickereien und Handarbeiten drin«, meinte er. »Mehr als ein Jahr gebe ich der Madame nicht. Was kann das schon einbringen? Ein paar Rollen Garn zu verkaufen! Da

haben die Leute ein Hobby, etwas, das sie interessiert, und auf der Basis machen sie einen Laden auf. Rohkost, Stickereien, was es auch immer ist, von Geschäften verstehen sie alle nichts. Na, und dann geht's ein Jahr oder zwei, und aus ist's. Macht nichts, wenn sie den Vertrag nicht einhalten kann. Wir vermieten den Laden, bevor der Monat um ist, und für das Doppelte von dem, was sie jetzt zahlt. In einer Gegend, die sich rausmacht wie die hier, hat der Vermieter die Oberhand.«
Er griff nach dem Telefon. »Tut mir leid, daß ich Ihnen nicht helfen kann.«
»Sehen Sie doch mal in Ihren Unterlagen nach«, beharrte ich.
Er hab eine Menge wichtiger Dinge zu erledigen, meinte er, aber noch während er das sagte, wechselte sein Ton von überlegen zu klagend. Ich saß in einem alten Drehstuhl und ließ ihn in seinen Akten herumwühlen. Er öffnete und schloß ein halbes Dutzend Schubladen, bevor er einen Aktendeckel herauszog und auf den Schreibtisch klatschte.
»Da haben wir's«, sagte er. ›Glückliche-Stunden‹-Kinderkrippe. Verrückter Name, was?«
»Wieso? Was paßt Ihnen daran nicht?«
»Glückliche Stunden – das paßt für eine Bar, wo die Getränke nur die Hälfte kosten. Idiotisch, einen Platz für so kleine Krabben so zu nennen. Und dann wundern sie sich, daß der Laden nicht geht.«
Ich hatte nichts gegen den Namen einzuwenden.
»Der Mietvertrag war von einer Mrs. Corwin unterzeichnet. Janice Corwin. Dauer fünf Jahre, aber nach vier Jahren gab sie auf. Im März vor acht Jahren zog sie aus.«
Das wäre also ein Jahr vor Barbara Ettingers Tod gewesen. »Himmel, wenn man sich die Miete ansieht, die sie damals gezahlt hat. Nicht zu glauben. Wissen Sie, wieviel es war?«
Ich schüttelte den Kopf.
»Sie haben die Räume ja gesehen. Raten Sie mal.« Ich sah ihn an. Er drückte eine Zigarette aus und zündete sich eine andere an. »Hundertfünfundzwanzig Dollar im Monat. Jetzt bringen dieselben vier Wände sechshundert ein, und sobald die Stickereitante den Rücken kehrt, oder wenn der Vertrag erneuert werden muß, geht's weiter hinauf.«
»Wissen Sie, ob die Corwin anderswo einen Laden aufgemacht hat?«
Er schüttelte den Kopf. »Eine Wohnungsadresse habe ich von ihr.

Wollen Sie die?« Er nannte eine Nummer in der Wyckoff Street, nur ein paar Häuser von dem Ettingergebäude. Ich schrieb mir die Adresse auf. Er gab mir auch eine Telefonnummer, und ich schrieb sie ebenfalls auf.
Sein Telefon klingelte. Er nahm den Hörer ab, sagte »Hallo«, hörte eine Minute oder so zu, gab ein paar einsilbige Antworten, erklärte dann aber: »Ich habe gerade jemanden hier, ich rufe zurück.«
Er hängte ein und fragte, ob das alles wäre. Mir fielen keine weiteren Fragen ein. Er nahm den Aktendeckel vom Tisch. »Vier Jahre hatte sie den Laden«, sagte er. »Den meisten geht schon im ersten Jahr die Luft aus. Wenn sie's das erste Jahr schaffen, dann haben sie eine Chance. Schaffens sie's zwei Jahre, haben sie eine bessere Chance. Wissen Sie, was das Problem ist?«
»Was denn?«
»Frauen«, erklärte er. »Sie verstehen nichts von Geschäften. Sie sollen die Hände davon lassen. Die machen einen Laden auf, so wie sie ein Kleid anprobieren. Die Farbe paßt ihnen nicht? Schön, dann ziehen sie es eben wieder aus. Also, wenn Sie sonst nichts mehr wollen – ich muß ein paar Telefonate erledigen.«
Ich dankte ihm für seine Hilfe.
»Keine Ursache«, winkte er ab. »Ich bin immer gern behilflich, wenn ich kann. Das ist nun mal meine Art.«

Ich rief die Nummer an, die er mir gegeben hatte, und geriet an eine Frau, die spanisch sprach. Von einer Janice Corwin wußte sie nichts, und sie ließ mir auch gar keine Zeit, um irgendwelche Fragen zu stellen. Ich steckte eine weitere Münze in den Apparat und rief nochmals die gleiche Nummer an, um sicher zu sein, daß ich mich nicht verwählt hatte. Als die gleiche Stimme antwortete, hängte ich ein.
Wenn ein Telefonanschluß aufgehoben wird, warten sie beinahe ein Jahr, ehe sie die Nummer von neuem vergeben. Möglich war natürlich auch, daß Mrs. Corwin ihre Nummer geändert hatte, ohne aus der Wyckoff Street wegzuziehen. Frauen taten das manchmal, um sich obszöne Anrufer vom Hals zu halten.
Trotzdem nahm ich an, sie sei umgezogen. Mir schien, jeder zog um, weg aus Brooklyn, weg aus den fünf New Yorker Bezirken, weg aus dem Staat. Ich ging zurück in Richtung Wyckoff Street, hielt dann inne, kehrte um, überlegte es mir wieder anders, nahm

wieder den Weg zur Wyckoff Street und kam nicht weiter als vorher.
Ich mußte mich zwingen, stehenzubleiben. Ich hatte ein unbehagliches Gefühl in Magen und Brust. Was ich da tat, war Zeitverschwendung, und ich fragte mich, wieso ich überhaupt Londons Scheck angenommen hatte. Seine Tochter war seit neun Jahren tot, und wer immer den Mord auf dem Kerbholz hatte, hatte längst ein funkelnagelneues Leben irgendwo in Australien angefangen. Ich rannte im Grunde nur im Kreis herum.
Ich blieb auf der Straße stehen und wartete, bis sich mein Unbehagen etwas gelegt hatte. Mir war nicht danach zumute, zur Wyckoff Street zurückzugehen. Das würde ich später tun, wenn Donald Gilman von seiner Arbeit zurück war und ich die Corwin-Adresse mit ihm überprüfen konnte. Mir fiel nichts ein,was sich bis dahin in der Ettingersache unternehmen ließ. Aber gegen mein Unbehagen konnte man etwas tun.

Etwas läßt sich zugunsten von Brooklyn sagen – man braucht nie weit zu gehen, um eine Kirche zu finden. Sie sind über den ganzen Bezirk verstreut.
Ich stieß auf eine an der Ecke, wo Court und Congress Street sich kreuzen. Sie war geschlossen und das Eisengitter verriegelt, aber ein Schild verwies einen zur St. Elizabeth Seton Kapelle gleich um die Ecke. Ein Pfad führte zu der einstöckigen Kapelle, die zwischen Kirche und Pfarrhaus eingezwängt lag. Ich durchschritt einen mit Efeu bepflanzten Hof, auf dem eine Erinnerungstafel verkündete, daß hier Cornelius Heeney begraben sei. Ich nahm mir nicht die Mühe nachzulesen, wer das gewesen war und warum man ihn hier eingebuddelt hatte. Ich ging zwischen den Reihen weißer Statuen hindurch und betrat die kleine Kapelle. Nur noch eine andere Person war da, eine ältliche Irin, die in der vordersten Bank kniete. Ich setzte mich weiter hinten hin.
Es fällt mir schwer, mich darauf zu besinnen, wann ich es mir angewöhnt hatte, in Kirchen zu sitzen. Kurz nachdem ich der Polizei den Rücken gekehrt hatte, mußte es wohl gewesen sein. Kurz nachdem ich das Haus in Syosset und Anita und die Jungen verlassen hatte und in das Hotel in der Siebenundfünfzigsten Straße auf der Westseite gezogen war. Wahrscheinlich stellten Kirchen für mich Zitadellen des Friedens und der Ruhe dar, beides in New York nur schwer zu findende Güter. Ich blieb etwa

fünfzehn oder zwanzig Minuten. Es war so friedlich, und nur still dazusitzen, half mir, über das wegzukommen, was mich vorher geplagt hatte. Bevor ich aufstand, zählte ich hundertfünfzig Dollar ab und steckte sie in die Büchse, an der »Für die Armen« stand. Nicht lange nachdem ich mir angewöhnt hatte, zu allen möglichen Zeiten Kirchen aufzusuchen, hatte ich es mir auch zur Regel gemacht, der Kirche ihren Zehnten zu geben. Warum ich das angefangen und nie damit aufgehört hatte, wußte ich selbst nicht. Ich machte mir auch keine Gedanken darüber. Es gibt so viele Dinge, die ich tue, ohne zu wissen, warum.
Ich habe keine richtige Vorstellung, was sie mit dem Geld anfangen. Es ist mir auch ziemlich egal. Charles London hatte mir fünfzehnhundert Dollar gegeben. Das schien mir kaum sinnvoller zu sein als mein Weitergeben eines Zehntels dieser Summe an die nicht näher bezeichneten Armen.
Auf einem Wandbrett lagen Votivkerzen, und ich zündete zwei an. Eine für Barbara London Ettinger, die seit langem tot war, wenn auch nicht ganz so lange wie Cornelius Heeney. Und eine für Estrellita Rivera, ein kleines Mädchen, das fast ebensolange wie Barbara Ettinger nicht mehr am Leben war.
Ich betete nicht. Ich bete nie.

4

Donald Gilman war zwölf oder fünfzehn Jahre älter als sein Wohngenosse und verbrachte bestimmt nicht so viele Stunden mit den Hanteln und dem Seil. Das sehr ordentlich gekämmte Haar war hellbraun und die Augen hinter der Hornbrille ein kaltes Blau. Er trug die Hosen eines Anzugs und ein weißes Hemd mit Krawatte. Die Jacke hing über dem Stuhl, vor dem Rolfe mich gewarnt hatte. Rolfe hatte erwähnt, daß Gilman Anwalt sei, daher war ich nicht erstaunt, als er einen Ausweis von mir verlangte. Ich erklärte, ich sei vor einigen Jahren aus dem Polizeikorps ausgeschieden. Seine Augenbrauen hoben sich bei dieser Mitteilung, und er warf Rolfe einen kurzen Blick zu.
»Ich beschäftige mich mit dieser Sache im Auftrag von Barbara Ettingers Vater«, fuhr ich fort. »Er hat mich ersucht, eine Untersuchung durchzuführen.«

»Aber warum? Der Mörder ist doch gefaßt worden.«
»Es gibt da einige fragwürdige Umstände.«
»So?«
Ich sagte ihm, daß Louis Pinell ein unanfechtbares Alibi für den Tag des Mordes an Barbara Ettinger habe.
»Dann hat jemand anders sie ermordet«, stellte er umgehend fest.
»Falls das Alibi sich nicht als falsch erweist. Und das macht das Interesse des Vaters verständlich. Er verdächtigt vermutlich – jeden kann er verdächtigen. Ich hoffe, Sie verstehen es nicht falsch, wenn ich ihn anrufe und mir von ihm bestätigen lasse, daß Sie in seinem Auftrag hier sind?«
»Er ist jetzt wahrscheinlich schwer zu erreichen.« Ich hatte mir Londons Karte eingesteckt und holte sie hervor. »Aus seinem Büro ist er vermutlich schon weggegangen, zu Hause dürfte er aber noch nicht sein. Seine Frau ist vor ein paar Jahren gestorben, er lebt allein, und ich glaube, er ißt im Restaurant.«
Gilman sah sich die Visitenkarte einen Augenblick an, und ich konnte seinem Gesicht ablesen, wie er einen Entschluß faßte. »Na ja«, meinte er dann. »Es macht ja schließlich nichts, wenn wir uns ein wenig unterhalten, Mr. Scudder. Ich weiß aber eigentlich nichts von Bedeutung. Es liegt ja auch schon alles so lange zurück. Seither ist eine Menge Wasser unter der Brücke durch oder über den Damm oder wohin sonst geflossen.« Der Ausdruck seiner blauen Augen wurde freundlicher. »Apropos Flüssigkeit – um diese Zeit nehmen wir gewöhnlich einen Drink. Wie wär's?«
»Danke, gern.«
»Wir mixen uns meist Martinis, aber falls Sie etwas anderes vorziehen –?«
»Auf Martinis reagiere ich ein bißchen zu stark«, wandte ich ein. »Für mich wär's besser, beim Whisky zu bleiben. Am liebsten Bourbon, falls Sie welchen dahaben.«
Natürlich hatten sie Bourbon, und zwar Wild Turkey, eine um einige Grade bessere Marke als ich zu trinken pflege. Rolfe schenkte mir mehrere Finger breit in ein Kristallglas ein. Dann mischte er Bombay Gin und einen Löffel Wermut in einem Krug, fügte ein paar Eiswürfel hinzu, rührte das Ganze sanft um und goß es durch ein Sieb in Gläser von der gleichen Art wie das meine. Donald Gilman hob sein Glas, schlug einen Toast zum Lob des Freitags vor, und darauf tranken wir.
Zu guter Letzt saß ich da, wo Rolfe mich beim ersten Besuch

plaziert hatte. Er selbst hockte auf dem Teppich, die Arme um seine hochgezogenen Knie geschlungen und noch im gleichen Hemd und den Jeans, die er angezogen hatte, um mich mit Judy Fairborn bekannt zu machen. Die Hanteln und das Seil waren weggeräumt. Gilman balancierte auf der Kante des unbequemen Stuhls, stierte in sein Glas und sah mich dann an.

»Ich hab versucht, mich an den Tag zu erinnern, an dem sie starb«, erklärte er. »Es ist schwer. Ich kam an dem Tag nicht direkt nach Hause vom Büro. Ich hatte mit jemandem ein paar Drinks und aß dann irgendwo, und ich glaube, nachher bin ich noch zu einer Party im Village gegangen. Aber das ist nicht wichtig. Wichtig ist, daß ich erst am nächsten Morgen heimgekommen bin. Was mich hier erwarten würde, wußte ich schon, denn ich hatte beim Frühstück die Morgenzeitung gelesen. Nein, warten Sie, das stimmt nicht. Ich hatte mir die *News* gekauft, weil's eine Zeitung im Kleinformat ist, und die liest sich leichter in der Untergrundbahn mit dem Umblättern und Falten und so weiter. Die Schlagzeile lautete: *Eispickelmörder schlägt in Brooklyn zu* oder so ähnlich. Ich glaube, es hatte schon vorher einen solchen Mord in Brooklyn gegeben.«

»Ja, der vierte Fall. In der Sheepshead Bay.«

»Ich blätterte um, auf Seite drei wahrscheinlich, und da stand die ganze Geschichte. Kein Foto, aber Name und Adresse. Da gab's keinen Zweifel.« Er legte eine Hand auf die Brust. »Ich erinnere mich noch daran, wie es mir durch und durch ging. Es war ein furchtbarer Schock. Man erwartet ja nicht, daß so etwas jemandem passieren kann, den man kennt. Plötzlich fühlt man sich selbst gefährdet. Es war ja hier geschehen. Dieser Eindruck überlagerte die Trauer darüber, einen befreundeten Menschen verloren zu haben.«

»Wie gut kannten Sie die Ettingers?«

»Ziemlich gut. Sie waren ein Paar und verkehrten natürlich meistens mit anderen Paaren. Aber sie wohnten ja auf demselben Flur und kamen manchmal herüber auf einen Drink oder eine Tasse Kaffee, oder sie baten mich zu sich hinüber. Zu einer oder zwei meiner Partys kamen sie auch, aber sie blieben nicht lange. Ich glaube, es machte ihnen nichts aus, mit Homosexuellen zusammenzusein, aber vielleicht weniger, wenn viele beisammen sind. Ich kann das verstehen. Man fühlt sich nicht gern in der Minderheit. Es ist ganz natürlich, daß das hemmend wirkt.«

»Waren sie glücklich?«
Die Frage brachte ihn wieder zu den Ettingers zurück. Er runzelte die Stirn und überlegte sich die Antwort. »Er wird wahrscheinlich verdächtigt«, meinte er. »Das ist beim Ehemann doch immer so. Haben Sie ihn kennengelernt?«
»Nein.«
»Ob sie glücklich waren? Die Frage liegt auf der Hand, aber wer kann wirklich darauf antworten? Sie machten einen glücklichen Eindruck. Die meisten Paare wirken glücklich, und am Ende gehen sie doch auseinander, und die Freunde staunen jedesmal, weil sie doch so glücklich gewirkt hatten.« Er trank sein Glas leer. »Aber ich glaube, sie waren glücklich. Sie erwartete ein Kind, als sie ermordet wurde.«
»Ja, ich weiß.«
»Das war mir neu. Ich erfuhr es erst nach ihrem Tod.« Er beschrieb einen kleinen Kreis mit dem leeren Glas, und Rolfe stand leichtfüßig auf und goß von neuem ein. Mir gab er auch einen weiteren Wild Turkey. Der erste war mir ein bißchen in den Kopf gestiegen, und ich war vorsichtig mit dem zweiten.
»Es hätte ihr vielleicht geholfen, innerlich ruhiger zu werden«, sagte Gilman.
»Das Kind?«
»Ja.«
»Mußte sie das denn? Ruhiger werden, meine ich.«
Er trank seinen Martini in kleinen Schlucken. »*De mortuis* und so weiter. Man scheut sich, offen und unverblümt über die Toten zu sprechen. Es steckte eine Art Unruhe in ihr. Sie war eine intelligente Person, wissen Sie. Sehr anziehend, energisch und schlagfertig. Wo sie zur Schule gegangen war, weiß ich nicht mehr, aber es war eine gute Schule. Doug studierte am Hofstra College. Gegen Hofstra ist nichts einzuwenden, aber es genießt doch nicht so ein Ansehen wie Barbaras Alma mater. Komisch, daß ich mich nicht mehr daran erinnern kann.«
»Wellesley.« London hatte das erwähnt.
»Natürlich! Es wäre mir sicher auch noch eingefallen. Ich war mal in ein Mädchen von Wellesley verliebt, als ich noch im College war. Es dauert manchmal eine Weile, bis man sich selbst erkennt und akzeptiert.«
»Hat Barbara unter ihrem Stand geheiratet?«
»Das würde ich nicht sagen. Von außen betrachtet läßt sich nur

feststellen: Sie wuchs in Westchester auf, studierte in Wellesley und heiratete dann einen Fürsorger, der in Queens aufgewachsen war und am Hofstra College studierte. Aber das sind so Etiketten, die nicht die Wahrheit treffen.« Er nahm einen Schluck. »Sie glaubte vielleicht, sie sei zu gut für ihn.«
»War sie mit jemand anderem liiert?«
»Sie stellen sehr direkte Fragen. Ich glaube Ihnen, daß Sie mal Polizist waren. Wieso haben Sie den Beruf an den Nagel gehängt?«
»Aus persönlichen Gründen. Hatte sie ein Verhältnis?«
»Es gibt doch nichts Billigeres, als über die Toten zu klatschen. Habe ich recht? Ich konnte sie manchmal hören. Sie warf ihm vor, er schliefe mit Frauen, mit denen er beruflich zusammenkam. Er machte Sozialarbeit für die Wohlfahrt, und es gehörte zu seinen Aufgaben, alleinstehende Frauen in ihren Wohnungen aufzusuchen, und wenn einer gewillt ist, ein bißchen herumzuschlafen, dann hat er in so einer Stellung natürlich viel Gelegenheit. Ob er das für sich ausgenützt hat oder nicht, kann ich nicht beurteilen, aber ich könnte mir denken, daß er der Typ war. Jedenfalls war sie wohl der Meinung.«
»Und sie hatte ein Verhältnis, um Gleiches mit Gleichem zu vergelten?«
»Sie haben eine gute Nase. Ich glaube, so war's. Aber fragen Sie mich nicht, mit wem, denn ich weiß es nicht. Ich war manchmal tagsüber zu Hause. Nicht oft, aber doch ab und zu. Und es kam vor, daß ich sie die Treppe heraufkommen hörte in Gesellschaft eines Mannes. Oder ich hörte beim Vorbeigehen an ihrer Tür eine Männerstimme von drinnen. Es reizt mich nicht, meine Nase in anderer Leute Angelegenheiten zu stecken, und darum habe ich mich nie bemüht, mal einen Blick auf diesen geheimnisvollen Mann zu erhaschen, wer immer es gewesen sein mag. Ich habe überhaupt der ganzen Sache keine große Wichtigkeit zugemessen.«
»Und dieser Mann besuchte sie während des Tages?«
»Ich kann nicht beschwören, daß sie überhaupt Besuch von jemandem bekam. Vielleicht war's der Klempner, der da war, um einen tropfenden Hahn zu reparieren. Verstehen Sie mich recht. Es war nur so ein Gefühl, daß sie jemanden haben könnte. Daß sie ihrem Mann vorwarf, ihr untreu zu sein, das wußte ich, und da war sie vielleicht der Meinung, was dem einen recht sei, sei dem anderen billig.«

»Aber das war während des Tages. Arbeitete sie denn da nicht?«
»Ach, in dieser Kinderkrippe? Ich glaube, sie hatte keine feste Arbeitszeit. Die Stellung nahm sie nur an, um etwas zu tun zu haben. Dieselbe Sache: Rastlosigkeit. Als Hauptfach hatte sie Psychologie gewählt, aber dann brach sie ihr Studium ab und hatte nun nichts zu tun. Darum begann sie, in der Kinderkrippe zu helfen. Ich nehme an, daß die Bezahlung nicht großartig war, und sie hatten sicher nichts dagegen, wenn sie sich ab und zu mal einen Nachmittag frei nahm.«
»Wer waren ihre Freunde?«
»Lieber Himmel, ich habe Leute bei ihnen in der Wohnung getroffen, aber ich kann mich nicht mehr an sie erinnern. Ich glaube, die meisten ihrer Bekannten waren Freunde von ihm. Diese Frau von der Kinderkrippe war manchmal da, aber den Namen weiß ich nicht mehr.«
»Janice Corwin.«
»Das war ihr Name? Keine Ahnung. Sie wohnte ganz in der Nähe, drüben auf der anderen Seite der Straße, wenn ich nicht irre.«
»Sie irren sich nicht. Wissen Sie, ob sie noch dort lebt?«
»Nein. Ich kann mich auch nicht mehr erinnern, wann ich sie das letzte Mal gesehen habe. Ich bin nicht sicher, ob ich sie überhaupt noch erkennen würde. Ich glaube, ich bin ihr nur einmal begegnet, aber sie kam mir in den Sinn, weil Barbara manchmal von ihr sprach. Wie, haben Sie gesagt, war der Name? Corwin?«
»Janice Corwin.«
»Die Kinderkrippe ist nicht mehr da. Vor Jahren wurde die schon geschlossen.«
»Ich weiß.«
Viel mehr an Gesprächsstoff gab es nicht. Die beiden hatten eine Verabredung zum Abendessen, und mir waren die Fragen ausgegangen.
Ich spürte den Alkohol. Das zweite Glas hatte ich geleert, ohne mir dessen bewußt zu sein, und war erstaunt, als plötzlich nichts mehr drin war. Ich war nicht betrunken, aber auch nicht ganz nüchtern, und mein Kopf hätte ein bißchen klarer sein können. Die frische Luft half. Es war windig. Ich versuchte, mich davor zu schützen, indem ich die Schultern einzog, und so ging ich auf die andere Seite und die Straße hinunter zu dem Haus, wo Janice Corwin wohnen sollte. Es war ein vierstöckiger Ziegelbau, der vor ein paar Jahren von jemandem erworben worden war, der die

Mieter hinausexpedierte, sobald ihre Verträge abgelaufen waren, und es dann in ein Einfamilienhaus umgewandelt hatte.
Wie der Besitzer sagte, dessen Namen ich nicht richtig verstand, war der Umbau noch immer im Gang. »Es ist kein Ende abzusehen«, klagte er. »Es ist alles dreimal so schwierig wie vorgesehen, es dauert alles viermal so lange und kostet fünfmal so viel. Und das ist vorsichtig gerechnet. Haben Sie eine Ahnung, wie lange es braucht, um die alte Farbe von den Türpfosten abzuschaben? Und wissen Sie, wie viele Türpfosten in einem Haus wie diesem sind?«
An die Namen der Mieter, die in dem Haus gewohnt hatten, konnte er sich nicht mehr erinnern. Der Name Janice Corwin sagte ihm nichts. Wahrscheinlich habe er irgendwo eine Liste der Mieter, aber wo die zu finden sei, wisse er nicht. Abgesehen davon stünden ihre neuen Adressen sicher nicht dabei. Ich sagte, er solle sich keine Mühe mit dem Suchen machen.
Ich ging zur Atlantic Avenue. Ich hatte Glück und stieß zwischen den Antiquariaten, den Läden voller Pflanzen und Blumentöpfe und den Restaurants mittelöstlicher Prägung auf ein ganz gewöhnliches Lokal. Mir war eher nach einem Drink als nach Essen zumute, aber mir war klar, daß ich in Schwierigkeiten geraten würde, falls ich jetzt nicht etwas aß. Ich bestellte ein Steak mit Kartoffelbrei und grünen Bohnen und zwang mich, alles aufzuessen. Es schmeckte nicht schlecht. Ich trank zwei Tassen Kaffee, der nicht besonders war, und machte beim Hinausgehen halt, um im Telefonbuch unter Corwin nachzusehen. In Brooklyn gab es zwei Dutzend Corwins und darunter einen oder eine J. Corwin mit einer Adresse, deren Abkürzung Bay Ridge oder Bensonhurst bedeuten konnte. Ich rief an, bekam aber keine Antwort.
Es gab keinen Grund anzunehmen, sie wohne in Brooklyn, und auch keinen vorauszusetzen, ihr Telefon müsse unter ihrem Namen aufgeführt sein. Den Namen ihres Mannes kannte ich aber nicht.
Bei der Post nachzufragen, war sinnlos. Adressenwechsel werden nur ein Jahr lang gespeichert, und das Gebäude in der Wyckoff Street war vor mehr als einem Jahr in anderen Besitz übergegangen. Aber es mußte Möglichkeiten geben, die Corwins aufzuspüren. Es gibt immer welche.
Ich zahlte und ließ Trinkgeld auf der Theke liegen. Die nächste Untergrundbahnstation sei ein paar Straßen weiter, sagte mir der

Mann an der Kasse. Ich saß schon im Zug nach Manhattan, als mir einfiel, daß ich nicht daran gedacht hatte, einmal zur Ecke Bergen und Flatbush Avenue zu gehen und im Achtundsiebzigsten Polizeirevier vorbeizuschauen.

5

Im Hotel erkundigte ich mich, ob etwas vorliege. Keine Post, keine Mitteilungen, nichts. Oben in meinem Zimmer machte ich eine Flasche Bourbon auf und goß mir ein paar Fingerbreit in ein Glas. Ich blieb ein Weilchen sitzen und blätterte in einer Taschenbuchausgabe der *Leben der Heiligen.* Die Märtyrer übten eine seltsame Anziehungskraft auf mich aus. Sie hatten eine so reichhaltige Auswahl an Todesarten zu bieten. Vor ein paar Tagen hatte in der Zeitung gestanden, jemand sei unter dem Verdacht, ein Jahr zuvor zwei Frauen in ihrer Wohnung in Harlem ermordet zu haben, verhaftet worden. Die Polizisten hätten den Fall nicht aufgegeben, so der Artikel, da die Tat besonders brutal gewesen sei. Die Opfer, eine Mutter und ihre Tochter, waren in ihrem Schlafzimmer gefunden worden, jede mit einer Kugel hinter dem Ohr. Jetzt hatten sie einen vierzehnjährigen Burschen verhaftet. Zur Zeit der Morde wäre er also erst dreizehn gewesen.

Im letzten Abschnitt des Berichtes wurde erwähnt, in dem Jahr nach den beiden Morden seien fünf weitere Personen im selben Haus oder in der Nähe getötet worden. Ob diese fünf Mordfälle gelöst worden waren oder ob der Junge auch damit in Zusammenhang gebracht wurde, war dem Artikel nicht zu entnehmen.

Meine Gedanken schweiften von der Lektüre ab. Immer wieder legte ich das Buch nieder und ertappte mich dabei, wie ich an Barbara Ettinger dachte. Donald Gilman war drauf und dran gewesen zu sagen, daß ihr Vater jemanden verdächtigte, hatte dann aber doch keinen Namen genannt.

Wahrscheinlich der Ehemann. Der Ehemann wird immer als erster verdächtigt. Wenn in Barbaras Fall nicht angenommen worden wäre, sie sei eines der Opfer in einer Serie von Morden, hätte man sich den Ehemann sicher auch vorgenommen und ihn mit Fragen bombardiert. Wie die Dinge lagen, hatten ihn Detektive routinemäßig einvernommen. Das mußten sie schließlich. Er war nicht nur der Ehemann, sondern auch derjenige, der die Leiche in der Küche entdeckt hatte, als er von der Arbeit heimkam.

Ich hatte den Bericht über das Verhör gelesen. Der Detective, der es leitete, hatte offensichtlich vorausgesetzt, daß der Mord dem Eispickelmörder zuzuschreiben sei, und seine Fragen bezogen sich daher nur auf Barbaras Tagesablauf, auf die Wahrscheinlichkeit, sie könne einen Fremden eingelassen oder vielleicht erwähnt haben, jemand sei ihr gefolgt oder wegen seines sonderbaren Benehmens aufgefallen. Hatte man sie mit obszönen Anrufen belästigt? Oder gab es Leute, die anriefen und dann einhängten, ohne ein Wort zu sagen? Oder solche, die behaupteten, sich verwählt zu haben?

Die Fragen gingen alle von der Annahme aus, der Befragte sei unschuldig, und diese Annahme mußte damals auch ganz logisch erscheinen. Offensichtlich hatte nichts in Douglas Ettingers Benehmen irgendwelchen Verdacht erweckt.

Ich versuchte – und nicht zum ersten Mal –, mir Ettinger ins Gedächtnis zu rufen. Ich mußte ihm doch begegnet sein. Wir waren zuständig, bis uns das Department Nördliches Zentrum den Fall wegnahm. Er mußte doch irgendwo gewesen sein, als ich in der Küche die auf dem Linoleum liegende Leiche betrachtete. Wahrscheinlich hatte ich ihm doch mein Beileid ausgesprochen und einen Eindruck von ihm gewonnen, aber ich konnte mich absolut nicht an ihn erinnern.

Vielleicht hatte er sich im Schlafzimmer aufgehalten, während ich in der Küche war, und sich mit einem anderen Detective oder einem der Polizisten unterhalten, die als erste am Tatort eingetroffen waren. Es war auch nicht auszuschließen, daß ich ihn überhaupt nie zu Gesicht bekommen hatte, oder wir hatten miteinander gesprochen, und ich hatte ihn vollkommen vergessen. Ich hatte damals schließlich schon jahrelang mit so vielen Hinterbliebenen zu tun gehabt. Sie konnten mir nicht alle als scharf umrissene Persönlichkeiten im Gedächtnis haften.

Ich würde ihn bald genug zu sehen bekommen. Mein Klient hatte nicht gesagt, wen er verdächtigte, aber es lag auf der Hand, daß Barbaras Ehemann als erster auf der Liste stehen mußte. London hätte sich kaum dermaßen aufgeregt, wenn anzunehmen gewesen wäre, daß seine Tochter von einem Freund oder Liebhaber, einem ihm Unbekannten, ermordet worden war. Trug aber ihr eigener Gatte die Schuld an ihrem Tode, ein Mann, den London

kannte, der Jahre später noch bei der Beerdigung von Londons Frau zugegen war . . .
In meinem Zimmer war ein Telefon, aber alle Gespräche gehen über das Schaltbrett des Hotels, und es ist lästig, immer auf die Verbindung warten zu müssen, selbst wenn es einem gleichgültig ist, ob die Telefonistin mithört oder nicht. Ich ging in die Halle hinunter und rief von dort meinen Klienten in Hastings an. Nach dem dritten Läuten meldete er sich.
»Scudder«, sagte ich. »Es wäre nützlich, wenn ich ein Bild von Ihrer Tochter hätte. Ganz egal, was für eines, wenn es ihr nur ähnlich sieht.«
»Ich habe ein ganzes Album voller Bilder. Die meisten stammen allerdings aus Barbaras Kinderzeit. Ihnen liegt an einer Aufnahme, die so spät wie möglich gemacht wurde, nehme ich an.«
»Stimmt, so spät wie möglich. Wie steht's mit einem Hochzeitsbild?«
»Ach ja, natürlich«, sagte er. »Es gibt ein sehr gutes Bild von den beiden. Es steht in einem Silberrahmen auf einem Tisch im Wohnzimmer. Ich kann sicher eine Kopie davon machen lassen, wenn Sie wollen.«
»Falls es Ihnen nicht zu viel Mühe macht.«
Er fragte, ob er es mir schicken solle, und ich schlug vor, er solle es am Montag in sein Büro mitbringen. Ich würde dann anrufen und es abholen kommen. Er erkundigte sich, ob ich Gelegenheit gehabt hätte, meine Untersuchung zu beginnen, und ich berichtete ihm, daß ich den Tag in Brooklyn verbracht hatte. Ich nannte einige Namen und wartete auf seine Reaktion – Donald Gilman, Janice Corwin –, aber sie sagten ihm nichts. Ob ich irgendwelche Hinweise entdeckt hätte, wollte er wissen.
»Die Spuren sind kalt«, gab ich zu bedenken.
Ich beendete das Gespräch, ohne ihn zu fragen, wen er verdächtige. Ich war rastlos und ging um die Ecke zu Armstrong. Draußen bereute ich, daß ich nicht umgekehrt war, um meinen Mantel zu holen. Es war kälter geworden, und es wehte ein beißender Wind.
Ich saß an der Bar neben ein paar Krankenschwestern vom Roosevelt Hospital. Eine von ihnen, Terry, hatte gerade drei Wochen in der Kinderabteilung hinter sich. »Ich hatte mir das so schön vorgestellt«, bekannte sie. »Aber ich kann es nicht ertragen. Kleine Kinder, es ist viel schlimmer, wenn es die trifft.

Manche von ihnen sind so mutig. Es bricht einem schier das Herz. Ich kann es einfach nicht mit ansehen.«
Estella Riveras Bild tauchte vor meinem geistigen Auge auf, verflog aber gleich wieder. Ich gab mir auch keine Mühe, es festzuhalten. Die andere Krankenschwester sagte – ihr Glas in der Hand haltend –, sie habe eigentlich Sambucca lieber als Amaretto. Vielleicht war es auch umgekehrt.
Ich machte früh Schluß.

6

Obwohl ich mich nicht erinnern konnte, Douglas Ettinger getroffen zu haben, hatte ich eine Vorstellung von ihm. Groß, kräftiger Knochenbau, dunkles Haar, helle Haut, an Lincoln erinnernde Züge. Und ein ins Auge springender Adamsapfel.
Am Sonnabendmorgen wachte ich mit diesem Bild im Kopf auf, als hätte es sich dort in einem der Erinnerung entfallenen Traum eingeprägt. Nach einem eiligen Frühstück ging ich zum Pennsylvania Bahnhof und nahm einen Zug der Long Island Bahn nach Hicksville. Ein Anruf in seinem Haus in Mineola hatte klargestellt, daß Ettinger in der Filiale in Hicksville arbeitete, und wie sich ergab, war die eine 2,25-Dollar-Taxifahrt vom dortigen Bahnhof entfernt.
In einem Gang, der zu beiden Seiten von Regalen voller Squash- und Tennisutensilien eingerahmt war, stieß ich auf einen Verkäufer, bei dem ich mich erkundigte, ob Mr. Ettinger da sei. »Ich bin Doug Ettinger«, gab er mir zur Antwort. »Womit kann ich Ihnen dienen?«
Er war etwa einssiebzig groß, von vierschrötiger Figur, um die hundertfünfundsiebzig Pfund schwer. Die Haare waren kraus, hellbraun mit rötlichem Schimmer. Fleischige Wangen und hurtige braune Augen wie ein Eichhörnchen. Große weiße Zähne, ein bißchen vorstehend, was gut zu dem Eichhörncheneindruck paßte. Er kam mir nicht bekannt vor, nicht im geringsten, und der Holzhackerkarikatur, die ich im Kopf hatte, sah er überhaupt nicht ähnlich.
»Mein Name ist Scudder«, stellte ich mich vor. »Ich hätte gern ungestört mit Ihnen gesprochen, wenn's Ihnen nichts ausmacht.

Es handelt sich um Ihre Frau.«
»Karen?« Der offene Ausdruck seines Gesichtes bekam etwas Gespanntes. »Was ist mit ihr?«
»Ich meine Ihre erste Frau.«
»Ach so, Barbara«, sagte er. »Eben haben Sie mir aber einen Schrecken eingejagt. Ihr ernster Ton und daß Sie ungestört mit mir sprechen wollen über meine Frau. Ich weiß selbst nicht, was ich gedacht habe. Sind Sie von der Polizei? Hier, kommen Sie mit. Wir können uns in meinem Büro unterhalten.«
Sein Platz war an dem kleineren der beiden Schreibtische. Rechnungen und Briefe waren sehr ordentlich darauf arrangiert. Ein Plastikwürfel für Fotos zeigte die Bilder einer Frau und einiger noch kleiner Kinder. Er fing meinen Blick auf und sagte: »Das ist Karen. Und das sind die Kinder.«
Ich nahm den Würfel auf und betrachtete die junge Frau mit dem kurzen blonden Haar und dem sonnigen Lächeln. Sie stand neben einem Wagen, und dahinter sah man Rasen. Das Bild vermittelte den Eindruck des Lebens in einer Vorstadt.
Ich stellte den Würfel wieder hin und setzte mich auf den Stuhl, auf den Ettinger gedeutet hatte. Er hatte hinter dem Schreibtisch Platz genommen und zündete sich eine Zigarette an. Er wußte, daß der Eispickelmörder verhaftet worden war, und auch, daß der Mann bestritt, irgend etwas mit dem Mord an Ettingers erster Frau zu tun zu haben. Er war der Meinung, Pinell lüge, und zwar, weil er sich nicht mehr erinnerte oder weil er geisteskrank war. Als ich ihn darauf aufmerksam machte, daß Pinells Alibi bestätigt worden sei, machte dies weiter keinen Eindruck auf ihn.
»Das liegt Jahre zurück«, wandte er ein. »Leute irren sich in den Daten, und wer weiß, wie genau es mit den Eintragungen genommen wurde. Er war sicher der Täter. Ich würde seiner Behauptung, daß er es nicht war, nicht trauen.«
»Sein Alibi sieht echt aus.«
Ettinger zuckte die Achseln. »Sie können das natürlich besser beurteilen als ich. Trotzdem wundere ich mich, daß der Fall wieder aufgerollt wird. Was können Sie denn jetzt noch erreichen nach all den Jahren?«
»Ich bin nicht bei der Polizei, Mr. Ettinger.«
»Ich dachte, Sie hätten gesagt –«
»Nein, ich habe nur Ihre Annahme nicht korrigiert. Ich war früher bei der Polizei. Jetzt arbeite ich auf privater Basis.«

»Und in wessen Auftrag arbeiten Sie in dieser Sache?«
»Für Ihren früheren Schwiegervater.«
»Charlie London hat Sie beauftragt?« Er sah nachdenklich drein. »Wenn er glaubt, das hat einen Sinn. Barbie kann es nicht zurückbringen, aber für ihn ist wohl das Gefühl wichtig, alles versucht zu haben. Nach dem Mord, daran erinnere ich mich, wollte er eine Prämie aussetzen. Ob es dann aber dazu gekommen ist, weiß ich nicht.«
»Ich glaube nicht.«
»Und jetzt will er es sich etwas kosten lassen, den wirklichen Täter aufzuspüren. Ich kann's verstehen. Warum auch nicht? Sein Leben ist sehr leer geworden seit Helens Tod. Seine Frau, Barbaras Mutter.«
»Ich weiß.«
»Es tut ihm sicher gut, wenn er sich mit etwas beschäftigen kann, sich für etwas interessieren. Obwohl er genug zu tun hat, aber – na ja, wie's so ist. Ich weiß nicht, inwieweit ich Ihnen behilflich sein kann, aber fragen Sie mich nur, soviel Sie wollen, Mr. Scudder.«
Ich erkundigte mich nach Barbaras Bekanntenkreis und wie sie sich mit ihren Mitbewohnern im Haus verstanden habe. Ich fragte auch, wie es mit ihrer Arbeit in der Kinderkrippe gewesen sei. An Janice Corwin konnte er sich erinnern, aber der Name ihres Mannes war ihm nicht bekannt. »Die Stellung war nicht sehr wichtig«, erklärte er. »Eigentlich war es mehr eine Gelegenheit für sie, aus dem Haus zu kommen und ihrer Energie eine Richtung zu geben. Das Geld war natürlich auch ganz schön. Ich schleppte damals meine Aktentasche treppauf, treppab für das Wohlfahrtsamt, und dabei ließ sich's kaum reich werden. Barbies Stellung war nur vorübergehend. Sie wollte die Arbeit aufgeben und bei dem Kind zu Hause bleiben.«
Die Tür öffnete sich. Ein Verkäufer, noch ein ganz junger Bursche, machte einen Schritt in das Büro, blieb dann aber stehen und sah uns, seiner selbst nicht sicher, an. »Ich komme gleich, Sandy«, sagte Ettinger. »Ich bin noch beschäftigt.«
Der junge Mann zog sich zurück und schloß die Tür hinter sich. »Sonnabend ist immer viel los«, sagte Ettinger entschuldigend. »Ich will Sie nicht drängen, aber ich werde im Laden gebraucht.«
Ich stellte ihm noch ein paar Fragen. Sein Erinnerungsvermögen war beschränkt, aber das ließ sich begreifen. Ein Leben war ihm

brutal zerstört worden, und er hatte sich ein neues schaffen müssen. Das ließ sich besser erreichen, wenn man das erste so weit wie möglich aus dem Gedächtnis auslöschen konnte. In dieser ersten Ehe hatte es keine Kinder gegeben, die eine dauernde Verbindung zu den Schwiegereltern hergestellt hätten. Die Ehe mit Barbara konnte er zusammen mit seinen Akten vom Wohlfahrtsamt und allem, was sonst noch mit diesem Leben zusammengehangen hatte, in Brooklyn zurücklassen. Jetzt lebte er in einem Vorort, hatte einen Wagen, mähte seinen Rasen und bildete eine Familie mit seinen Kindern und seiner blonden Frau. Warum sollte er herumsitzen und der Vergangenheit in der engen Wohnung in Boerum Hill nachhängen?

»Sonderbar«, sagte er. »Ich kann mir einfach nicht vorstellen, daß irgendeiner unserer Bekannten von damals imstande wäre, so etwas zu tun. Ich meine, was Barbie angetan wurde. Aber ich habe nie glauben können, daß sie einen Fremden in die Wohnung gelassen hätte.«

»Sie war vorsichtig in dieser Beziehung?«

»Ja, immer. Sie war in einer besseren Gegend als Wyckoff Street aufgewachsen, aber die fühlte sich trotzdem wohl da. Wir hatten natürlich nicht die Absicht, bis in alle Ewigkeit dort zu bleiben.« Sein Blick schweifte zu dem Würfel mit den Fotos, als sähe er Barbara neben seinem Wagen mit einem Rasen als Hintergrund vor sich. »Aber diese Eispickelmorde machten ihr Angst.«

»Ja?«

»Am Anfang weniger. Aber als die Frau in Sheepshead Bay ermordet wurde, änderte sich das. Es war das erste Mal, daß der Kerl in Brooklyn zugeschlagen hatte, verstehen Sie? Und da bekam sie es mit der Angst zu tun.«

»Wegen des Tatorts? Sheepshead Bay ist doch weit weg von Boerum Hill.«

»Aber beides liegt in Brooklyn. Und es spielte auch noch etwas anderes mit, soweit ich mich erinnere. Sie identifizierte sich sehr stark mit der ermordeten Frau. Ich weiß nicht mehr, aus welchem Grund. Sie habe das Gefühl, beobachtet zu werden, sagte sie.«

»Haben Sie das der Polizei mitgeteilt?«

»Ich gaube nicht.« Er wandte den Blick ab und zündete eine neue Zigarette an. »Nein, bestimmt nicht. Ich dachte damals, es wäre Einbildung und hänge mit Barbaras Schwangerschaft zusammen.

So wie das plötzliche Verlangen nach ausgefallenen Speisen. So etwas Ähnliches. Schwangere Frauen versteifen sich manchmal auf sonderbare Ideen.« Er sah mich an. »Ich schob den Gedanken daran weg. Ein oder zwei Tage vor dem Mord hatte sie mich gebeten, ein Sicherheitsschloß für die Tür zu besorgen. Eines dieser Schlösser mit einer Stahlstange hinter der Tür, so daß sie nicht aufgebrochen werden kann.«
Ich nickte.
»Ich besorgte keine solche Stange. Es hätte auch nichts genützt, denn die Tür war nicht aufgebrochen. Ich konnte es mir nicht erklären, daß sie jemanden eingelassen haben sollte, aber andererseits war es Tag, und tagsüber ist man nicht so ängstlich. Es hätte ja jemand sein können, der vorgab, ein Klempner zu sein oder ein Angestellter vom Elektrizitätswerk oder so etwas. Der Würger von Boston hat sich doch so Eingang verschafft.«
»Irgend so etwas war's ja.«
»Aber wenn es tatsächlich jemand war, den sie kannte –«
»Da sind ein paar Fragen, die ich Ihnen stellen muß.«
»Bitte.«
»Ist es möglich, daß Ihre Frau irgendeine Beziehung hatte?«
»Eine Beziehung? Sie meinen, ob sie ein Verhältnis mit jemandem hatte?«
»So etwas.«
»Sie war schwanger«, sagte er, als ob das meine Frage beantworte. Als ich darauf nichts erwiderte, fügte er hinzu: »Wir waren glücklich zusammen. Ich bin sicher, daß sie sich mit niemandem eingelassen hätte.«
»Empfing sie öfters Besuch, wenn Sie nicht daheim waren?«
»Vielleicht kam mal eine Freundin zu ihr. Darum habe ich mich nicht gekümmert. Wir hatten Vertrauen zueinander.«
»An dem betreffenden Tag ging sie früher aus der Kinderkrippe weg.«
»Das tat sie manchmal. Sie kam sehr gut aus mit der Frau, für die sie arbeitete.«
»Sie haben gesagt, Sie hatten Vertrauen zueinander. Hatte sie Vertrauen zu Ihnen?«
»Worauf wollen Sie hinaus?«
»Hat sie Ihnen jemals vorgeworfen, Sie hätten Affären mit anderen Frauen?«
»Jesus, wer hat Ihnen das aufgebunden? Ich wette, ich weiß, von

welcher Seite das Geschwätz kommt. Ja, es gab schon mal Auseinandersetzungen, und das hat vielleicht jemand mitgehört.«
»So?«
»Ich habe Ihnen doch gesagt, Frauen haben komische Ideen, wenn sie schwanger sind. So, wie sie plötzlich bestimmte Sachen essen wollen. Barbie redete sich ein, ich hätte mich mit manchen der Frauen, die ich betreute, eingelassen. Ich schleppte mich von einem dieser verkommenen Häuser in Harlem und der Südbronx zum anderen, füllte Formulare aus und hatte alle Mühe, nicht zu kotzen bei dem Gestank, und dem Scheißdreck auszuweichen, den sie einem vom Dach auf den Kopf schütten, und sie warf mir vor, ich würde mich mit diesen Unglücksweibern amüsieren. Ich sagte mir, das sei einfach eine Schwangerschaftsneurose. Ich bin nicht gerade der Typ, dem keine Frau widerstehen kann, so fängt's mal an, und was ich da in diesen Elendsquartieren zu sehen bekam, war weiß Gott nicht dazu angetan, mich auf lüsterne Gedanken zu bringen. Das dämpfte eher alle erotischen Regungen, so daß ich sogar manchmal zu Hause Schwierigkeiten hatte, von der Arbeitszeit ganz zu schweigen. Sie waren Polizist. Ihnen brauche ich doch nicht zu sagen, was ich da täglich vor Augen hatte.«
»Sie hatten also kein Verhältnis mit einer anderen Frau?«
»Habe ich Ihnen das nicht gerade erklärt?«
»Und Sie haben auch nicht mit anderen Frauen angebandelt? Mit jemandem aus der Nachbarschaft, zum Beispiel?«
»Ganz bestimmt nicht. Hat das jemand behauptet?«
Ich überging die Frage. »Sie haben ungefähr drei Jahre nach dem Tod Ihrer Frau wieder geheiratet, Mr. Ettinger. Stimmt das?«
»Nicht ganz drei Jahre.«
»Wann lernten Sie Ihre jetzige Frau kennen?«
»Ungefähr ein Jahr bevor wir geheiratet haben. Vielleicht etwas früher, vierzehn Monate oder so. Es war im Frühling, und wir haben im Juni geheiratet.«
»Wie lernten Sie sich kennen?«
»Durch gemeinsame Freunde. Wir waren zusammen eingeladen, beachteten uns aber nicht weiter an diesem Abend, und dann lud ein Freund von mir uns beide zum Abendessen ein und –« Er hielt inne und wechselte den Ton. »Sie war keiner meiner Pflegefälle in der Südbronx, das kann ich Ihnen versichern. Und in Brooklyn hat sie nie gelebt. Himmel, ich bin doch ein Idiot!«
»Mr. Ettinger –«

»Ich werde verdächtigt, stimmt's? Jesus, da sitze ich und merke das nicht. Ich werde verdächtigt, mein Gott!«
»Es ist nichts als Routine, Mr. Ettinger, wie bei jeder Untersuchung.«
»Glaubt er, ich hätte es getan? London? Dreht sich alles darum?«
»Mr. London hat mit keiner Silbe erwähnt, wen er verdächtigt oder wen er nicht verdächtigt. Falls er irgendwelche bestimmten Vorstellungen hat, behält er sie für sich.«
»Na, ist das nicht edel von ihm?« Er strich sich mit der Hand über die Stirn. »Ist das alles, Scudder? Wir haben viel zu tun am Sonnabend, das habe ich Ihnen vorhin schon gesagt. Wir haben eine Menge Kunden, die die ganze Woche schwer arbeiten und sich dann am Sonnabend mit Sport beschäftigen wollen. Also, wenn ich alle Ihre Fragen beantwortet habe –«
»An dem Tag, an dem Ihre Frau ermordet wurde, kamen Sie etwa um halb sieben nach Hause.«
»Ich glaube, das stimmt. Es steht sicher irgendwo in einem Polizeirapport.«
»Können Sie mir sagen, wie Sie den Nachmittag verbracht hatten?«
Er starrte mich an. »Wir reden über etwas, das sich vor neun Jahren abgespielt hat«, gab er zu bedenken. »Ich kann beim besten Willen nicht einen Tag vom anderen unterscheiden, an dem ich an wer weiß wie viele Türen klopfte. Können Sie sich daran erinnern, was Sie an diesem Nachmittag gemacht haben?«
»Nein, aber es war auch kein einschneidender Tag in meinem Leben. Sie würden sich doch sicher daran erinnern, wenn Sie sich an dem Nachmittag frei genommen hätten?«
»Ich habe mir nicht frei genommen. Ich habe den ganzen Tag an meinen Fällen gearbeitet. Und es war so spät, wie ich damals angegeben habe, als ich heimkam nach Brooklyn. Halb sieben hört sich richtig an.« Er wischte sich wieder die Stirn ab. »Sie können aber kaum von mir verlangen, daß ich das beweise. Wahrscheinlich habe ich über die bearbeiteten Fälle Bericht erstattet, aber solche Unterlagen werden nur einige Jahre aufgehoben. Drei oder fünf Jahre, ich habe das vergessen, aber bestimmt nicht neun. Sie werden regelmäßig vernichtet.«
»Ich verlange doch gar keine Beweise.«
»Ich habe sie nicht umgebracht, zum Teufel. Sehen Sie mich an. Sehe ich wie ein Mörder aus?«

»Ich weiß nicht, wie Mörder aussehen. Vor ein paar Tagen habe ich von einem dreizehn Jahre alten Jungen gelesen, der zwei Frauen ermordet hat, indem er sie hinter dem Ohr in den Kopf schoß. Ich weiß nicht, wie er aussieht, aber ich stelle mir vor, daß er nicht wie ein Mörder aussieht.« Ich nahm einen Zettel und schrieb eine Nummer darauf. »Das ist mein Hotel«, erklärte ich. »Vielleicht fällt Ihnen noch irgend etwas ein. Man weiß nie, was einem wieder in den Sinn kommen kann.«

»Ich möchte mich an nichts mehr erinnern.«

Ich stand auf und er auch.

»Das hat alles nichts mehr mit meinem Leben zu tun«, sagte er. »Ich lebe in meinem Haus in der Vorstadt und verkaufe Skier und Trainingsanzüge. Zu Helens Begräbnis bin ich gegangen, weil ich nicht wußte, wie ich mich auf anständige Weise davor drücken konnte. Ich hätte wegbleiben sollen. Ich –«

»Beruhigen Sie sich, Mr. Ettinger. Sie sind wütend und fühlen sich bedroht. Beides ist unbegründet. Natürlich sind Sie einer der Verdächtigen. Wer wird den Mord an einer Frau untersuchen, ohne auch den Ehemann zu befragen?« Ich legte ihm die Hand auf die Schulter. »Jemand hat sie umgebracht«, sagte ich. »Und es war möglicherweise jemand, den sie kannte. Wahrscheinlich gelingt es mir nicht, irgend etwas ausfindig zu machen, aber ich führe meine Untersuchung so gut ich kann durch. Wenn Ihnen irgend etwas einfällt, rufen Sie mich bitte an. Das ist alles.«

»Sie haben recht. Ich habe mich aufgeregt. Ich –«

Ich beschwichtigte ihn. »Denken Sie gar nicht mehr daran.« Ich ging.

7

Auf der Rückfahrt in die Stadt las ich in der Untergrundbahn die Zeitung. Einer der Hauptartikel handelte von der Zunahme der Raubüberfälle und erteilte den Lesern Ratschläge, was sie tun sollten, um weniger verlockende Zielscheiben abzugeben. Nur zu zweit oder in Gruppen gehen, mahnte der Verfasser. Sich an gut beleuchtete Straßen halten. Seinen Weg nicht an den Häusern entlang, sondern auf der anderen Seite des Fußgängersteigs verfolgen. Schnell gehen und den Eindruck erwecken, sehr zielbewußt zu sein. Sich auf kein Gespräch einlassen. Diese Typen

versuchen ausfindig zu machen, ob sie eine leichte Beute vor sich haben. Sie fragen, wie spät es ist oder wie sie zu dieser oder jener Straße gelangen. Man lasse sich nicht übertölpeln.
Wunderbar, das Leben in der Stadt wird immer gemütlicher. *»Entschuldigen Sie, mein Herr, aber könnten Sie mir sagen, wie ich zum Empire State Building komme?« – »Troll dich, du Scheißkerl.«* Umgangsformen für eine moderne Stadt.
Die Fahrt dauerte eine Ewigkeit. Ich hatte immer ein etwas sonderbares Gefühl, wenn ich nach Long Island hinausfuhr. Hicksville war weit entfernt von dem Ort, an dem Anita und die Jungens lebten, aber Long Island ist Long Island, und mir wurde so unbehaglich zu Mute, wie das immer der Fall ist, wenn ich dorthin gehe. Ich war froh, als wir am Pennsylvania-Bahnhof ankamen. Es war Zeit für einen Drink, und ich genehmigte mir einen gleich dort in der Bar im Bahnhof. Douglas Ettinger mochte an Sonnabenden sehr viel zu tun haben, auf den Barmixer im »Eisernen Pferd« traf das nicht zu. Seine Wochentagskunden waren wahrscheinlich alle nach Hicksville unterwegs, um dort Pfadfinderzelte und Basketballschuhe einzukaufen.
Die Sonne schien, als ich auf die Straße hinauskam. Ich schlug die Vierunddreißigste Straße ein und ging dann die Fifth Avenue hinauf bis zur Bibliothek. Kein Mensch fragte mich, wie spät es sei oder wie man zum Holland Tunnel käme.
Bevor ich in die Bibliothek hineinging, rief ich von einer Telefonzelle aus Lynn London an. Ihr Vater hatte mir ihre Nummer gegeben, und ich hatte sie in meinem Notizbuch stehen. Ein Antwortdienst meldete sich mit einer Mitteilung, die mit der Wiederholung der letzten vier Zahlen der Nummer begann, dann folgte die Erklärung, es könne jetzt niemand zum Telefon kommen, und ich wurde ersucht, meinen Namen zu hinterlassen. Es war eine weibliche Stimme, sehr deutlich, aber mit einem etwas nasalen Klang sprechend, und ich nahm an, daß sie Barbaras Schwester gehörte. Ich hängte den Hörer auf, ohne etwas zu sagen.
In der Bibliothek ließ ich mir denselben Polkschen Einwohnerplan von Brooklyn geben, den ich schon vorher konsultiert hatte. Diesmal suchte ich nach einem anderen Haus auf der Wyckoff Street. Seinerzeit hatten sich vier Wohnungen in dem Gebäude befunden, und eine davon war an Mr. und Mrs. Edward Corwin vermietet gewesen.
Damit war meine Tätigkeit für den Nachmittag beendet. In einer

Bar auf der Madison Avenue, nahe der Einundvierzigsten Straße, bestellte ich eine Tasse Kaffee und einen Schuß Bourbon, den ich hineingoß. Dann wechselte ich einen Dollar in lauter Zehncentstücke. Als erstes nahm ich mir das Telefonbuch für Manhattan vor, in dem ich zwei Edward Corwins entdeckte, außerdem einen E. Corwin, einen E. J. Corwin und einen E. V. Corwin. Als sich die verschiedenen Anrufe als Nieten erwiesen, bat ich die Zentrale um Hilfe. Erst ließ ich mir die in Frage kommenden Nummern in Brooklyn nennen, dann die in Queens, daraufhin die in der Bronx und schließlich die in Staten Island. Einige der Nummern waren besetzt, und ich mußte vier- oder fünfmal anrufen, bevor ich eine Verbindung bekam. Andere meldeten sich überhaupt nicht.
Ich verschaffte mir einen weiteren Vorrat an Münzen und versuchte mein Glück bei allen Corwins in den fünf Bezirken von New York. Im Verlauf dieser Tätigkeit führte ich mir irgendwo eine zweite Tasse Kaffee und einen zweiten Schuß Bourbon zu Gemüt. Es kostete mich einen hübschen Haufen Münzen ohne wahrnehmbaren Erfolg, aber das ist bei den meisten Untersuchungen dieser Art so. Selbst ein blindes Huhn findet jedoch mal ein Korn, wenn es lange genug sucht.
So sagt man wenigstens.
Als ich die Bar verließ, waren ungefähr zwei Drittel der Telefonnummern, die ich mir aufgeschrieben hatte, mit dem oder der betreffenden Corwin gesprochen, und sie hatten sich als die falschen Corwins herausgestellt. Die anderen würde ich noch anrufen, wenn's sein mußte, aber große Hoffnungen machte ich mir nicht. Janice Corwin hatte ihren Betrieb geschlossen und ihre Wohnung aufgegeben. Sie konnte ja nach Seattle oder wer weiß wohin gezogen sein. Oder sie lebte mit ihrem Mann in Westchester oder Jersey oder Connecticut. Vielleicht hielt sie sich auch gerade in Hicksville auf und stellte Vergleiche über den Preis von Tennisschlägern an. Ich hatte genug davon, meine »Finger im Telefonbuch spazieren« zu lassen, wie es in der Reklame so schön heißt.
Ich ging zur Bibliothek zurück. Wann sie die Kinderkrippe aufgegeben hatte, war mir bekannt. Das hatte mir der Hauswirt gesagt. Waren sie und ihr Mann zur gleichen Zeit von Boerum Hill weggezogen?
Ich ackerte mich durch mehrere Jahrgänge des Polkschen Einwohnerplans hindurch und stieß auf das Jahr, in dem die Corwins

die Wyckoff Street verlassen hatten. Zeitlich schien es zu stimmen. Die Kinderkrippe war vermutlich wegen bevorstehenden Umzugs geschlossen worden. Vielleicht waren sie in die Vororte übersiedelt, möglich war auch, daß der Mann von seiner Firma nach Atlanta geschickt worden war. Oder sie hatten sich getrennt, und jeder war seinen eigenen Weg gegangen.
Ich stellte den Plan zurück, hatte dann zur Abwechslung mal einen Geistesblitz und holte den Band wieder hervor. In dem Gebäude wohnten drei andere Mieter, die noch nach dem Wegzug der Corwins mehrere Jahre dort gelebt hatten. Ich notierte mir ihre Namen.
Diesmal telefonierte ich von einer Bar in der Zweiundvierzigsten Straße aus. Das Register für Manhattan ließ ich links liegen und nahm mir gleich das für Brooklyn vor. Gleich beim ersten Versuch hatte ich Glück. Die Gordon Pomerances waren in Brooklyn geblieben, als das Haus in der Wyckoff Street verkauft wurde. Sie waren ganz in die Nähe, in die Carrol Street, gezogen.
Mrs. Pomerance war am Telefon. Ich nannte meinen Namen und erklärte, ich versuche die Corwins zu erreichen. Sie wußte gleich, von wem die Rede war, hatte aber keine Ahnung, wo man sie finden könnte.
»Wir haben uns aus den Augen verloren. Eddie war ein netter Mensch. Nachdem sie ihn verlassen hatte, kam er manchmal mit den Kindern zum Abendessen herüber. Aber als er dann wegzog, brach der Kontakt ab. Das ist ja schon so lange her. Sicher hat er uns damals seine Adresse gegeben, aber ich kann mich nicht mal mehr an die Stadt erinnern, in die sie übersiedelten. Es war irgendwo in Kalifornien. Südkalifornien, wenn ich mich recht erinnere.«
»Und sie zog also noch vor ihm weg?«
»Ja, sicher. Sie ließ ihn einfach sitzen mit den zwei Kindern. Sie machte die – na, wie hat sie doch geheißen – die Kinderkrippe zu, und er stand da und mußte nun selbst eine Kinderkrippe für seine eigenen Sprößlinge suchen. Ich muß schon sagen! Eine Mutter, die ihre Kinder im Stich läßt!«
»Wissen Sie, wohin sie gezogen sein könnte?«
»Wahrscheinlich ins Village, Greenwich Village. Um sich ihrer Kunst zu widmen. Unter anderem.«
»Ihrer Kunst?«
»Sie behauptete, Bildhauerin zu sein. Ich habe nie eine Arbeit

von ihr zu Gesicht bekommen. Vielleicht hatte sie Talent, obwohl mich das überraschen würde. Eine Frau, die alles hat, was man sich wünschen kann. Eine hübsche Wohnung, einen wirklich lieben, netten Mann, zwei bildschöne Kinder und sogar ein Geschäft, das ganz ordentlich ging. Und sie geht weg und macht einfach die Tür hinter sich zu.«
Ich fragte aufs Geratewohl: »Haben Sie zufällig eine Freundin von ihr gekannt, eine Barbara Ettinger?«
»So gut standen wir nicht. Wie war der Name? Ettinger? Er kommt mir irgendwie bekannt vor.«
»Eine Barbara Ettinger wurde unweit von da, wo Sie wohnten, ermordet.«
»Kurz bevor wir einzogen. Natürlich! Jetzt erinnere ich mich. Gekannt habe ich sie nicht. Wie ich schon gesagt habe, das passierte kurz bevor wir einzogen. War sie mit den Corwins befreundet?«
»Sie arbeitete für Mrs. Corwin.«
»Waren die beiden andersrum?«
»Wie meinen Sie – andersrum?«
»Es wurde viel geredet über den Mord. Mich machte der Gedanke, da hinzuziehen nervös. Mein Mann und ich trösteten uns gegenseitig mit der Versicherung, daß der Blitz nicht zweimal ins gleiche Haus einschlägt, aber mir war es doch nicht ganz geheuer. Dann aber hörten die Morde plötzlich auf. War es nicht so?«
»Ja. Die Ettingers haben Sie nie kennengelernt?«
»Nein. Das habe ich Ihnen doch schon gesagt.«
Eine Künstlerin im Village. Eine Bildhauerin. Wohnte eine von den Corwins, die ich nicht hatte erreichen können, im Village? Soweit ich mich erinnerte, nicht.
»Können Sie sich vielleicht an Mrs. Corwins Mädchennamen erinnern?«
»Ob ich mich daran erinnere? Ich glaube nicht, daß ich ihn jemals gewußt habe. Warum?«
»Na, ich dachte, wenn sie doch Künstlerin ist, nennt sie sich vielleicht wieder so, wie sie als Mädchen geheißen hat.«
»Bestimmt tut sie das. Künstlerin hin oder her, sie hat bestimmt wieder ihren eigenen Namen führen wollen. Aber wie der war, kann ich Ihnen beim besten Willen nicht sagen.«
»Sie kann natürlich mittlerweile auch wieder geheiratet haben –«
»Das halte ich für ziemlich ausgeschlossen.«

»Wie bitte?«
»Die hat sicher nicht wieder geheiratet«, erklärte Mrs. Pomerance. Ihr scharfer Ton fiel mir auf. Ich fragte, warum sie das glaube.
»Um das Kind bei einem anderen Namen zu nennen«, fuhr sie fort. »Bildhauerin oder nicht, vermutlich lebt sie doch im Village.«
»Na und? Ich verstehe nicht.«
»Nein?« Sie schnalzte mit der Zunge, ungeduldig wegen meiner Schwerfälligkeit. »Sie hat ihren Mann sitzenlassen und zwei Kinder, aber nicht, um mit einem anderen Mann wegzulaufen. Sie hat ihn verlassen wegen einer Frau.«

Janice Corwins Mädchenname war Keane. Es kostete mich eine Fahrt in der Untergrundbahn bis zur Chambers Street und dann mehrere Stunden in den verschiedenen Büros des Archivamtes und des Standesamts, um dieses Körnchen Information zu erhalten. Der größte Teil der Zeit ging dabei drauf, die Erlaubnis zur Einsicht in die Akten zu bekommen. Jemand, der an Sonnabenden nicht im Amt erschien, war dafür zuständig.
Als erstes machte ich mich an die Angaben über Eheschließungen, und als das nichts ergab, versuchte ich mein Glück bei den Geburtsanzeigen. Mrs. Pomerance war nicht ganz sicher gewesen, was die Namen und das Alter der Corwin-Kinder betraf, aber daß die jüngere Kelly hieß, wußte sie noch. Sie sei fünf oder sechs Jahre alt gewesen, als die Mutter verschwand. Sie war sieben gewesen, wie sich herausstellte. Also mußte sie jetzt etwa fünfzehn sein. Ihr Vater war Edward Francis Corwin, ihre Mutter die frühere Janice Elizabeth Keane.
Nicht ganz ohne ein Gefühl des Triumphes notierte ich mir den Namen. Nicht, daß ich ihn vergessen hätte. Das war kaum anzunehmen. Es war mehr ein Symbol dafür, daß ich etwas erreicht hatte. Ich konnte nicht beweisen, daß ich Barbara Ettingers Mörder auch nur eine Spur näher gekommen war seit dem Moment, in dem Charles London sich bei Armstrong mir gegenübergesetzt hatte, aber ich hatte Spuren verfolgt, Detektivarbeit geleistet, und mir war wohl dabei. Es war eine langwierige Arbeit. Man mußte Schritt für Schritt tun, und oft kam gar nichts dabei heraus, aber ich brauchte Muskeln dabei, die ich nun nur noch selten in Anspruch nahm, und die Anstrengung tat meinem Körper gut.

Ein paar Straßen weiter stieß ich auf ein irisches Restaurant mit warmem Buffet. Ich aß ein Pastramisandwich und trank ein Bier dazu. Über der Theke war ein großer Farbfernseher installiert. Sie brachten Sport, eine Übersicht über alle möglichen Wettkämpfe, wie sie meist am Sonnabendnachmittag auf dem Programm steht. Auf einem Fluß mit starkem Gefälle waren ein paar Burschen damit beschäftigt, sich auf Holzstämmen stromabwärts treiben zu lassen. Darum schien es zu gehen. Kaum einer der Gäste zeigte Interesse für ihre Bemühungen. Als ich mein Sandwich gegessen hatte, war das Programm mit den Holzstammakrobaten zu Ende und von einem Autorennen ersetzt worden. Den Autos wurde genausowenig Aufmerksamkeit zuteil.

Ich rief nochmals Lynn Londons Nummer an. Diesmal wartete ich auf den Pfeifton und hinterließ meinen Namen und meine Telefonnummer.

Im Telefonbuch von Manhattan gab es keine Janice Keane. Keanes, deren Vornamen mit J begann, existierten vielleicht ein halbes Dutzend.

Auch eine Menge anderer Variationen – Keene, Keen, Kean. Das alte Radioprogramm *Mr. Keene – auf den Spuren verschwundener Personen* fiel mir ein. Wie hatte der seinen Namen geschrieben? Ich konnte mich nicht mehr genau erinnern.

Die J. Keanes probierte ich alle durch. Zwei meldeten sich nicht, bei einem war ununterbrochen besetzt, und drei, mit denen ich sprach, kannten keine Janice Keane. Das Besetztzeichen gehörte in die Dreiundsiebzigste Straße auf der Ostseite von Manhattan, und die Adresse, fand ich, paßte nicht zu einer lesbischen Bildhauerin aus Boerum Hill. Ich wählte die Numer der Informationsstelle und machte mich darauf gefaßt, dieselbe Routinearbeit wie in den anderen vier Bezirken leisten zu müssen, als mich irgend etwas innehalten ließ.

Sie war in Manhattan. Verflucht noch mal, ich war sicher, daß sie in Manhattan lebte.

Ich fragte nach der Nummer von Janice Keane in Manhattan, buchstabierte den Familiennamen, wartete eine Minute und wurde dann belehrt, daß die einzige Eintragung in Manhattan für eine Person dieses Namens nicht im Telefonbuch stehe und auch nicht bekanntgegeben werden dürfe. Ich legte den Hörer auf, rief dieselbe Nummer nochmals an, um eine andere Telefonistin zu erwischen, und befleißigte mich des Rituals, das Polizisten anwenden, wenn sie eine Geheimnummer auskundschaften wollen. Ich stellte mich als Inspektor Francis Fitzroy vom Achtzehnten Revier vor. Ich nannte es Revier Eins-Acht, obwohl Polizisten keineswegs immer so reden, aber für die Zivilisten ist das die richtige Polizistensprache.

Ich kriegte die Adresse. Lispenard Street, das war die richtige Gegend für eine Bildhauerin und auch kein langer Weg von da, wo ich mich befand.

Mir war noch eine Münze geblieben, die ich wieder in die Tasche steckte. Dann kehrte ich in die Bar zurück. Die Autos waren der Hauptattraktion des Programms gewichen, einem Kampf zwischen zwei schwarzen Juniormittelgewichtlern, die irgendwo, ich glaube in Phoenix, die Sensation des Nachmittags bildeten. Was ein Juniormittelgewichtler eigentlich ist, ist mir nicht ganz klar. Sie haben alle diese neuen Gewichtsklassen eingeführt, damit sie mehr Meisterschaftskämpfe organisieren können. Einige der Gäste, die vorher weder den Männern auf den Holzstämmen noch den Rennfahrern zugesehen hatten, verfolgten jetzt, wie die beiden Burschen einander Schläge versetzten, was ihnen allerdings nicht sehr oft gelang. Während ein paar Runden blieb ich sitzen und nahm einen Kaffee mit Bourbon zu mir.

Weil ich hoffte, auf eine Idee zu kommen, wie sich am besten an diese Frau herankommen ließ, hatte ich Akten, Urkunden und Telefonbücher durchgeackert, als halte Janice Corwin den Schlüssel zu dem Geheimnis von Barbaras Ermordung in Händen. Dabei war es sehr gut möglich, daß Barbara Ettinger nichts weiter als eine gesichtslose Gestalt für sie gewesen war, die die Buchstabenblöcke wegräumte, wenn die Kinder genug damit gespielt hatten.

Sie konnte natürlich auch Barbaras beste Freundin gewesen sein. Oder ihre Geliebte – Mrs. Pomerances Bemerkung fiel mir wieder ein: »Sie war eine Freundin von der Corwin? Waren die beiden andersrum?«

Vielleicht hatte sie Barbara umgebracht. Hätten sie beide aus der Kinderkrippe früher weggehen können? Wäre das überhaupt praktisch möglich gewesen? Kaum anzunehmen.

Ich ließ meine Gedanken ohne festes Ziel schweifen, zumindest für ein Weilchen. Im Fernsehen hatte der junge Bursche mit den weißen Streifen an der Hose endlich begonnen, mit linken Geraden, denen schnelle rechte Haken auf die Rippen folgten, seinen Gegner schwach zu machen. Ihn zu Boden zu zwingen,

würde ihm in den wenigen verbleibenden Runden kaum gelingen, aber Sieger in dem Kampf wurde er bestimmt. Der andere schien nicht imstande, sich gegen die Angriffe zu verteidigen. Ich konnte mir vorstellen, wie ihnen beiden zumute war.
Douglas Ettinger kam mir in den Sinn. Ich entschied, daß er seine Frau nicht umgebracht hatte, und ich versuchte, mir darüber klarzuwerden, wieso ich das mit solcher Sicherheit wußte, ebenso, weshalb ich geglaubt hatte, daß Janice Keane in Manhattan wohnen mußte. Schreiben wir es göttlicher Eingebung zu.
Ettinger hatte recht. Louis Pinell hatte Barbara Ettinger ermordet, genauso wie er die sieben anderen Frauen umgebracht hatte. Barbara hatte das Gefühl gehabt, daß ein Verrückter sie verfolge, und ihr Gefühl hatte sie nicht getäuscht.
Wieso hatte sie dann diesem Verrückten die Tür geöffnet?
In der zehnten Runde sammelte der Bursche, der bis jetzt alle Schläge eingesteckt hatte, seine letzten Kräfte und brachte ein paar Kombinationen zustande. Der mit dem Streifen an der Hose torkelte zwar, aber es nützte nichts mehr. Die Entscheidung fiel zu seinen Gunsten aus. Die Menge reagierte mit Pfuirufen. Ich weiß nicht, was sie von dem Kampf erwartet hatten. Die Zuschauer in Phoenix, meine ich. Die Zuschauer in der Bar um mich herum regten sich nicht weiter auf.
Ich ging und telefonierte.
Es klingelte vier- oder fünfmal, bevor sie sich meldete. Ich sagte: »Janice Keane, bitte«, und sie sagte, sie sei Janice Keane.
»Mein Name ist Matthew Scudder«, stellte ich mich vor. »Ich hätte ein paar Fragen an Sie, Mrs. Keane.«
»Oh?«
»Es handelt sich um eine gewisse Barbara Ettinger.«
»Jesus.« Pause. »Worum handelt es sich?«
»Ich führe eine Untersuchung über ihre Ermordung durch. Gestatten Sie mir, hinüberzukommen und mit Ihnen zu reden?«
»Sie untersuchen die Ermordung? Das liegt doch Jahre zurück. Es muß zehn Jahre her sein.«
»Neun Jahre.«
»Ich dachte, die kanadischen berittenen Polizisten, die Mounties, seien diejenigen, die nie aufgeben. Von den New Yorker Polizisten habe ich das noch nie gehört. Sie sind bei der Polizei?«
Ich war drauf und dran zu sagen »Ja«, doch heraus kam: »Ich war früher dabei, bin es aber nicht mehr.«

»Und was sind Sie jetzt?«
»Ein Bürger, wie jeder andere. Ich arbeite im Auftrag von Charles London, Mrs. Ettingers Vater.«
»Ja, ihr Mädchenname war London.« Sie hatte eine gute Telefonstimme, nicht zu hoch und mit einem angenehmen Timbre. »Wieso Sie jetzt die Sache aufrollen, kann ich nicht begreifen. Und was soll ich dazu beitragen können?«
»Kann ich Ihnen das vielleicht persönlich erklären?« fragte ich. »Ich bin nur ein paar Minuten entfernt von Ihrer Straße. Hätten Sie was dagegen, wenn ich schnell vorbeikomme?«
»Jesus! Was ist heute? Sonnabend? Und wie spät ist's? Ich habe gearbeitet, und dabei verliere ich jedes Gefühl für die Zeit. Auf meiner Uhr ist's sechs. Stimmt das?«
»Das stimmt.«
»Ich muß etwas essen, und ich muß ein bißchen aufräumen. Sagen wir, in einer Stunde. Geht das?«
»Ich komme um sieben.«
»Die Adresse haben Sie?«
Ich las ihr vor, was mir die Auskunftsstelle angegeben hatte. »Richtig«, bestätigte sie. »Das ist zwischen Church Street und Broadway. Läuten Sie und stellen Sie sich dann mit etwas Abstand vom Haus hin, damit ich Sie sehen kann. Ich werfe Ihnen den Schlüssel hinunter. Läuten Sie zweimal lang und dreimal kurz.«
»Zweimal lang und dreimal kurz.«
»Dann weiß ich, daß Sie's sind. Obwohl Sie ja für mich nur eine Stimme am Telefon sind. Wie haben Sie überhaupt meine Nummer bekommen? Die steht doch nicht im Buch und darf nicht ausgegeben werden?«
»Ich war doch Polizist.«
»Das haben Sie mir schon gesagt. Ich verstehe. So geheim sind die Geheimnummern. Wie heißen Sie? Sagen Sie es mir noch mal.«
»Matthew Scudder.«
Sie wiederholte den Namen und sagte dann: »Barbara Ettinger. Sie ahnen nicht, was der Name für Erinnerungen bei mir auslöst. Ich befürchte, es wird mir leid tun, daß ich das Telefon abgenommen habe. Also schön, Mr. Scudder. Ich erwarte Sie in einer Stunde.«

8

Die Lispenard Street liegt unterhalb der Canal Street. Seinerzeit waren Künstler in die Straßenzüge südlich vom Village gezogen und hatten ich in den geräumigen und billigen Dachböden einquartiert, obwohl das gegen das Gesetz verstieß. Das Gesetz ist mittlerweile geändert worden und das Bewohnen von Dachböden gestattet. Seit aber das Sohoviertel schick und teuer geworden ist, mußten sich die Künstler weiter nach Süden verziehen und sind in das Viertel, das Tribeca genannt wird, gezogen. Die Mieten sind da heute auch nicht mehr niedrig, aber den Straßen haftet noch dieselbe Atmosphäre des Ausgestorbenseins an, die vor zehn oder zwölf Jahren in Soho herrschte.
Ich ging durch gut beleuchtete Straßen, hielt mich an den Randstein, mied die Häuser, bewegte mich schnell und versuchte, entschlossen auszusehen. Das Angesprochenwerden ließ sich in den leeren Straßen leicht vermeiden.
Janice Keanes Wohnung befand sich in einem sechsstöckigen Gebäude mit Dachboden, das zwischen zwei höheren, breiteren und auch moderneren Häusern eingepfercht stand. Es machte den Eindruck eines kleinen Persönchens, das in einer überfüllten Untergrundbahn eingezwängt ist. Die Fenster in allen Stockwerken und über die ganze Breite der Fassade reichten vom Boden zur Decke. Im Parterre befand sich ein Engrosgeschäft für Klempnerartikel mit, wegen des Wochenendes, geschlossenen Läden.
Ich ging in den erstickend engen Hausflur, fand die Glocke für Keane und läutete zweimal lang und dreimal kurz. Dann begab ich mich wieder auf die Straße, blieb am Trottoirrand stehen und sah zu den Fenstern hinauf.
Sie rief mir aus einem zu, fragte nach meinem Namen. Für mich war es unmöglich, bei dem Licht etwas zu sehen. Ich nannte meinen Namen, und etwas Kleines kam durch die Luft geflogen und plumpste neben mir aufs Pflaster. »Fünfter Stock«, rief sie. »Es ist ein Fahrstuhl da.«
Es gab tatsächlich einen Fahrstuhl, groß genug, um einen Flügel darin unterzubringen. Ich fuhr zum fünften Stock hinauf und stieg in einem geräumigen Dachboden aus. Eine Menge Pflanzen standen herum, alle tiefgrün und sehr gesund aussehend,

dafür kaum Möbel. Die Türen waren aus Eichenholz und auf Hochglanz poliert. Die Wände bestanden aus unverkleideten Ziegeln. Neonröhren an der Decke lieferten die Beleuchtung.
»Sie sind pünktlich auf die Minute«, sagte sie. »Es herrscht ein schreckliches Durcheinander hier, aber ich entschuldige mich gar nicht erst. Möchten Sie Kaffee?«
»Wenn's Ihnen keine große Mühe macht.«
»Überhaupt nicht. Ich will auch eine Tasse haben. Lassen Sie mich nur erst einen Platz finden, wo Sie sich hinsetzen können, dann werde ich mich, wie sich's gehört, um Sie kümmern. Milch? Zucker?«
»Schwarz, bitte.«
Sie dirigierte mich zu einem Teil des Raumes, wo eine Couch und ein paar Sessel um einen langhaarigen Teppich mit abstraktem Muster gruppiert waren. Zwei Buchgestelle, sicher etwa zweieinhalb Meter hoch, ragten knapp über die Hälfte der Wand in die Höhe und dienten auch dazu, den Sitzplatz vom Rest des Dachstocks abzuschirmen. Ich ging zum Fenster hinüber und schaute auf die Lispenard Street hinunter, aber es gab nicht viel zu sehen. Ich entdeckte nur eine Skulptur in dem Raum und stand gerade davor, als sie mit dem Kaffee kam. Es war der Kopf einer Frau. Ihr Haar bestand aus einem Schlangennest, ihr Gesicht mit den hohen Backenknochen und breiten Augenbrauen war eine Maske, die unaussprechliche Enttäuschung ausdrückte.
»Das ist meine Medusa«, sagte sie. »Sehen Sie ihr nicht in die Augen. Ihr Blick verwandelt Menschen in Stein.«
»Sie ist sehr gut.«
»Danke.«
»Sie sieht so enttäuscht aus.«
»Das geht von ihr aus, Enttäuschung«, gab sie zu. »Mir wurde das erst klar, als sie fertig war. Dann fiel es mir auf. Sie haben einen guten Blick.«
»Für Enttäuschungen ganz sicher.«
Sie war eine attraktive Frau. Von mittlerer Größe und ein bißchen fülliger, als es der strengen Mode entsprach. Sie trug verwaschene Levis und ein stahlblaues Hemd aus Sämischleder, die Ärmel bis zu den Ellbogen aufgerollt. Ihr Gesicht war herzförmig, und das wurde noch unterstrichen durch den in der Mitte der Stirn spitz zulaufenden Haaransatz, im Volksmund Witwenspitz genannt. Ihr Haar, dunkelbraun und dazwischen etwas grau, fiel fast bis

auf die Schultern. Ihre großen grauen Augen paßten zu dem Gesicht, und Mascara war die einzige Schminke, die sie benutzte. Wir saßen uns im rechten Winkel gegenüber und stellten unsere Kaffeetassen auf einen Tisch, der aus einem Stück Baumstamm mit einer Schieferplatte darüber bestand. Sie erkundigte sich, ob es schwierig gewesen sei, ihre Adresse zu finden, und ich sagte, nein, gar nicht. Dann sagte sie: »Also, wollen wir über Barb Ettinger sprechen? Vielleicht fangen wir damit an, daß Sie mir sagen, warum Sie nach all den Jahren an ihr so interessiert sind.«

Die Zeitungsberichte über Louis Pinells Verhaftung waren ihr nicht zu Gesicht gekommen. Für sie war es eine Neuigkeit, daß der Eispickelmörder hinter Schloß und Riegel saß, und daher auch, daß ihre frühere Angestellte von jemand anderem umgebracht worden war.

»Das heißt, Sie suchen zum ersten Mal nach einem Täter, der ein Motiv hatte«, bemerkte sie. »Hätten Sie das damals getan –«

»Wäre es leichter gewesen. Ganz sicher.«

»An ihren Vater erinnere ich mich nicht mehr. Ich muß ihn aber kennengelernt haben, wenn nicht vor dem Mord, so doch ganz bestimmt nachher. Aber ich weiß überhaupt nichts mehr von ihm. An die Schwester erinnere ich mich. Kennen Sie sie?«

»Noch nicht.«

»Wie sie heute ist, weiß ich natürlich nicht, aber damals war sie ein patziges kleines Frauenzimmer. Ich habe sie allerdings nicht sehr gut gekannt, und es ist ja auch schon neun Jahre her. Darauf komme ich immer wieder zurück. Das war alles vor neun Jahren.«

»Wie sind Sie mit Barbara Ettinger zusammengetroffen?«

»Man sah sich. Im Laden beim Einkaufen, an der Ecke beim Zeitungholen. Möglich, daß ich erwähnte, ich hätte eine Kinderkrippe. Auch möglich, daß sie es von jemand anderem erfahren hatte. Wie dem auch gewesen sein mag, eines Tages erschien sie in der Krippe und fragte, ob ich keine Hilfe brauche.«

»Und Sie haben sie sofort angestellt?«

»Ich erklärte ihr, daß ich nicht viel zahlen könne. Ich holte gerade genug heraus, um die Unkosten zu decken. Es war dumm von mir gewesen, damit überhaupt anzufangen. Es gab keine Kinderkrippe in der Nachbarschaft, das war mein Beweggrund, und ich mußte meine eigenen Kinder irgendwo unterbringen. Und so, anstatt meine Kinder irgendwo abzuladen, paßte ich selbst auf sie auf und auf die Kinder anderer Frauen. Meine Partnerin merkte, daß das Ganze keinen Sinn hatte, und verzog sich, sobald die Tinte auf dem Vertrag trocken war. Und damit landete alles auf meinen Schultern. Ich sagte Barb offen, ich könne sie brauchen, könnte sie mir aber nicht leisten, und sie sagte, ihr sei hauptsächlich darum zu tun, eine Betätigung zu haben, und sie wüde für wenig Geld arbeiten. Was ich ihr gezahlt habe, weiß ich nicht mehr, aber viel war es bestimmt nicht.«

»War sie tüchtig?«

»Eigentlich war es ja nur ein Aufpassen. Inwieweit kann man dabei tüchtig sein?« Sie dachte einen Moment nach. »Schwer, sich zu erinnern. Vor neun Jahren, da war ich neunundzwanzig, und sie war etwas jünger.«

»Sie war sechsundzwanzig, als sie starb.«

»Jesus, das ist nicht alt.« Sie schloß die Augen und schüttelte sich angesichts dieses frühen Todes. »Sie hat mir sehr geholfen, und ich glaube, sie machte alles richtig. Die Arbeit schien ihr meistens Spaß zu machen. Sie hätte ihr noch mehr Freude gemacht, wäre sie an und für sich ein zufriedenerer Mensch gewesen.«

»War sie unzufrieden?«

»Das ist, glaube ich, nicht das richtige Wort.« Ihr Blick blieb an ihrem Medusenhaupt hängen. »Vielleicht eher enttäuscht. Man hatte das Gefühl, ihr Leben sei nicht so, wie sie es sich vorgestellt hatte. Es war alles in Ordnung. Der Mann war in Ordnung, die Wohnung war in Ordnung, aber sie wollte wohl etwas, das mehr als nur in Ordnung war. Und das hatte sie nicht.«

»Jemand hat sie mir als rastlos beschrieben.«

»Rastlos.« Sie sagte es langsam, als schmecke sie das Wort nach. »Das trifft für sie zu. Aber auch für andere. Es war eine Zeit der Rastlosigkeit für Frauen. Die sexuellen Rollen waren nicht mehr so fest umrissen. Es herrschte ziemliche Verwirrung.«

»Ist das nicht noch immer der Fall?«

»Vielleicht wird es immer so bleiben. Aber die Dinge haben sich doch seit damals beruhigt. Barbara war rastlos. Ausgesprochen rastlos.«

»War ihre Ehe eine Enttäuschung?«

»Das sind doch die meisten, oder etwa nicht? Ich glaube, auf die Dauer wäre es mit den beiden sowieso nicht gegangen, aber ob ich recht habe, wird sich wohl nie feststellen lassen. Arbeitet er immer noch für das Wohlfahrtsamt?«

Ich berichtete, was ich über Douglas Ettinger in Erfahrung gebracht hatte.
»Ich kannte ihn kaum«, bemerkte sie. »Sie schien das Gefühl zu haben, er sei nicht gut genug für sie. Den Eindruck hatte ich zumindest. Er kam aus bescheideneren Kreisen als sie. Nicht gerade, daß sie mit den Vanderbilts aufwuchs, aber nach allem, was ich gehört habe, hatte sie doch eine Erziehung, die dem entspricht, was man so gehobenes Bürgertum nennt. Sehr gute Schulen. Er schuftete von morgens bis abends ohne Aussicht, es dabei jemals viel weiter zu bringen. Aber da gab's noch was, was gegen ihn sprach.«
»Und das war?«
»Er bumste herum.«
»Tat er das wirklich, oder redete sie es sich nur ein?«
»Er hat's auch bei mir versucht, ohne großen Nachdruck, mehr so nebenbei, aber ich war nicht interessiert. Er sah ein bißchen wie ein Eichhörnchen aus. Ich fühlte mich auch nicht besonders geschmeichelt, denn man konnte spüren, daß das seine gewohnte Tour war und absolut nicht bedeutete, daß er mich unwiderstehlich fand. Natürlich habe ich Barb gegenübr nie ein Wörtchen darüber verloren, aber sie war über ihn im Bilde. Bei einer Party erwischte sie ihn in der Küche, wie er mit der Gastgeberin herumfummelte. Mit seinen Wohlfahrtskundinnen hat er's, glaube ich, auch getrieben.«
»Und sie? Was war mit seiner Frau?«
»Na, mit der trieb er's wohl auch. Ich weiß nicht –«
»Hatte sie Beziehungen zu jemand anderem?«
Sie lehnte sich vor und nahm ihre Kaffeetasse in beide Hände. Sie hatte große Hände für eine Frau, und die Nägel waren kurz geschnitten. Lange Nägel würden ja eine Bildhauerin auch sehr bei der Arbeit stören.
»Ich habe ihr nur sehr wenig bezahlt«, fuhr Janice fort. »Es war mehr ein symbolisches Gehalt. Backfische, die Stundenlohn für Babysitting kriegen, sind besser dran und können sich außerdem noch am Kühlschrank gütlich tun. Wenn sie also mal frei haben wollte, nahm sie sich einfach frei.«
»Kam das oft vor?«
»Nicht gerade oft. Aber ich hatte den Eindruck, wenn sie sich mal einen Nachmittag oder einen Teil des Nachmittags frei nahm, dann stand etwas Aufregenderes auf dem Programm als ein

Besuch beim Zahnarzt. Es geht etwas Besonderes aus von einer Frau, die weggeht, um ihren Liebhaber zu treffen.«
»War so etwas Besonderes um sie an dem Tag, an dem sie ermordet wurde?«
»Wenn Sie mich das vor neun Jahren gefragt hätten, hätte ich Ihnen vielleicht darauf antworten können. Sie ging an dem Tag früher weg, das weiß ich noch, aber an Einzelheiten erinnere ich mich nicht mehr. Glauben Sie, sie traf ihren Liebhaber, und der brachte sie um?«
»Vorläufig habe ich überhaupt keine feste Meinung. Ihr Mann sagte, sie sei nervös gewesen wegen des Eispickelmörders.«
»Ich denke nicht . . . Warten Sie, da fällt mir etwas ein. Mir ging das später durch den Kopf, nachdem sie ermordet worden war. Wie sie darüber geredet hatte, daß es gefährlich sei, in der Stadt zu leben. Ob sie speziell von dem Eispickelmörder gesprochen hat oder nicht, das kann ich nicht mehr sagen, aber es war irgend etwas über das Gefühl, beschattet oder verfolgt zu werden. Ich legte es als eine Vorahnung ihres Todes aus.«
»Das war's vielleicht auch.«
»Vielleicht wurde sie aber wirklich beschattet und verfolgt. Sie wissen doch, wie man sagt: ›Auch Paranoiker können Feinde haben.‹ Möglich, daß da wirklich etwas war.«
»Halten Sie es für möglich, daß sie einen Fremden in die Wohnung gelassen hätte?«
»Darüber habe ich mir damals auch den Kopf zerbrochen. Überhaupt, wo sie doch ängstlich war –«
Sie brach mitten im Satz ab. Ich fragte, was los sei.
»Nichts.«
»Ach so. Ich bin ein Fremder, und Sie haben mich in Ihre Wohnung eingelassen.«
»Es ist ein Dachboden, was allerdings keinen Unterschied bedeutet. Ich –«
Ich zog meine Brieftasche heraus und legte sie auf den Tisch zwischen uns. »Sehen Sie selbst«, forderte ich sie auf. »Es steckt eine Kennkarte darin, und sie lautet auf denselben Namen, den ich Ihnen am Telefon genannt habe. Und außerdem ist, glaube ich, auch ein Ausweis mit einem Bild dabei.«
»Das ist nicht nötig.«
»Sehen Sie sich's trotzdem an. Ihre Auskünfte werden nicht sehr nützlich sein, wenn Sie Angst haben, womöglich ermordet zu

werden. Ich kann so zwar nicht beweisen, daß ich kein Vergewaltiger von Frauen oder ein Mörder bin, aber diese Herrschaften geben im allgemeinen nicht schon vorher ihre richtigen Namen bekannt. Haben Sie keine Hemmungen. Sehen Sie meine Brieftasche durch.«
Sie nahm die Brieftasche, besah sich schnell den Inhalt und gab sie mir dann zurück. Ich steckte sie wieder ein. »Das ist ein lausiges Bild von Ihnen«, erklärte sie. »Aber Sie scheinen es wirklich zu sein. Nein, ich glaube nicht, daß sie einen Fremden in die Wohnung gelassen hätte. Einen Liebhaber ja, das ist etwas anderes. Oder ihren Mann.«
»Sie denken, ihr Mann hat sie getötet?«
»Verheiratete Leute bringen einander immer um. Manchmal dauert es fünfzig Jahre, bis es soweit ist.«
»Irgendeine Ahnung, wer der Liebhaber gewesen sein könnte?«
»Vielleicht war's nicht nur einer. Ich weiß es nicht, aber es hätte sein können. Vielleicht reizte es sie zu experimentieren. Sie war doch schwanger, also konnte nichts passieren.«
Sie lachte. Ich erkundigte mich, was es zu lachen gebe.
»Ich dachte gerade, wo sie wohl jemanden getroffen haben könnte. Einen Nachbarn vielleicht oder die männliche Hälfte eines Paares, mit dem sie und ihr Mann verkehrten. Bei der Arbeit konnte sie schließlich keine Männer kennenlernen. Wir hatten zwar eine Menge männlicher Wesen, aber leider war keines älter als acht Jahre.«
»Nicht sehr vielversprechend.«
»Allerdings stimmt das nicht ganz. Manchmal waren es die Väter, die die Kinder brachten oder sie nach der Arbeit abholten. Es gibt romantischere Situationen zum Flirten, aber es ist vorgekommen, daß die Papis Annäherungsversuche machten, wenn sie ihre Sprößlinge abholten, und dasselbe hat auch Barbara vermutlich erlebt. Sie war sehr attraktiv und kam nie in unansehnlichen Hängern zur Arbeit. Sie hatte eine gute Figur, und sie zog sich so an, daß man's sah.«
Die Unterhaltung dauerte noch ein Weilchen, bevor ich Gelegenheit zu meiner Frage bekam. »Hatten Sie und Barbara jemals ein Verhältnis?«
Ich beobachtete ihre Augen, als ich die Frage stellte, und sie weiteten sich, als sie hervorstieß: »Jesus!«
Ich verhielt mich abwartend.

»Wo die Frage herstammt, möchte ich gern wissen«, sagte sie schließlich. »Hat Ihnen jemand berichtet, wir seien ein Liebespaar gewesen? Oder wirke ich wie eine hundertprozentige Lesbe?«

»Man hat mir gesagt, Sie hätten Ihren Mann wegen einer anderen Frau verlassen.«

»Na, das trifft nicht weit vom Ziel. Daß ich meinen Mann verlassen habe, dafür gab's dreißig oder vierzig Gründe. Und die erste Beziehung, nachdem ich von ihm wegging, hatte ich mit einer Frau. Wer hat Ihnen das erzählt? Doch nicht Doug Ettinger. Der lebte schon nicht mehr in der Gegend, als der Klatsch die Runde machte. Höchstens, daß er mit jemandem geredet hat. Vielleicht traf er mit Eddie zusammen, und sie weinten sich gemeinsam aus, wie schlecht die Frauen sind, daß sie entweder ermordet werden oder miteinander auf und davon laufen. War's Doug?«

»Nein. Es war eine Mieterin in Ihrem Haus in der Wyckoff Street.«

»Jemand in dem Haus? Ach, das muß Maisie gewesen sein. Warten Sie, das ist nicht ihr Name. Mitzi! Es war Mitzi Pomerance, stimmt's?«

»Ihren Vornamen kenne ich nicht. Ich habe nur am Telefon mit ihr gesprochen.«

»Die kleine Mitzi Pomerance! Sind sie noch verheiratet? Was für eine Frage. Natürlich sind sie's noch, wenn er sie nicht verlassen hat. Nichts, aber auch gar nichts könnte sie bewegen, Haus und Herd aufzugeben. Sie würde schwören, ihre Ehe sei paradiesisch, und jede negative Regung, die jemals an die Oberfläche zu dringen drohte, systematisch unterdrücken. Das schlimmste an meinen Besuchen dort in dem Haus, wenn ich zu den Kindern ging, war, dieser personifizierten Tugend auf der Treppe zu begegnen.« Sie seufzte und schüttelte den Kopf bei der Erinnerung. »Ich hatte nie etwas mit Barbara. So seltsam es klingt, bevor Eddie und ich uns trennten, hatte ich nie irgendein Verhältnis, weder mit Männern noch mit Frauen. Und die Frau, mit der ich dann zusammen war, war die erste Frau in meinem Leben, mit der ich schlief.«

»Aber Barbara Ettinger wirkte anziehend auf Sie?«

»Ja? Ich weiß nicht. Ich fand sie attraktiv, aber das ist nicht dasselbe. Ob sie eine ganz besondere Anziehungskraft für mich hatte?« Sie dachte über die Antwort auf ihre Frage nach. »Vielleicht«, gab sie zu. »Aber es kam nicht an die Oberfläche, blieb mehr im Unterbewußtsein. Und als ich dann erwog, es könnte ganz interessant sein, mit einer Frau ins Bett zu gehen, da schwebte mir nicht eine bestimmte Frau vor. Ich glaube nicht, daß ich an so eine Möglichkeit überhaupt dachte, solange Barbara noch am Leben war. Das kam später.«

»Ich muß diese persönlichen Fragen stellen.«

»Himmel, Sie brauchen sich nicht zu entschuldigen. Mitzi Pomerance. Ich wette, sie hat Fett angesetzt. Ich wette, sie ist jetzt ein gutgepolstertes kleines Schweinchen. Aber Sie haben sie ja nur am Telefon gesprochen.«

»Das stimmt.«

»Wohnt sie noch im selben Haus? Bestimmt. Die hätte man nicht einmal mit einem Stemmeisen aus ihren vier Wänden herausgekriegt.«

»Jemandem ist es gelungen. Das Haus wurde verkauft und zum Einfamilienhaus umgebaut.«

»Die müssen ja außer sich gewesen sein. Sind sie in dem Viertel geblieben?«

»Mehr oder weniger. Sie zogen in die Carroll Street.«

»Na, ich wünsche ihnen viel Glück. Mitzi und Gordon.«

Sie beugte sich vor und sah mich mit ihren grauen Augen prüfend an. »Sie trinken«, sagte sie. »Habe ich recht?«

»Wie bitte?«

»Sie sind ein Trinker. Stimmt's nicht?«

»Man könnte mich wohl einen trinkenden Mann nennen.«

Es hörte sich geschraubt an, selbst für meine Ohren. Die Worte standen sozusagen im Raum für einen Augenblick, und dann lachte Janice aus vollem Herzen. »›Man könnte mich wohl einen trinkenden Mann nennen.‹ Jesus, das hört sich großartig an. Ich glaube, man könnte mich wohl eine trinkende Frau nennen, Mr. Scudder. Man hat mir schon viel schlimmere Bezeichnungen angehängt, und es war ein langer und vor allem trockener Tag. Wie wär's mit einem Schluck, um den Staub aus den Lungen zu vertreiben?«

»Das ist keine schlechte Idee.«

»Was soll's sein?«

»Haben Sie Bourbon?«

»Ich glaube nicht.« Die Bar befand sich hinter Schiebetüren in einem Fach in einem der Büchergestelle. »Scotch oder Wodka«, lautete die Frage.

»Scotch.«

»Mit Eis? Mit Soda? Oder wie?«

»Ohne alles.«

»So, wie's der liebe Gott geschaffen hat, ja?« Sie kam mit zwei zur Hälfte gefüllten Gläsern zurück, eines mit Scotch, das andere mit Wodka. Sie reichte mir meines und blickte ihres an. Sie machte den Eindruck von jemandem, der nach einem Trinkspruch sucht. Es schien ihr aber keiner einzufallen. »Ach, der Teufel soll's holen«, sagte sie schließlich und nahm einen Schluck.

»Was glauben Sie, wer hat sie umgebracht?«

»Läßt sich jetzt noch nicht sagen. Es kann jemand gewesen sein, von dem ich bis jetzt noch nichts gehört habe. Es könnte auch Pinell gewesen sein. Ich würde mich gern zehn Minuten mit ihm unterhalten.«

»Sie nehmen an, Sie könnten ihn dazu bringen, sich zu erinnern?«

Ich schüttelte den Kopf. »Nein, aber vielleicht ließe sich irgend etwas heraushören. Detektivarbeit beruht zum großen Teil auf Intuition. Man geht den Einzelheiten nach, nimmt Eindrücke auf, und plötzlich kommt wie ein Blitz aus heiterem Himmel eine Eingebung, und man hat die Antwort. So wie's bei Sherlock Holmes zugeht, spielt es sich nicht ab. Bei mir war's wenigstens nie so.«

»Das hört sich fast so an, als ob das Psychische entscheidend wäre.«

»Aus der Hand lesen kann ich nicht und ebensowenig die Zukunft voraussagen. Aber etwas ist dran.« Ich nippte an meinem Scotch. Er hatte diesen leicht medizinischen Beigeschmack, den Scotch immer hat, aber es störte mich nicht so wie sonst. Es war einer von den schwereren Sorten, dunkel und voll. Ich glaube, es war Teacher's. »Ich habe vor, als nächstes zur Sheepshead Bay zu gehen«, bemerkte ich.

»Jetzt?«

»Morgen. Dort wurde die vierte Frau ermordet, und das war der Fall, der Barbara Ettinger so verfolgte.«

»Sie nehmen an, daß derselbe Täter –«

»Louis Pinell hat den Sheepsheadmord gestanden. Das beweist

natürlich noch gar nichts. Ich weiß nicht, wieso ich dorthin gehen will. Ich möchte mit jemandem sprechen, der am Tatort war, der die Leiche gesehen hat. Einige Einzelheiten des Falles wurden geheimgehalten, vor allem ein bestimmtes physisches Merkmal, auch der Presse gegenüber, und es wiederholte sich später in Barbaras Fall. Nicht ganz genau kopiert zwar, aber ich möchte feststellen, ob Parallelen bestehen zu dem anderen Brooklynmord.«

»Und wenn Sie das feststellen, was würde das beweisen? Daß es einen zweiten Mörder gab, einen Verrückten, der sich bei seinen Taten auf Brooklyn beschränkte?«

»Und der bequemerweise nach zwei Morden genug hatte? Möglich. Ich würde als Täter nicht einmal jemanden ausschließen, der ein Motiv hatte, um Barbara zu ermorden. Nehmen wir mal an, ihr Mann hatte vor, sie aus dem Weg zu schaffen, und weil der Eispickelmörder Brooklyn noch nicht heimgesucht hatte, ermordete er erst einen Unbekannten in der Sheepshead Bay, so daß es aussah, als ob es wieder der Eispickelmörder gewesen wäre.«

»Gibt es Menschen, die so etwas tun würden?«

»Es gibt nichts, was sich vorstellen läßt und nicht früher oder später schon passiert ist. Vielleicht hatte jemand einen Beweggrund, die Frau in der Sheepshead Bay umzubringen. Und dann bekam er es mit der Angst zu tun, weil er glaubte, man würde den Mord als Einzeltat erkennen, und machte Barbara zum zweiten Opfer. Das kann er sich aber ebensogut auch nur vorgegaukelt haben. Vielleicht beging er den zweiten Mord einfach deshalb, weil Töten ihm Befriedigung verschaffte.«

»Mein Gott!« Sie trank von ihrem Wodka. »Was war das besondere physische Merkmal?«

»Fragen Sie besser nicht.«

»Wollen Sie die zartbesaitete weibliche Seele vor einem Schock bewahren?«

»Die Opfer wurden alle in die Augen gestochen. Mit dem Eispickel, direkt in die Augen.«

»Jesus! Und das . . . Wie haben Sie es bezeichnet? Das besondere physische Merkmal, das nicht ganz genau kopiert war?«

»Bei Barbara Ettinger war nur ein Auge durchstochen.«

»Als ob jemand zwinkert.« Sie saß lange Zeit da, starrte in ihr Glas und wurde sich dann bewußt, daß es leer war. Sie ging zur Bar und kam mit zwei Flaschen zurück. Nachdem sie unsere Gläser

gefüllt hatte, ließ sie die beiden Flaschen auf dem Tisch mit der Schieferplatte stehen.
»Was kann ihn bewogen haben, das zu tun?« fragte sie.
»Das ist ein weiterer Grund, warum ich mit Pinell sprechen will«, erklärte ich. »Um ihn zu fragen.«

Wir redeten über dies und jenes, und nach einer Weile fragte sie, ob sie mich Matt oder Matthew nennen solle. Das wäre mir gleich, erwiderte ich. Sie sagte, sie lege Wert darauf, daß ich sie nicht Janice sondern Jan nenne.
»Falls es Ihnen nicht unangenehm ist, eine des Mordes Verdächtige beim Vornamen zu nennen.«
Als ich noch bei der Polizei war, hatte ich mir angewöhnt, Verdächtige beim Vornamen zu nennen. Er räumt einem einen gewissen psychologischen Vorteil ein. Ich beruhigte sie, sie sei nicht verdächtig.
»Ich war an dem Nachmittag in der Krippe«, bemerkte sie. »Das zu beweisen, wäre nach so vielen Jahren natürlich sehr schwer. Damals wäre es eine Kleinigkeit gewesen. Für Leute, die allein leben, muß es viel schwieriger sein, sich ein Alibi zu verschaffen.«
»Sie leben hier allein?«
»Falls Sie die Katzen nicht mitrechnen. Sie haben sich irgendwo versteckt. Fremden gehen sie aus dem Weg, und Ihr Ausweis würde wenig Eindruck auf sie machen.«
»Mißtrauische Gesellen.«
»Kann man sagen. Ich habe immer allein gelebt. Das heißt, seit ich mich von Eddie getrennt habe. Ich hatte Freundschaften, aber gelebt habe ich immer allein.«
»Wenn wir die Katzen nicht mitrechnen.«
»Wenn wir die Katzen nicht mitrechnen. Damals hätte ich es mir nicht im Traum einfallen lassen, daß ich die nächsten acht Jahre allein leben würde. Ich hatte mir vorgestellt, daß Beziehungen zu einer Frau grundlegend verschieden sein würden von Beziehungen zu einem Mann. Damals stand Bewußtseinsentwicklung hoch im Kurs. Ich war zu dem Schluß gekommen, daß Männer das eigentliche Problem bildeten.«
»Und war es nicht so?«
»Sagen wir, sie waren eines von vielen Problemen. Frauen waren auch eins. Eine Weile redete ich mir ein, ich gehöre zu den

glücklichen Wesen, die Beziehungen zu beiden Geschlechtern haben können.«
»Nur für eine Weile?«
»Ja. Denn später fand ich heraus, daß ich zwar Beziehungen zu Männern wie zu Frauen haben kann, aber was mir fehlt, ist das Talent für Beziehungen überhaupt.«
»Das kann ich verstehen.«
»Ich dachte mir, Sie würden das verstehen. Leben Sie allein, Matthew?«
»Seit einiger Zeit.«
»Ihre Söhne leben bei Ihrer Frau? Ich bin keine Hellseherin, aber in Ihrer Brieftasche ist ein Bild von ihnen.«
»Ach, das ist ein altes Bild.«
»Sie sehen gut aus, die Jungens.«
»Und sie sind brave Burschen.« Ich goß mir noch ein bißchen Scotch ein. »Sie leben in Syosset. Manchmal kommen sie mit dem Zug in die Stadt, und dann sehen wir uns zusammen ein Footballspiel oder einen Boxkampf an.«
»Das macht ihnen sicher Spaß.«
»Mir macht's ganz bestimmt Spaß.«
»Sie müssen schon eine ganze Weile ausgezogen sein.«
Ich nickte. »Als ich meinen Abschied von der Polizei nahm.«
»Aus demselben Grund?«
Ich zuckte die Achseln.
»Warum sind Sie von der Polizei weg? Wegen dem Zeug?«
»Welchem Zeug?«
Sie deutete auf die Flaschen. »Alkohol.«
»Aber nein. Damals habe ich lange nicht so viel getrunken. Ich war einfach an einem Punkt angekommen, wo ich kein Polizist mehr sein wollte.«
»Was gab den Ausschlag? Enttäuschung? Kein Vertrauen in unser Strafrecht? Widerwillen gegen die Korruption?«
Ich schüttelte den Kopf. »Meine Illusionen wurde ich schon sehr zeitig los, und zu unserem Strafrechtssystem habe ich nie sehr viel Vertrauen gehabt. Es ist ein schreckliches System, und die Polizisten können nur tun, was in ihrer Kraft steht. Was die Korruption betrifft, war ich nie so ein Idealist, daß ich deshalb schlecht geschlafen hätte.«
»Was war's dann ? Eine Krise, die mit dem Alter zusammenhing? Mitte des Lebens?«

»So kann man's nennen.«
»Sie möchten nicht darüber reden, also lassen wir das Thema fallen.«
Wir saßen uns stumm gegenüber für ein paar Augenblicke. Sie trank, und dann trank ich, stellte mein Glas ab und sagte: »Es ist schließlich kein Geheimnis. Aber ich rede nicht oft darüber. Ich war in einer Kneipe in Washington Heights. Polizisten wurden da gratis bewirtet. Dem Besitzer war's recht, Polizisten im Lokal zu haben, und so konnte man einfach anschreiben lassen, wurde aber nie aufgefordert, die Zeche zu zahlen. Daß ich an dem Abend dort war, war ganz in Ordnung. Ich war nicht mehr im Dienst, und ich wollte mich ein bißchen entspannen vor der Heimfahrt nach Long Island.
Auch möglich, daß ich an dem Abend gar nicht mehr nach Hause gefahren wäre. Ich tat das manchmal, schlief einfach ein paar Stunden in einem Hotel, um mir das Hinundherfahren zu ersparen. Manchmal brauchte ich mir gar kein Hotelzimmer zu nehmen. Zwei Kerle überfielen das Lokal. Sie nahmen sich, was in der Kasse war, und erschossen beim Hinausrennen den Barmixer, erschossen ihn einfach so, ohne mit der Wimper zu zucken. Ich rannte ihnen nach auf die Straße. Ich war in Zivil, aber man trägt seine Waffe immer bei sich.
Ich schoß und leerte meinen Revolver. Ich erwischte sie beide. Den einen tötete ich, den anderen machte ich zum Krüppel. Gelähmt von der Taille abwärts. Zwei Dinge, die er niemals mehr in seinem Leben tun kann, sind gehen und mit einer Frau schlafen.«
Ich hatte die Geschichte auch früher schon erzählt, aber jetzt kam es mir vor, als erlebe ich alles zum zweiten Mal. Washington Heights ist eine hügelige Gegend New Yorks, und die beiden waren eine ansteigende Straße hinaufgerannt. Ich erinnerte mich, wie ich die Beine spreizte, um einen festen Stand zu haben, den Revolver in beiden Händen, und nach oben auf sie zielte. Vielleicht war es der Scotch, der die Erinnerung so lebendig machte. Vielleicht war es etwas in den grauen Augen der Frau, auf das ich reagierte.
»Und weil Sie einen töteten und den anderen zum Krüppel machten –«
Ich schüttelte den Kopf. »Das hätte mich nicht aus dem Gleichgewicht gebracht. Mir tut's nur leid, daß ich sie nicht beide fertig gemacht habe. Die Kerle brachten den Barmixer völlig sinnlos

um, aus keinem Grund auf Gottes weiter Erde. Einfach so, nebenbei. Nein, daß ich die traf, würde mir nicht eine Minute den Schlaf rauben.«

Sie wartete.

»Einer der Schüsse ging ins Leere. Nach oben schießen, auf ein bewegtes Ziel, ist verflucht schwer, und es ist allerhand, daß ich die beiden überhaupt erwischte. Auf dem Schießplatz, bei der Polizei, machte ich immer den Expertengrad, aber wenn's dann wirklich passiert, sieht es anders aus.« Ich versuchte, meinen Blick von ihr zu lösen, brachte es aber nicht fertig. »Ein Schuß ging fehl, prallte vom Pflaster ab oder sonst etwas und traf. Es war ein kleines Mädchen. Entweder stand sie da oder lief herum. Der Teufel weiß, was sie um diese Stunde da zu tun hatte. Sechs Jahre war sie alt.«

Diesmal gelang es mir wegzublicken. »Die Kugel traf sie ins Auge. Der Aufprall auf dem Pflaster nahm etwas von der Wucht, und wenn das Ding nur zwei Zentimeter mehr links oder rechts getroffen hätte, wäre die Kugel wahrscheinlich von Knochen aufgehalten worden. Das Leben hängt von Zentimetern ab. Aber da war kein Knochen, der gebremst hätte, die Kugel drang in ihr Gehirn, und sie starb auf der Stelle.«

»Oh, mein Gott.«

»Ich hatte nichts Strafbares begangen. Eine interne Untersuchung wurde im Polizeidepartment durchgeführt, das ist das übliche Verfahren, und man kam einstimmig zu dem Schluß, daß ich vollkommen korrekt gehandelt hätte. Ich bekam sogar eine Belobigung. Die Kleine war aus Puerto Rico. Estrellita Rivera hieß sie. Die Presse nimmt einen manchmal aufs Korn, wenn's ein Opfer gibt, das zu einer Minderheit gehört, oder irgendwelche Vereine aus dem Viertel bombardieren einen mit Beschwerden, aber in dem Fall wurde nichts davon laut. Im Gegenteil, ich war für alle ein Polizist, der schnell reagiert und Pech gehabt hatte.«

»Und daraufhin haben Sie Ihren Abschied genommen.«

Die Scotchflasche war leer. In der anderen Flasche war noch etwas Wodka, und ich goß mir etwas davon in mein Glas. »Nicht gleich«, antwortete ich, »aber nicht lange danach. Was mich dazu trieb, weiß ich nicht.«

»Schuldgefühl.«

»Ich bin nicht sicher. Polizist zu sein, war einfach nichts mehr für mich. Ehemann und Vater anscheinend auch nicht. Ich nahm mir

Urlaub von allen dreien und übersiedelte in ein Hotel gleich beim Columbus Circle. Nach einer Weile war klar, daß ich nicht mehr zurückgehen würde, weder zu meiner Frau, noch zur Polizei.«
Geraume Zeit sprach keiner von uns. Dann lehnte sie sich vor und berührte meine Hand. Es war eine völlig unerwartete und auch unbeholfene Geste, die mich aus irgendeinem Grund rührte. Meine Kehle zog sich zusammen.
Aber dann hatte sie die Hand schon weggezogen und war aufgestanden. Einen Augenblick dachte ich, sie erwarte, daß ich gehe. Statt dessen sagte sie: »Ich rufe im Laden an, solange er noch auf ist. Sie machen früh zu. Wollen Sie bei Scotch bleiben oder jetzt lieber Bourbon haben? Und welche Marke Bourbon?«
»Ich sollte mich vermutlich bald auf die Socken machen.«
»Scotch oder Bourbon?«
»Ich bleibe bei Scotch.«
Während wir auf die Lieferung der Flaschen warteten, zeigte sie mir den Dachboden und einige ihrer Arbeiten. Die meisten waren realistisch nach Art der Medusa, aber einige Stücke waren abstrakt. Es ging sehr viel Kraft von ihren Arbeiten aus. Mir gefielen ihre Sachen, und ich sagte es ihr.
»Ja, sie sind ganz gut«, meinte sie auch.
Sie ließ mich nicht für den Alkohol bezahlen und bestand darauf, daß ich ihr Gast sei. Wir setzten uns wieder, öffneten die Flaschen und füllten unsere Gläser. Sie fragte, ob mir ihre Skulpturen wirklich gefielen. Ich versicherte ihr, daß dies der Fall sei.
»Man sagt, meine Sachen seien gut. Wissen Sie, wie ich da hineingeraten bin? Durch das Spielen mit Ton in der Kinderkrippe. Ich nahm mir nach einer Weile Ton mit nach Hause, diesen gelben Knetton, und arbeitete stundenlang damit. Und dann machte ich einen Kursus am Brooklyn College, einen dieser Kurse für Erwachsene, und der Lehrer behauptete, ich sei begabt. Das brauchte er mir aber gar nicht zu sagen. Ich wußte es selbst. Ein kleines bißchen habe ich mich auch schon durchgesetzt. Vor etwas mehr als einem Jahr hatte ich eine Ausstellung in der Chuck Levitan Galerie. Kennen Sie die? In der Grand Street?« Ich kannte sie nicht. »Sie arrangierten eine Ein-Mann-Ausstellung für mich. Eine Eine-Frau-Ausstellung. Eine Eine-Person-Ausstellung. So ein Blödsinn! Heutzutage muß man erst nachdenken, bevor man den Mund aufmacht. Ist Ihnen das auch schon aufgefallen?«
»Hm.«

»Und letztes Jahr habe ich von der NSK ein Stipendium bekommen. Von der Nationalen Stiftung für die Künste. Und noch ein kleineres Stipendium von der Einhorn-Stiftung. Bevor sie mir das Stipendium gaben, hatte ich den Namen noch nie gehört. Einige meiner Stücke sind in recht guten Sammlungen. Ein oder zwei sogar im Museum. Eins eigentlich nur, und es ist nicht das Museum für Moderne Kunst in New York, aber immerhin ein Museum. Ich bin eine Bildhauerin.«
»Das habe ich nie bestritten.«
»Meine Kinder sind in Kalifornien, und ich bekomme sie nie zu Gesicht. Sie sind ihm zugesprochen worden. Ich war's ja, die abgehauen ist. Und ich bin überhaupt eine ganz unnatürliche Frau, eine Lesbe, die Mann und Kinder im Stich läßt. Da ist's doch ganz klar, daß er die Kinder kriegt. Ich habe keinen Protest erhoben. Soll ich Ihnen was sagen, Matthew?«
»Was?«
»Ich wollte die Kinder gar nicht bei mir haben. Mein Bedarf an Kinderpflege war gedeckt. Ich hatte die Nase voll von Kindern, meine eigenen inbegriffen. Was sagen Sie dazu?«
»Das erscheint mir ganz natürlich.«
»Die Maisie Pomerances dieser Welt würden da kaum mit Ihnen einig gehen. Entschuldigen Sie, ich meine Mitzi. Gordon und Dumme-Kuh-Mitzi Pomerance. Mr. und Mrs. Musterexemplar.«
Der Wodka machte sich in ihrer Stimme bemerkbar. Sie nuschelte nicht gerade, aber in ihrem Ton klang der genossene Alkohol mit. Das überraschte mich nicht. Sie hatte mit mir Schritt gehalten, Glas für Glas, und ich hatte mich ganz ordentlich bedient. Allerdings war ich mit Vorsprung gestartet.
»Als er mir mitteilte, er zöge nach Kalifornien, bekam ich einen Wutanfall. Das sei nicht fair, brüllte ich ihn an, er habe in New York zu bleiben, damit ich die Kinder besuchen könne. Ich hatte ein Anrecht auf Besuche, und was war das wert, wenn sie tausend Meilen weg wohnten? Aber wollen Sie die Wahrheit hören?«
»Ja?«
»Ich war erleichtert. Mir fiel ein Stein vom Herzen, daß sie wegzogen, weil Sie sich einfach nicht vorstellen können, wie das war, einmal in der Woche mit der Untergrundbahn da hinauszupilgern, dann mit ihnen in der Wohnung zu sitzen oder in den Straßen rumzulaufen, immer darauf gefaßt, Maisie Pomerances

starrem Blick zu begegnen. Verflucht, wieso kann ich mir den verdammten Namen von dieser Person nicht merken? Mitzi!«
»Ich habe ihre Telefonnummer. Sie können sie doch anrufen, wenn's Ihnen danach ist, und ihr sagen, was Sie von ihr denken?«
Sie lachte. »Ach du lieber Gott! Ich muß mal Pipi machen. Ich bin gleich wieder da.«
Als sie zurückkam, setzte sie sich auf die Couch. Ohne Übergang erklärte sie: »Wissen Sie, was wir sind? Ich mit meiner Bildhauerei und Sie mit Ihrer Lebensangst? Ein paar Trunkenbolde sind wir, die die Flinte ins Korn geworfen haben. Das sind wir, nichts weiter.«
»Wenn Sie das sagen.«
»Tun Sie nur nicht so überheblich. Geben Sie's doch zu. Wir sind beide Alkoholiker.«
»Ich bin ein starker Trinker. Das ist ein Unterschied.«
»Was für ein Unterschied?«
»Ich kann aufhören, von einem Augenblick zum anderen, wenn ich will.«
»Warum tun Sie's dann nicht?«
»Warum sollte ich?«
Anstatt zu antworten, beugte sie sich vor und schenkte sich wieder ein. »Ich hatte aufgehört, für eine Weile«, sagte sie. »Zwei Monate habe ich keinen Tropfen angerührt. Mehr als zwei Monate.«
»Einfach so? Von heute auf morgen?«
»Ich bin zu den Anonymen Alkoholikern gegangen.«
»Oh.«
»Haben Sie das mal probiert?«
Ich schüttelte den Kopf. »Ich glaube nicht, daß das was für mich wäre.«
»Aber Sie könnten von einem Augenblick zum anderen aufhören?«
»Ja, *falls* ich aufhören will.«
»Und Sie sind ja kein Alkoholiker.«
Erst erwiderte ich nichts, aber dann gab ich nach. »Es kommt wohl darauf an, was man unter dem Wort versteht. Aber was heißt das alles schon? Es sind doch nur hohle Begriffe.«
»Man bestimmt selbst, ob man ein Alkoholiker ist, sagen sie bei den Anonymen Alkoholikern.«
»Ich bestimme, daß ich kein Alkoholiker bin.«

»Ich erklärte mich zur Alkoholikerin. Und bei mir hat's gewirkt. Der Haken ist, sie behaupten, es wirke am besten, wenn man zu trinken aufhört.«
»Das leuchtet mir ein.«
»Wieso ich auf das Thema gekommen bin, möchte ich wissen.« Sie trank ihr Glas leer und sah mich über den Glasrand an. »Das war nicht meine Absicht, über das verdammte Thema zu reden. Erst komme ich mit meinen Kindern und dann mit meiner Trinkerei. Ganz schöner Abstieg, wie?«
»Es ist schon in Ordnung.«
»Tut mir leid, Matthew.«
»Denk nicht mehr dran.«
»Setz dich neben mich und hilf mir, nicht mehr dran zu denken.«
Ich setzte mich zu ihr auf die Couch und fuhr mit der Hand über ihr feines Haar. Das bißchen Grau in ihren Haaren war sehr reizvoll. Sie sah mich aus ihren großen grauen Augen an und senkte dann die Lider. Ich küßte sie, und sie preßte sich an mich. Wir streichelten uns, ich berührte ihre Brüste, küßte ihren Hals. Mit ihren starken Händen bearbeitete sie die Muskeln in meinem Rücken und meinen Schultern, als sei es Ton.
»Du bleibst über Nacht«, sagte sie.
»Das möchte ich gern.«
»Ich auch.«
Ich schenkte uns beiden von neuem ein.

9

Das Läuten von Kirchenglocken in der Ferne weckte mich auf. Mein Kopf war klar, und ich fühlte mich gut. Ich schob meine Beine über den Bettrand und sah mich einer langhaarigen Katze gegenüber, die auf der anderen Seite am Fuß des Bettes zusammengerollt lag. Sie sah mich an, kuschelte sich dann bequem zurecht und schlief weiter. Schlafe mit der Dame des Hauses, dann haben die Katzen nichts gegen dich einzuwenden.
Ich zog mich an und fand Jan in der Küche. Sie trank ein Glas hellen Orangensaft. Ich vermutete, daß sie etwas hineingegossen hatte, um den Kater zu mildern. Sie hatte Kaffee in einem

Chemex-Filter gemacht und schenkte mir eine Tasse ein. Ich stellte mich ans Fenster und trank.
Wir sprachen nicht. Die Kirchenglocken hatten eine Pause gemacht, und morgendliche Stille breitete sich aus. Es war ein heller Tag mit einer brennenden Sonne am wolkenlosen Himmel. Ich blickte hinunter und konnte kein Lebenszeichen entdecken, keinen Menschen auf der Straße, keinen vorbeifahrenden Wagen. Ich trank meinen Kaffee aus und stellte dann die Tasse zu dem übrigen schmutzigen Geschirr in den Ausguß. Jan benützte einen Schlüssel, um den Aufzug heraufzuholen. Sie fragte, ob ich zur Sheepshead Bay hinausginge, und ich sagte, ja, wahrscheinlich. Wir umarmten uns kurz; ich fühlte ihren Körper durch den Morgenrock, den sie trug.
»Ich ruf dich an«, sagte ich und fuhr in dem überdimensionalen Aufzug hinunter.
Ein Polizist namens O'Byrne gab mir telefonisch Auskunft. Ich folgte seinen Anweisungen und nahm die BMT-Linie bis Gravesend Neck. In Brooklyn tauchte die Untergrundbahn auf, und wir fuhren durch Straßen voller alleinstehender Häuser mit Gärten, die gar nicht nach New York aussahen.
Das Polizeirevier Einundsechzig war auf der Coney Island Avenue, und ich fand es ohne große Schwierigkeiten. Drinnen spielte ich »Kennst du So-und-So« mit einem dünnen, langhalsigen Detective namens Antonelli. Wir fanden genug gemeinsame Bekannte, so daß er recht zugänglich wurde. Ich sagte ihm, woran ich arbeitete, und erwähnte, daß Frank Fitzroy mir den Auftrag zugeschanzt hatte. Er kannte Frank auch, aber ich hatte nicht den Eindruck, als ob sie einander sehr schätzten.
»Ich sehe mal in unseren Akten nach«, bot er an. »Aber Sie haben sicher Abschriften von unseren Rapporten in den Akten gesehen, die Fitzroy Ihnen gezeigt hat.«
»Woran mir am meisten liegt, ist, mit jemandem zu sprechen, der die Leiche gesehen hat.«
»Stehen die Namen der Polizisten, die am Tatort waren, nicht in den Akten, in die Sie in Manhattan Einsicht hatten?«
Daran hatte ich auch schon gedacht. Vielleicht hätte ich mein Ziel erreichen können, ohne diese Expedition ans Ende von Brooklyn zu unternehmen. Aber wenn man sich aufmacht, um nach etwas Bestimmtem zu suchen, passiert es manchmal, daß man mehr findet, als man gesucht hatte.

»Vielleicht kann ich die Akten ausgraben«, sagte er und ließ mich allein an dem alten Holzschreibtisch, dessen Ränder lauter Zigarettenlöcher schmückten. Zwei Schreibtische weiter war ein schwarzer Detective, die Hemdsärmel aufgekrempelt, am Telefon beschäftigt. Es hörte sich an, als spreche er mit einer Frau, und es klang nicht gerade nach einem amtlichen Gespräch. An einem anderen Schreibtisch, weiter zur hinteren Wand hin, verhörten zwei Polizisten, der eine in Uniform, der andere in Zivil, einen Burschen mit einem wilden Schopf aus gelblichen Haaren. Was sie sagten, konnte ich nicht verstehen.
Antonelli kam mit einem dünnen Ordner zurück, den er vor mir auf den Schreibtisch fallen ließ. Ich las die Akten durch und hielt ab und zu in der Lektüre inne, um mir Notizen zu machen. Bei dem Opfer hatte es sich um eine Susan Potowski, 2705 Haring Street gehandelt. Sie war Mutter zweier Kinder gewesen, neunundzwanzig Jahre alt und von ihrem Mann, einem Bauarbeiter, getrennt. Sie hatte in der unteren Wohnung eines Zweifamilienhauses gewohnt, zusammen mit ihren Kindern, und war an einem Mittwochnachmittag gegen zwei Uhr ermordet worden.
Sie wurde von ihren Kindern gefunden. Um halb vier herum waren sie zusammen aus der Schule gekommen, ein Junge von acht und ein Mädchen von zehn Jahren, und hatten ihre Mutter auf dem Küchenboden gefunden, halb ausgezogen und mit Stichwunden übersät. Sie waren schreiend auf die Straße gerannt, bis ein Polizist auf seiner Runde vorbeikam.
»Entdecken Sie was?«
»Möglich«, erwiderte ich. Ich notierte mir den Namen des ersten Polizisten, der am Tatort erschienen war, und auch die der zwei Detectives vom Revier Einundsechzig, die in die Wohnung an der Haring Street gegangen waren, bevor der Fall den Leuten vom Revier Nördliches Zentrum übergeben wurde. Ich zeigte Antonelli die drei Namen. »Ist einer der drei noch immer diesem Revier zugeteilt?«
»Polizist Burton Havermeyer, Detective Kenneth Allgood, Detective Michael Quinn. Mick Quinn ist vor zwei oder drei Jahren ums Leben gekommen. Im Dienst. Trubel in einem Schnapsladen, er ging mit einem Kollegen hin. Es gab eine Schießerei, und er wurde getroffen. Schrecklich! Zwei Jahre vorher war seine Frau gestorben, an Krebs, und er hinterließ vier Kinder.

Der Älteste hatte gerade sein Studium begonnen. Sie haben doch sicher darüber gelesen.«
»Ich glaube ja.«
»Die Kerle, die ihn erschossen haben, kriegten viele Jahre aufgebrummt. Aber sie leben, und er ist tot. Da mache sich einer einen Reim drauf. Die anderen zwei, Allgood und Havermeyer, kenne ich nicht. Ich habe die Namen auch nie gehört, also müssen sie hier aus dem Revier weggegangen sein, bevor ich dazukam. Und das war vor wieviel Jahren? Fünf? Ungefähr fünf.«
»Können Sie ermitteln, wohin sie versetzt wurden?«
»Wahrscheinlich. Aber was wollen Sie sie eigentlich fragen?«
»Ob sie in beide Augen gestochen worden war.«
»War denn bei den Akten, die – wie heißt er doch? – Fitzroy Ihnen gezeigt hat, kein medizinischer Befund?«
Ich nickte. »Beide Augen.«
»Na also.«
»Erinnern Sie sich an den Fall vor ein paar Jahren. Da wurde eine Frau aus dem Hudson gezogen. ›Tod durch Ertrinken‹, hieß es. Einer von den Obergescheiten im Gerichtsmedizinischen Büro schnappte sich den Schädel und benützte ihn als Briefbeschwerer. Das gab einen Skandal, und weil die Wellen so hoch gingen, nahm sich einer mal die Mühe und betrachtete sich den Schädel näher und entdeckte einen Einschuß darin.«
»Ich erinnere mich an den Fall. Sie war aus New Jersey, stimmt's? Mit einem Arzt verheiratet?«
»Richtig.«
»Für mich gilt eine Regel. Wenn eine Arztfrau umgebracht wird, hat er's getan. Ob es sich beweisen läßt oder nicht, ist mir scheißegal. Es ist immer der Doktor gewesen. Ich erinnere mich nicht mehr, ob der sich aus der Schlinge gezogen hat oder nicht.«
»Ich auch nicht.«
»Ich verstehe Ihren Standpunkt. Befunde der Gerichtsmediziner sind nichts, worauf man sich felsenfest verlassen kann. Aber wieweit kann man sich auf einen Zeugen verlassen, wenn's um etwas geht, das neun Jahre zurückliegt?«
»Das stimmt schon, aber trotzdem –«
»Ich will sehen, was sich tun läßt.«
Diesmal blieb er etwas länger weg, und er hatte einen merkwür-

digen Ausdruck im Gesicht, als er zurückkam. »Kein Glück in dem Fall«, erklärte er. »Allgood ist auch tot. Und Havermeyer ist nicht mehr bei der Polizei.«
»Woran ist Allgood gestorben?«
»Herzattacke, vor etwa einem Jahr. Er war vor ein paar Jahren versetzt worden ins Hauptquartier in der Center Street. Brach eines Tages an seinem Schreibtisch zusammen und war tot. Einer von den Männern im Archiv kannte ihn aus der Zeit, als er noch hier arbeitete, und wußte zufällig, wie er gestorben war. Havermeyer ist vielleicht auch tot. Das kann man nicht wissen.«
»Was geschah mit ihm?«
Er zuckte die Achseln. »Wer weiß? Er nahm seinen Abschied wenige Monate nach dem Eispickelfall. Gab persönliche Gründe für seine Rückkehr ins Zivilleben an. Er war nur zwei, drei Jahre dabeigewesen. Sie wissen doch, wie viele von den Jungen abspringen. Stimmt, Sie sind ja auch vorzeitig ausgeschieden. Aus persönlichen Gründen. Hab ich recht?«
»Mehr oder weniger.«
»Ich habe eine Adresse und eine Telefonnummer ausgegraben. Sechsmal hat er die Wohnung gewechselt seit damals. Falls er keine Spuren hinterlassen hat, können Sie's doch mal beim Hauptquartier in Manhattan versuchen. Er war nicht lange genug beim Department, um Anspruch auf eine Rente zu haben, aber da unten behalten sie ehemalige Polizisten im allgemeinen im Auge.«
»Vielleicht hat er noch dieselbe Adresse.«
»Möglich ist alles. Meine Großmutter lebt heute noch in drei winzigen Zimmern in der Elizabeth Street, in derselben Wohnung, in die sie gezogen ist, als sie vom Schiff aus Palermo stieg. Manche Leute sind seßhaft. Andere wechseln ihre Behausungen wie ihre Socken. Vielleicht haben Sie Glück. Kann ich Ihnen sonst noch irgendwie helfen?«
»Wo ist die Haring Street?«
»Wo der Mord passiert ist?« Er lachte. »Jesus, Sie sind wirklich der reinste Bluthund. Was wollen Sie? Witterung aufnehmen? Der Spur nachschnüffeln?«
Er erklärte mir, wie ich hinkäme. Er hatte mir ziemlich viel Zeit gewidmet, aber er wollte kein Geld dafür annehmen. Ich hatte das Gefühl, er würde nichts haben wollen – die einen sind drauf aus, die anderen nicht –, aber ich bot es ihm doch an. »Sie könnten

sicher einen neuen Hut gebrauchen«, meinte ich, woraufhin er mich angrinste und mir versicherte, er hätte einen ganzen Schrank voller Hüte zu Hause. »Und dabei trage ich zur Zeit kaum einmal einen Hut.« Ich hatte ihm fünfundzwanzig Dollar hingehalten, was wenig genug war angesichts der Mühe, die er sich gegeben hatte. »Heute ist nicht viel los«, meinte er, »und das hier ist ein ruhiges Revier. Was können Sie schon anfangen mit den paar Auskünften, die ich Ihnen geben konnte? Haben Sie einen Verdacht in bezug auf den Mord in Boerum Hill?«

»Keinen richtigen Verdacht.«

»Ungefähr so, wie wenn man in einer Kohlengrube nach einer schwarzen Katze sucht«, meinte er. »Tun Sie mir einen Gefallen. Lassen Sie mich wissen, wie es ausgeht. Falls überhaupt etwas dabei herauskommt.«

Ich ging auf dem Weg, den er mir angegeben hatte, zur Haring Street. Ich glaube kaum, daß sich die Gegend in neun Jahren sehr verändert hat. Die Häuser waren gut erhalten, und überall tummelten sich Kinder. Am Straßenrand parkten Wagen, und wo es neben und zwischen den Häusern Einfahrten zu den Höfen gab, waren auch da in den meisten Autos zu sehen. Es kam mir in den Sinn, daß es möglicherweise ein Dutzend Leute in dem Häuserblock gab, die sich an Susan Potowski erinnerten, und es war auch nicht ausgeschlossen, daß ihr Mann, von dem sie getrennt gelebt hatte, nach dem Mord wieder in das Haus zurückgekehrt war und nun dort mit seinen Kindern lebte. Sie waren jetzt älter. Siebzehn und neunzehn.

Sie mußte sehr jung gewesen sein, als das erste kam. Selbst erst neunzehn. Heiraten und Kinderkriegen in frühen Jahren war nichts Ungewöhnliches in dieser Gegend.

Er war doch wohl eher weggezogen, entschied ich. Angenommen, er war zurückgekommen, hätte er seinen Kindern kaum zugemutet, in dem Haus weiterzuleben, in dem sie ihre Mutter tot auf dem Küchenboden gefunden hatten. Oder doch?

Ich läutete nicht. Weder an dieser noch einer anderen Tür. Es war nicht Susan Potowskis Tod, den ich untersuchte, und es lag kein Grund vor, in ihrer Asche zu wühlen. Ich warf einen letzten Blick auf das Haus, in dem sie gelebt hatte, drehte mich dann um und ging meines Weges.

Die Adresse von Burton Havermeyer war 212 St. Marks Place. East Village war eigentlich nicht die richtige Wohngegend für einen Polizisten, und daß er nach neun Jahren noch dort leben sollte, war kaum anzunehmen. Von einer Telefonzelle in der Ocean Avenue aus rief ich die Nummer an, die Antonelli mir gegeben hatte.

Eine Frau meldete sich. Ich fragte, ob ich mit Mr. Havermeyer sprechen könne. Es entstand eine Pause. »Mr. Havermeyer wohnt nicht hier.«

Ich entschuldigte mich, die falsche Nummer gewählt zu haben, aber sie sprach weiter. »Wo Sie Mr. Havermeyer erreichen könnten, weiß ich nicht.«

»Spreche ich mit Mrs. Havermeyer?«

»Ja.«

»Es tut mir Leid, Sie zu behelligen, Mrs. Havermeyer«, fing ich an. »Ein Detective vom Einundsechzigsten Revier, dem Ihr Mann zugeteilt war, hat mir die Nummer gegeben. Ich versuche –«

»Mein ehemaliger Mann.«

Es war eine sonderbar tonlose Stimme, als wolle sie Abstand wahren zu den Worten, die sie aussprach. Etwas Ähnliches hatte ich an der Sprechweise von psychisch Kranken, die geheilt worden waren, beobachtet.

»Ich versuche, ihn in Verbindung mit einer Polizeiangelegenheit zu finden«, erläuterte ich.

»Er ist seit Jahren kein Polizist mehr.«

»Das weiß ich. Haben Sie eine Ahnung, wo ich ihn finden könnte?«

»Nein.«

»Ich nehme an, Sie sehen ihn nicht oft, aber vielleicht –«

»Ich sehe ihn nie.«

»Ich verstehe.«

»Wirklich? Ich sehe meinen früheren Mann nie. Jeden Monat kommt sein Scheck. Er geht direkt an die Bank und wird meinem Konto gutgeschrieben. Ich sehe weder meinen Mann noch seinen Scheck. Verstehen Sie? Verstehen Sie wirklich?«

Die Worte hätten leidenschaftlich hervorgebracht werden können, aber ihre Stimme blieb ausdruckslos und unbeteiligt.

Ich sagte nichts.

»Er lebt in Manhattan. Vielleicht hat er ein Telefon, und vielleicht steht die Nummer im Telefonbuch. Sie können ja nachsehen. Sie entschuldigen mich, daß ich Ihnen nicht anbiete, für Sie nachzusehen.«

»Selbstverständlich.«
»Es ist sicher wichtig«, setzte sie hinzu. »Polizeiangelegenheiten sind immer wichtig, stimmt's?«
In der Zelle war kein Telefonbuch. Ich rief die Auskunft an und ließ sie für mich suchen. Man fand einen Burton Havermeyer in der 103. Straße auf der Westseite. Ich rief an, aber es meldete sich niemand. Der Drugstore, von dem aus ich telefonierte, hatte eine Imbißabteilung. Ich setzte mich auf einen der hohen Stühle vor der Theke und aß ein Käsesandwich vom Grill und ein viel zu süßes Stück Kirschkuchen und trank zwei Tassen schwarzen Kaffee. Der Kaffee war nicht schlecht, ließ sich aber nicht mit dem Getränk vergleichen, das Jan serviert hatte.
Ich dachte an sie. Als ich wieder zum Telefon ging, hätte ich beinahe ihre Nummer gewählt, aber ich versuchte es bei Havermeyer noch einmal, und diesmal meldete er sich.
»Burton Havermeyer?« fragte ich. »Mein Name ist Matthew Scudder. Könnte ich wohl heute nachmittag bei Ihnen vorbeikommen und mit Ihnen sprechen?«
»Worüber?«
»Es handelt sich um eine Polizeisache. Ich möchte Ihnen ein paar Fragen stellen. Es würde nicht lange dauern.«
»Sind Sie Polizist?«
Verflucht. »Früher. Ich war früher bei der Polizei.«
»Ich auch. Können Sie mir sagen, worum es sich handelt, Mr. –«
»Scudder«, fiel ich ein. »Es geht um eine alte Geschichte. Ich bin jetzt Detektiv, und ich arbeite an einem Fall, mit dem Sie zu tun hatten, als Sie noch beim Einundsechzigsten waren.«
»Das liegt Jahre zurück.«
»Ich weiß.«
»Läßt sich das nicht übers Telefon erledigen? Ich kann mir nicht vorstellen, daß ich irgend etwas wüßte, was für Sie von Wert ist. Ich war bei der Straßenpatrouille. An der Aufklärung von Fällen habe ich nicht gearbeitet. Ich –«
»Ich würde trotzdem gerne vorbeikommen, wenn's Ihnen recht ist.«
»Tja – ich weiß nicht.«
»Ich nehme Ihre Zeit nur kurz in Anspruch.«
Erst war Stille. Dann sagte er mit einem klagenden Unterton: »Heut ist mein freier Tag. Ich hatte mir vorgenommen, mir's zu

Hause bequem zu machen, ein paar Bier zu trinken und mir ein Footballspiel anzusehen.«
»Wir können uns ja während der Reklame unterhalten.«
Er lachte. »Also gut. Sie haben gewonnen. Haben Sie meine Adresse? Der Name steht unten neben der Klingel. Wann soll ich Sie erwarten?«
»In einer, anderthalb Stunden.«
»Gut.«

Die obere Westseite gehört zu den Stadtteilen New Yorks, die sich langsam von ihrem vernachlässigten Zustand befreiten, aber dieser Prozeß war vorläufig noch nicht über die Sechsundneunzigste Straße vorgedrungen. Havermeyer wohnte in der 103. Straße zwischen der Columbus und der Amsterdam Avenue in einem der heruntergekommenen Braunsteinhäuser, die beide Seiten der Straße einrahmten. Das Viertel hatte vorwiegend spanischen Charakter. Auf den Steinstufen vor den Hauseingängen saß eine Menge Leute, neben sich große Radios, denen sie zuhörten und dabei Bier tranken. Jedes dritte weibliche Wesen war schwanger. Ich fand das richtige Gebäude, läutete an der richtigen Klingel und kletterte vier Treppen hoch. Er erwartete mich in der Tür zu einer der nach hinten gelegenen Wohnungen. »Scudder?« fragte er, und ich nickte. »Burt Havermeyer«, sagte er. »Kommen Sie herein.« Ich folgte ihm in einen mittelgroßen Raum mit einer Kochecke. Die Deckenlampe bestand aus einer Glühbirne in einem dieser japanischen Lampenschirme. Den Wänden hätte eine neue Schicht Farbe gutgetan. Ich setzte mich auf die Couch und nahm die Bierdose, die er mir hinhielt. Er öffnete eine für sich selbst und stellte dann den Fernsehapparat ab, der oben auf einer Orangenkiste stand, deren untere zwei Bretter mit Taschenbüchern gefüllt waren.
Er zog sich einen Stuhl heran, setzte sich und schlug die Beine übereinander. Er sah aus wie Anfang Dreißig, war etwa einen Meter siebzig groß, mit schmalen Schultern und einem Bierbauch. Er trug braune Gabardinehosen und ein gemustertes, beiges Sporthemd. Er hatte tiefsitzende braune Augen, feiste Wangen und glatt an den Schädel gekämmtes Haar. Er hatte sich heute noch nicht rasiert. Ich auch nicht, fiel mir ein.
»Es war vor ungefähr neun Jahren«, fing ich an. »Eine Frau namens Susan Potowski.«

»Das habe ich mir gedacht.«
»Oh?«
»Nachdem ich eingehängt hatte, dachte ich: Wieso will jemand über einen Fall mit mir reden, der neun oder zehn Jahre zurückliegt? Und dann fiel mir ein, daß es sich um den Eispickelmörder handeln mußte. Ich hab's in den Zeitungen gelesen. Sie haben den Kerl erwischt. Sie haben eine Grube gegraben, und er ist hineingepurzelt.«
»So war's, mehr oder weniger.« Ich berichtete, daß Louis Pinell jede Verbindung mit dem Mord an Barbara Ettinger leugnete und daß die Tatsachen ihm recht zu geben schienen.
»Ich versteh das nicht«, warf er ein. »Da bleiben doch immer noch sieben Morde, die er auf dem Kerbholz hat. Genügt das nicht, um ihn einzulochen?«
»Dem Vater von der Ettinger genügt das nicht. Er will wissen, wer seine Tochter umgebracht hat.«
»Und Sie sollen das herauskriegen?« Er pfiff leise. »Viel Glück.«
»So steht's.« Ich nahm einen Schluck von dem Dosenbier. »Ich nehme nicht an, daß irgendeine Verbindung besteht zwischen dem Potowskimord und dem anderen, aber sie haben sich beide in Brooklyn ereignet, und es wäre möglich, daß Pinell mit keinem der beiden zu tun hatte. Sie waren der erste Polizist am Tatort. Erinnern Sie sich noch an den Tag?«
»Jesus!« rief er aus. »Wie könnte ich den Tag vergessen.«
»Wieso?«
»Darum habe ich doch meinen Abschied eingereicht. Aber das hat man Ihnen sicher draußen in der Sheepshead Bay gesagt.«
»Aus nicht weiter spezifizierten persönlichen Gründen. Das war alles, was sie sagten.«
»So?« Er saß vornübergebeugt da und starrte auf die Bierdose in seinen Händen. »Ich höre noch ihre Kinder schreien«, sagte er. »Ich weiß noch, wie ich ein Gefühl hatte, daß da etwas Schreckliches auf mich wartete, und das nächste, woran ich mich erinnere, ist, daß ich in der Küche stehe und auf den Leichnam hinunterschaue. Eines der Kinder hing an meinem Hosenbein, wie das Kinder so tun, Sie wissen ja, wie das ist, und ich sehe auf sie hinunter und mache die Augen zu und öffne sie dann wieder, aber an dem Bild hat sich nichts geändert. Sie war in einem – wie sagt man? – Morgenrock mit japanischer Schrift drauf und dem Bild von einem Vogel, in japanischem Stil. Kimono werden die

Dinger, glaube ich, genannt. Ich erinnere mich auch an die Farbe. Orange mit schwarzer Verzierung.«
Er sah mich an, schlug aber die Augen gleich wieder nieder. »Der Morgenrock war offen. Der Kimono. Teilweise offen. Und über den ganzen Körper waren Einstiche, wie Punkte. Überall da, wo er sie mit dem Eispickel erwischt hatte. Hauptsächlich am Oberkörper. Sie hatte einen sehr schönen Busen. Schrecklich, daß man sich an so etwas erinnert, aber wie soll man's loswerden? Da steht man, ist entsetzt über all die Wunden in ihrer Brust, sie ist tot, und bei all dem fällt einem noch auf, was sie für fabelhafte Titten hat. Und man haßt sich, weil man so was denkt.«
»Das kommt vor.«
»Ich weiß, ich weiß, aber es steckt einem im Kopf wie ein Knochen, der einem in der Kehle steckt. Die heulenden Kinder und der Lärm von draußen. Erst höre ich den Straßenlärm gar nicht. Ihr Anblick blockierte jede andere Wahrnehmung. Als ob's einem das Gehör nimmt, alle anderen Sinne ausschaltet. Wissen Sie, was ich meine?«
»Ich verstehe.«
»Und dann dringen die Geräusche wieder ein, und das Kind hängt immer noch an meinem Hosenbein, und wenn er hundert Jahre alt wird, immer wird er sich so an seine Mutter erinnern. Ich hatte sie noch nie im Leben gesehen, und ich krieg das Bild nicht aus dem Kopf. Tag und Nacht hat's mich verfolgt. Nachts tauchte es in meinen Alpträumen auf, und am Tag schob sich's mir, auch wenn ich gar nicht daran dachte, vor die Augen. Ich wollte nirgends mehr hingehen, nicht riskieren, auf eine andere Leiche zu stoßen, und es wurde mir schließlich klar, daß mir an einem Beruf nichts lag, in dem ich mich damit beschäftigen mußte, daß jemand ermordet worden war. ›Nicht spezifizierte persönliche Gründe.‹ Na, jetzt habe ich sie spezifiziert. Ich handelte nicht gleich, ich wartete ab. Aber es wurde nicht besser, und da nahm ich meinen Abschied.«
»Was tun Sie jetzt?«
»Sicherheitsdienst.« Er nannte den Namen eines Geschäftes in der Stadt. »Ich habe Verschiedenes versucht, aber diesen Posten habe ich jetzt schon sieben Jahre. Ich trage eine Uniform und eine Waffe an der Hüfte. In der Stellung, die ich vorher hatte, trug ich zwar eine Uniform und auch einen Revolver, aber der war nicht geladen. Das machte mich verrückt. Ich sagte, es wäre mir egal, ob

ich eine Waffe hätte oder nicht, aber eine ungeladene, das käme nicht in Frage, denn dann denken die Kerle, man sei bewaffnet, und man kann sich nicht verteidigen. Jetzt habe ich eine geladene Pistole, die ich in sieben Jahren nie aus dem Halfter gezogen habe, und das ist mir recht. Ich diene als Abschreckung gegen Einbrüche und Ladendiebstähle. Gegen Ladendiebstähle nicht so sehr, wie man's möchte. Die klauen mit den raffiniertesten Tricks.«

»Das kann ich mir vorstellen.«

»Die Arbeit ist langweilig, und das paßt mir. Ich weiß, ich brauche nicht in eine fremde Küche zu gehen, und da liegt eine Leiche am Boden. Ich unterhalte mich mit anderen Leuten während der Arbeit, ab und zu erwische ich einen Ladendieb, und alles ist nett und nicht mit großer Aufregung verbunden. Mein Leben spielt sich in einem einfachen Rahmen ab. Verstehen Sie, was ich meine? Und das gefällt mir.«

»Noch eine Frage.«

»Klar, fragen Sie nur.«

»Die Augen der Frau.«

»O Gott.« Er stöhnte. »Mußten Sie mich daran erinnern?«

»Beschreiben Sie sie mir.«

»Sie waren weit offen. Er stach alle seine Opfer in die Augen. Ich wußte das nicht. Das wurde der Presse nicht mitgeteilt. Sie halten immer etwas geheim. Aber als die Detectives kamen und das sahen, da war sofort klar, daß das nicht unser Fall war, und wir konnten es an ein anderes Revier abschieben. Ich weiß nicht mehr an welches.«

»Zentrum Süd.«

»So.« Er schloß die Augen für einen Moment. »Habe ich erwähnt, daß die Augen offen waren? Starr auf die Decke gerichtet. Aber sie waren wie blutige Ovale.«

»Beide Augen?«

»Wie bitte?«

»Waren beide Augen im gleichen Zustand?«

Er nickte. »Warum?«

»Barbara Ettinger wurde nur in ein Auge gestochen.«

»Macht das einen Unterschied?«

»Ich bin nicht sicher.«

»Wenn jemand die Methode des Mörders kopieren will, würde er sie doch ganz und gar nicht kopieren, oder nicht?«

»Meiner Meinung nach, ja.«

»Falls er's nicht doch selbst war und er sich beeilen mußte. Wer kann begreifen, was in so einem Verrückten vorgeht? Vielleicht befahl ihm Gott in diesem Fall, nur ein Auge zu durchstechen. Wer weiß?«

Er holte sich ein weiteres Bier und bot auch mir eins an. Ich lehnte aber ab. Ich wollte nicht mehr so lange bleiben, um es auszutrinken. Mir war es an und für sich nur um eine Frage zu tun gewesen, und seine Antwort hatte lediglich die Angaben des Gerichtsmediziners bestätigt. Wahrscheinlich hätte ich ihn das ebensogut am Telefon fragen können, aber dann hätte ich nicht die Gelegenheit gehabt, herauszufinden, woran er sich wirklich erinnerte, und ich hätte keinen so starken Eindruck von dem erhalten, was er damals in der Küche gesehen hatte. Jetzt bestand für mich kein Zweifel, daß die Erinnerung ihn tatsächlich dazu gebracht hatte, wieder wie damals Susan Potowskis Leiche vor sich zu sehen. Er war nicht unsicher gewesen, ob beide Augen durchstochen waren. Er hatte mit geschlossenen Augen die Wunden wieder vor sich gesehen.

»Als ich von der Verhaftung von diesem Pinell las, und jetzt wieder, wo Sie herkommen, da frage ich mich, wie's wohl gekommen wäre, wenn es nicht gerade ich gewesen wäre, der da die Leiche von der Potowski sah, oder wenn's drei Jahre später passiert wäre, wo ich mehr Erfahrung gehabt hätte – mein ganzes Leben wäre vielleicht anders verlaufen.«

»Sie wären vielleicht bei der Polizei geblieben.«

»Möglich. Ich bin nicht sicher, ob mir das gelegen hat, ein Polizist zu sein, oder ob ich ein guter Polizist war. Mir gefielen die Kurse an der Akademie, und daß ich eine Uniform trug. Auf Patrouille gehen, die Leute grüßen, zurückgegrüßt werden, dabei war mir wohl. Aber was richtige Polizeiarbeit betrifft, da bin ich mir sicher. Wenn ich wirklich dazu geeignet gewesen wäre, hätte mich doch das, was ich da in dieser Küche sah, nicht dermaßen über den Haufen geworfen. Oder ich wäre härter mit mir selbst gewesen und wäre schließlich drüber weggekommen. Mein ganzes Leben hätte anders verlaufen können. Sie waren ja auch Polizist und sind ausgestiegen. Stimmt's?«

»Aus nicht spezifizierten persönlichen Gründen.«

»Tja. Das kommt wohl öfters vor.«

»Ein Todesfall gab den Ausschlag«, erklärte ich. »Ein Kind. Ich verlor den Geschmack an meinem Beruf.«
»Genau das trifft auch auf mich zu, Matt. Ich verlor den Geschmack daran. Wissen Sie, was ich glaube? Wenn es nicht dieser bestimmte Fall gewesen wäre, dann eben ein anderer.«
Konnte ich von mir dasselbe sagen? Der Gedanke war mir bisher nie in den Sinn gekommen. Wäre Estrella Rivera daheim in ihrem Bett gewesen, wo sie hingehörte, würde ich dann vielleicht immer noch in Syosset leben und eine Uniform tragen? Oder hätte ein anderer Vorfall mir den Anstoß gegeben, in der mir bestimmten Richtung zu gehen?
»Sie haben sich von Ihrer Frau getrennt?« fragte ich.
»Ja.«
»Zur selben Zeit, als Sie Ihren Abschied nahmen?«
»Kurze Zeit danach.«
»Sind Sie gleich hierhergezogen?«
»Nein. Zuerst wohnte ich in einem kleinen Hotel ein paar Straßen weiter unten am Broadway. Ich blieb ungefähr zehn Wochen dort, bis ich diese Wohnung fand. Und seitdem bin ich hier.«
»Ihre Frau wohnt noch im Village.«
»Was?«
»Am St. Marks Place. Sie ist noch immer dort.«
»Aha. Ja.«
»Kinder?«
»Nein.«
»Macht es leichter.«
»Wahrscheinlich.«
»Meine Frau und meine Söhne leben in Long Island. Ich bin in einem Hotel an der Siebenundfünfzigsten Straße.«
Er nickte, sein Verständnis ausdrückend. Die Menschen ziehen um, und ihr Leben ändert sich. Bei ihm war es so gekommen, daß er auf Kaschmirpullover aufpaßte, und bei mir zu dem, was ich eben tue. In einer Kohlengrube nach einer schwarzen Katze suchen, hatte Antonelli es genannt. Nach einer Katze suchen, die nicht einmal da war.

Als ich zu meinem Hotel zurückkam, fand ich eine Nachricht von Lynn London vor. Ich rief sie aus der Telefonzelle in der Hotelhalle an und erklärte ihr, wer ich sei und was ich wolle.
»Mein Vater hat Sie angestellt? Merkwürdig, daß er mir nichts davon gesagt hat. Ich dachte, sie hätten den Kerl erwischt, der meine Schwester umgebracht hat. Wieso will er plötzlich – aber lassen wir das für den Augenblick. Ich weiß nicht, inwieweit ich Ihnen behilflich sein kann.«
Ich sagte, ich hätte sie gern getroffen, um mit ihr über ihre Schwester zu sprechen.
»Heute abend nicht«, kam die Antwort sehr bestimmt. »Ich bin erst vor ein paar Stunden aus den Bergen zurückgekommen. Ich bin erschöpft, und außerdem muß ich meinen Lehrplan für die Woche ausarbeiten.«
»Morgen?«
»Tagsüber unterrichte ich. Abends habe ich eine Verabredung zum Essen, und nachher gehe ich in ein Konzert. Dienstags ist mein Gruppentherapieabend. Vielleicht Mittwoch? Ach nein, das klappt auch nicht bei mir.«
»Könnten wir nicht –«
»Könnten wir die Sache nicht am Telefon erledigen? Ich weiß wirklich nicht viel, Mr. Scudder, und ich bin entsetzlich müde, aber wenn Sie mir jetzt Ihre Fragen stellen, sagen wir für zehn Minuten lang, das schaffe ich noch, denn sonst weiß ich beim besten Willen nicht, wann wir zusammenkommen könnten. Ich weiß sehr wenig, und das liegt so viele Jahre zurück –«
»Wann sind Sie fertig morgen nachmittag?«
»Morgen nachmittag? Die Kinder werden um Viertel nach drei nach Hause geschickt, aber –«
»Ich komme um vier Uhr zu Ihnen.«
»Ich habe Ihnen doch gesagt, ich habe morgen eine Verabredung zum Abendessen.«
»Und nachher ein Konzert. Ich sehe Sie um vier Uhr. Ich halte Sie nicht lange auf.«
Sie war zwar nicht entzückt, aber es blieb dabei. Ich opferte eine weitere Münze und rief Jan Keane an. Ich berichtete ihr von meinem Tagesablauf, und sie erklärte, mein Fleiß errege ihre Bewunderung. »Ich weiß nicht«, wandte ich ein. »Manchmal

habe ich das Gefühl, ich fülle nur meine Zeit aus. Heute hätte ich dasselbe mit ein paar Telefonanrufen erreichen können.«
»Was zwischen uns zu besprechen war, hätten wir gestern abend auch am Telefon erledigen können«, gab sie zu bedenken.
»Was das betrifft.«
»Ich bin froh, daß wir es nicht getan haben.«
»Ich auch«, sagte sie. »Andererseits hatte ich mir vorgenommen, heute zu arbeiten, und ich habe den Ton nicht einmal angesehen. Ich hoffe nur, daß sich dieser Kater bis zum Abend verflüchtigt.«
»Mein Kopf war heute früh ganz klar.«
»Bei mir fängt der Nebel erst jetzt an, sich zu lichten. Mein Fehler war vermutlich, daß ich zu Hause geblieben bin. Die Sonne hätte ihn sonst vielleicht schon früher weggebrannt. Jetzt sitze ich einfach herum und warte, daß es Zeit zum Schlafengehen wird.«
In dieser letzten Bemerkung war möglicherweise eine unausgesprochene Einladung enthalten. Ich hätte mich vielleicht auch selbst einladen können. Aber ich war schon zu Hause, und ein ruhiger und früh zu Ende gehender Abend daheim hatte auch seinen Reiz. Ich sagte ihr, wie sehr ich das Zusammensein mit ihr genossen hätte und daß ich sie anrufen würde.
»Ich freue mich, daß du angerufen hast«, erwiderte sie. »Du bist ein lieber Mensch, Matthew.« Eine Pause, und dann sagte sie: »Ich habe mir die Sache durch den Kopf gehen lassen. Wahrscheinlich war er's.«
»Er?«
»Doug Ettinger. Vermutlich hat er sie umgebracht.«
»Warum?«
»Das weiß ich auch nicht. Irgendein Motiv haben doch die meisten Leute, um ihre besseren Hälften umzubringen. Es gab keinen einzigen Tag, an dem ich nicht einen Grund gehabt hätte, Eddie zu töten.«
»Ich wollte damit sagen, wieso denkst du, daß er's war.«
»Wieso ich das gedacht habe? Ich habe mir überlegt, wie verschlagen jemand sein muß, um jemanden umzubringen und es so anzustellen, daß es wie die Tat eines anderen aussieht. Und verschlagen war er. Ein Heimlichtuer. Der wäre imstande, so etwas auszuhecken.«
»Das ist interessant.«

»Ich weiß nichts Bestimmtes, aber das ist mir durch den Kopf gegangen. Und was macht er jetzt? Verkauft Sportartikel. Das hast du doch gesagt.«

Für ein Weilchen saß ich in meinem Zimmer und las, dann ging ich um die Ecke zu Armstrong und aß dort. Ich blieb ein paar Stunden da, trank aber nicht viel. Es war nicht voll, wie für gewöhnlich an Sonntagen. Ich unterhielt mich mit einigen der Leute, saß aber die meiste Zeit allein und ließ die Ereignisse der letzten beiden Tage Revue passieren.

Ich beschloß den Abend früh, spazierte zur Eight Avenue, kaufte mir die Frühausgabe der *News* vom Montag, ging zurück in mein Zimmer, las die Zeitung, nahm eine Dusche. Sah mich im Spiegel an, erwog, mich zu rasieren, entschied dann, dies auf den Morgen zu verschieben.

Ich hatte einen Schlummertrunk, einen kleinen, und ging zu Bett. Ich schlief fest und träumte, als das Telefon läutete. In meinem Traum rannte ich, entweder jemanden verfolgend oder selbst verfolgt werdend, und ich setzte mich mit wild klopfendem Herzen im Bett auf.

Das Telefon läutete. Ich nahm den Hörer ab, meldete mich.

Eine Frau sprach. »Warum lassen Sie die Toten nicht die Toten begraben?«

»Wer spricht da?«

»Lassen Sie die Toten ruhen. Lassen Sie sie in ihren Gräbern.«

»Wer spricht da?«

Es klickte. Ich machte das Licht an und sah auf meine Uhr. Es war halb zwei. Ich hatte eine Stunde geschlafen. Höchstens.

Wer hatte mich da angerufen? Ich hatte die Stimme schon einmal gehört, aber ich konnte sie mit niemandem in Verbindung bringen. Lynn London? Nein, das schien mir nicht der Fall zu sein.

Ich stand auf, blätterte in meinem Notizbuch, hob den Hörer wieder ab. Als der Telefonist vom Hotel sich meldete, gab ich ihm eine Nummer durch. Er verband mich, und ich lauschte. Es läutete zweimal.

Eine Frau antwortete. Dieselbe Frau, die mir gerade geraten hatte, die Toten in Ruhe zu lassen. Ich hatte ihre Stimme schon vor ihrem Anruf einmal gehört, und jetzt erinnerte ich mich daran, wo das gewesen war.

Was ich ihr zu sagen hatte, konnte ruhig ein oder zwei Tage warten. Ich blieb stumm, legte den Hörer wieder auf und ging zurück ins Bett.

11

Am nächsten Morgen nach dem Frühstück rief ich Charles London in seinem Büro an. Er war noch nicht da. Ich hinterließ meinen Namen und sagte, ich würde später nochmals anrufen. Ich steckte eine neue Münze in den Apparat und rief Frank Fitzroy im Achtzehnten Revier an. »Scudder«, meldete ich mich.
»Wo sitzt Pinell?«
»Sie hatten ihn in Manhattan, aber ich glaube, sie haben ihn nach Rikers Island abgeschoben. Warum?«
»Ich hätte ihn gern mal gesprochen. Läßt sich das machen?«
»Kaum.«
»Du könntest ihn aufsuchen«, schlug ich vor. »Und ich wäre einfach als Kollege dabei.«
»Ich weiß nicht recht, Matt.«
»Du würdest deine Zeit nicht umsonst zur Verfügung stellen.«
»Darum geht's nicht, das kannst du mir glauben. Dieser Scheißkerl ist uns in den Schoß gefallen und ihn dann wegen einer technischen Formalität womöglich davonspazieren zu sehen, das brächte mir die Galle hoch. Wir lassen einen nicht autorisierten Besucher zu ihm, sein Anwalt kriegt Wind davon, schlägt Krach, und der ganze Fall endet im Eimer. Du weißt, was ich meine?«
»Ja, aber es ist sehr unwahrscheinlich.«
»Vielleicht, aber es ist ein Risiko, das ich nicht so ohne weiteres auf mich nehmen möchte. Was willst du denn überhaupt von ihm?«
»Das weiß ich selbst nicht.«
»Könnte ich ihm nicht ein oder zwei Fragen für dich stellen? Vorausgesetzt, ich kann ihn sprechen, und ich bin nicht so sicher, daß sich das machen läßt. Sein Anwalt kann den Zugang zu ihm gestoppt haben. Aber wenn du eine bestimmte Frage –«
Ich befand mich in der Telefonzelle unten in der Hotelhalle, und jemand klopfte an die Tür. Ich bat Frank, einen Augenblick zu warten, und öffnete die Tür einen Spalt. Es war Vinnie, der

Hotelportier. Es gebe einen Anruf für mich. Ich fragte, wer es sei, und er sagte, eine Frau, aber sie habe ihren Namen nicht genannt. Ich dachte, es sei vielleicht dieselbe, die mich in der Nacht angerufen hatte.
Ich bat ihn, das Gespräch auf das Haustelefon umzulegen. Ich würde es in einer Minute abnehmen. Ich nahm die Hand vom Mundstück des Hörers und erklärte Frank, daß mir im Augenblick nichts Bestimmtes einfiele, was ich von Louis Pinell wissen wolle, daß ich aber eventuell auf sein Angebot zurückkommen werde. Er wollte wissen, ob ich bei meinen Nachforschungen schon auf irgend etwas gestoßen sei.
»Ich weiß nicht«, erwiderte ich. »Es läßt sich schwer beurteilen. Ich widme der Sache meine Zeit, das ist vorläufig alles.«
»Arbeitest dein Honorar ab für diesen – wie heißt er? – London.«
»Das ist ungefähr die Lage. Aber ich habe das Gefühl, es ist glatte Verschwendung.«
»So ist's fast immer. Es gibt Tage, da denke ich, daß ich neunzig Prozent meiner Zeit vergeudet habe. Aber das ist nötig, um zu den zehn Prozent zu kommen, die sich lohnen.«
»Das stimmt aufs Wort.«
»Selbst wenn du Pinell sprechen könntest, wär das doch ein Teil der vertanen neunzig Prozent. Meinst du nicht auch?«
»Wahrscheinlich.«
Ich beendete das Gespräch und ging hinüber an das Haustelefon. Es war Anita.
»Matt? Ich wollte dir nur sagen, daß ich den Scheck bekommen habe.«
»Gut. Es tut mir leid, daß es nicht mehr ist.«
»Er kam im richtigen Moment.«
Ich schickte ihr Geld für sie und die Jungen, wenn ich welches hatte. Sie hatte noch nie angerufen, nur um zu sagen, es sei eingetroffen.
Ich erkundigte mich nach den Buben.
»Denen geht's gut«, antwortete sie. »Jetzt sind sie natürlich in der Schule.«
»Natürlich.«
»Mir scheint, du hast sie recht lange nicht gesehen.«
Ich spürte leisen Ärger in mir aufsteigen. Hatte sie deshalb angerufen? Bloß, um auf eine Art Schuldknopf zu drücken? »Ich bin mit einem Fall beschäftigt«, erklärte ich. »Sobald der erledigt

ist, können sie vielleicht in die Stadt kommen, und wir sehen uns ein Footballmatch an oder einen Boxkampf.«
»Das würde ihnen Spaß machen.«
»Mir auch.« Jan fiel mir ein, die erleichtert war, daß sich ihre Kinder weit weg am anderen Ende des Landes befanden, erleichtert, daß sie sie nicht mehr besuchen mußte, und sich schuldig fühlte wegen ihrer Erleichterung. »Das wäre sehr nett.«
»Der Grund für meinen Anruf, Matt, ist –«
»Ja?«
»Oh, mein Gott!« Ihre Stimme klang bedrückt und müde. »Es handelt sich um Bandy.«
»Bandy?«
»Ja, unser Hund. Du erinnerst dich doch noch an Bandy?«
»Natürlich. Was ist mit ihm?«
»Es ist schlimm«, erwiderte sie. »Der Tierarzt sagte, man müßte ihn einschläfern. Man könne wirklich nichts mehr tun für ihn.«
»Dann läßt sich wohl nichts daran ändern –«
»Ich habe ihn schon einschläfern lassen. Am Freitag.«
»Oh.«
»Ich dachte, du würdest das wissen wollen.«
»Armer Bandy«, sagte ich. »Er muß zwölf Jahre alt gewesen sein.«
»Vierzehn.«
»Ich war mir nicht im klaren, daß er schon so alt war. Das ist ein langes Leben für einen Hund.«
»Man sagt, das sei dem Alter eines Menschen von achtundneunzig Jahren vergleichbar.«
»Was hat ihm denn gefehlt?«
»Der Tierarzt hat gemeint, er sei einfach am Ende. Seine Nieren arbeiteten nicht mehr richtig, und er war fast blind. Das wußtest du, nicht wahr?«
»Nein.«
»Die letzten ein oder zwei Jahre ging's mit seinen Augen bergab. Es war so traurig, Matt. Die Jungen machten sich nichts mehr aus ihm. Das war am traurigsten von allem. Sie waren ganz vernarrt in ihn, solange sie jung waren, aber dann wuchsen sie heran, während er alt wurde, und da verloren sie jedes Interesse an ihm.« Sie begann zu weinen. Ich stand da, den Telefonhörer am Ohr, und sagte nichts.
»Es tut mir leid, Matt.«
»Unsinn!«

»Ich rief dich an, weil ich es jemandem erzählen mußte, und wen sonst hätte ich anrufen sollen? Erinnerst du dich noch, wie wir ihn bekamen?«
»Ich erinnere mich.«
»Ich wollte ihn Bandit nennen, wegen des Musters in seinem Gesicht, seiner ›Maske‹. Du sagtest etwas von ›Gib-einem-Hund-einen-schlechten-Namen‹, aber da nannten wir ihn schon Bandy, und dabei blieb es. Der Tierarzt hat gesagt, er habe nichts gespürt. Er schlief einfach ein. Der Tierarzt hat sich auch für mich um das Wegbringen nachher gekümmert.«
»Das ist gut.«
Sie redete noch ein paar Minuten weiter. Dann war es mit der Unterhaltung zu Ende, wie mit dem Hund. Sie dankte mir wieder für den Scheck, und ich sagte wieder, ich wünschte, ich könnte mehr schicken. Ich trug ihr auf, den Jungens zu sagen, daß ich sie sehen würde, sobald mein Fall erledigt sei, und sie sagte, sie würde es ihnen ganz bestimmt mitteilen. Ich legte auf und ging nach draußen.
Die Sonne war von Wolken verhüllt, und ein kalter Wind blies. Zwei Häuser vom Hotel ist die McGoverns Bar, die früh geöffnet ist.
Ich ging hinein. Bis auf zwei alte Männer, einer hinter der Theke, einer davor, war die Bar leer. Die Hand des Barmixers zitterte leicht, als er mir einen doppelten Bourbon einschenkte und ein Glas Wasser daneben stellte.
Ich überlegte, ob es weise sei, Londons Büro eine Morgenvisite abzustatten mit bourbongeschwängertem Atem, entschied dann, daß dies eine absolut entschuldbare Exzentrizität für einen inoffiziellen Privatdetektiv sei. Ich dachte an den armen alten Bandy, aber im Grunde dachte ich natürlich gar nicht an den Hund. Für mich und wahrscheinlich auch für Anita war er einer der wenigen Fäden gewesen, die uns noch miteinander verbanden. So wie unsere Ehe hatte auch sein Leben ein sanftes Ende gefunden.
Ich trank mein Glas aus und machte mich auf.

Londons Büro befand sich im sechzehnten Stock eines achtundzwanzigstöckigen Gebäudes in der Pine Street. Ich kam mir vor wie eine Ratte im Labyrinth, bis ich es endlich fand. Sein Name stand als erster von vieren auf der Milchglastür. Drinnen forderte mich ein Empfangsfräulein mit britischem Akzent auf, mich hinzusetzen, und redete dann mit gedämpfter Stimme mit jemandem am Telefon. Ich blätterte in einer Sportillustrierten, bis sich eine Türe öffnete und Charles London mir bedeutete, ihm in sein Privatbüro zu folgen.

Es war ein mittelgroßer Raum, der bequem und angenehm wirkte, ohne luxuriös zu sein. Von einem Fenster aus sah man auf den Hafen; nur seitlich schoben sich ein paar Häuser vor den Blick. Wir standen zu beiden Seiten seines Schreibtischs, und ich spürte, daß etwas zwischen uns lag. Einen kurzen Moment bereute ich, den Bourbon bei McGovern zu mir genommen zu haben, aber dann wurde mir klar, daß der nichts mit der unsichtbaren Wand zwischen uns zu tun hatte.

»Es wäre mir lieber gewesen, Sie hätten angerufen«, begann er. »Sie hätten sich den Weg hierher sparen können.«

»Ich habe angerufen. Es wurde mir aber gesagt, Sie seien noch nicht da.«

»Sie wollten später noch einmal anrufen, wurde mir ausgerichtet.«

»Ich dachte, den Anruf könnte ich mir sparen.«

Er nickte. Er trug denselben Anzug wie damals bei Armstrong, nur die Krawatte war eine andere. Sicher waren auch Anzug und Hemd nicht die gleichen. Er besaß wahrscheinlich sechs identische Anzüge und zwei Schubladen voller weißer Hemden.

»Ich muß Sie bitten, die Sache fallenzulassen, Mr. Scudder«, eröffnete er mir.

»So?«

»Sie scheinen nicht überrascht zu sein.«

»Ich habe etwas in der Luft gespürt, als ich hereinkam. Und warum?«

»Meine Gründe sind unwichtig.«

»Nicht für mich.«

Er zuckte die Achseln. »Ich habe einen Fehler gemacht«, bekannte er. »Ich habe Sie ins Blaue geschickt. Schade ums Geld.«

»Aber das Geld ist ja schon ausgegeben. Lassen Sie mich doch etwas dafür tun. Zurückerstatten kann ich es Ihnen nicht, weil ich's schon ausgegeben habe.«

»Ich habe keine Rückzahlung erwartet.«

»Und ich kam nicht her, Sie um weiteres Geld zu bitten. Also, was haben Sie davon, wenn ich die Sache fallenlasse?«

Die blaßblauen Augen blinzelten kurz hinter der randlosen Brille. Er fragte, ob ich mich nicht setzen wolle. Ich sagte, ich stünde gern. Er selbst blieb auch stehen.
»Es war eine Narrheit von mir«, sagte er. »Rache zu wollen, Vergeltung. Unruhe heraufzubeschwören. Entweder hat sie dieser Kerl ermordet, oder ein anderer Wahnsinniger hat die Tat auf dem Gewissen. Wahrscheinlich wird man nie erfahren, wie es wirklich passiert ist. Es war ein Fehler von mir, Sie anzustellen, um die Vergangenheit aufzurühren und Aufregung in die Gegenwart zu bringen.«
»Das habe ich verursacht?«
»Was meinen Sie?«
»Ich habe die Vergangenheit aufgerührt und Aufregung in die Gegenwart gebracht? Damit ist vielleicht meine Rolle sehr gut umschrieben. Wann haben Sie beschlossen, daß ich die Arbeit einstellen soll?«
»Das ist unwichtig.«
»Ettinger hat Ihnen zugesetzt. Habe ich recht? Es muß gestern passiert sein. Sonnabend geht es hektisch zu in dem Laden. Eine Menge Tennisschläger werden verkauft. Wahrscheinlich hat er Sie gestern abend angerufen. Stimmt's?« Und als er zögerte, fuhr ich fort: »Heraus mit der Sprache. Sagen Sie ruhig, es sei unwichtig.«
»Das ist es auch. Und darüber hinaus geht es Sie nichts an, Mr. Scudder.«
»Gestern nacht, so um halb zwei herum, wurde ich durch einen Anruf von der zweiten Mrs. Ettinger geweckt. Hat sie Sie auch um diese Zeit angerufen?«
»Ich weiß nicht, wovon Sie reden.«
»Ihre Stimme ist unverkennbar. Ich hatte sie am Tag vorher gehört, als ich Ettinger zu Hause anrief und sie mir sagte, er sei in dem Laden in Hicksville. Letzte Nacht rief sie mich an, um mir zu sagen, ich solle die Toten sein lassen. Und das scheinen Sie auch zu wollen.«
»Jawohl«, stimmte er zu. »Das will ich auch.«
Ich nahm einen Briefbeschwerer vom Schreibtisch. Ein Messingschildchen bezeichnete ihn als ein Stückchen versteinertes Holz aus der Wüste Arizonas.
»Ich kann begreifen, wovor Karen Ettinger Angst hat. Sollte sich erweisen, daß ihr Mann ein Mörder ist, würde ihre Welt einstürzen. Dabei müßte man doch annehmen, daß eine Frau in ihrer Lage Klarheit haben will, was auch immer dabei herauskommen

mag. Wie wohl könnte sie sich von nun an mit einem Mann fühlen, den sie halb und halb verdächtigt, seine erste Frau umgebracht zu haben? Aber die Menschen sind merkwürdig. Sie schieben die Dinge von sich, löschen sie aus ihrem Bewußtsein. Was immer sich ereignet hat, es liegt Jahre zurück, und es geschah in Brooklyn. Und die Frau ist tot. Richtig? Die Leute ziehen um, bleiben nicht am selben Ort, ihr Leben verändert sich, also braucht man sich keine Gedanken mehr zu machen.«

Er schwieg. Der Briefbeschwerer war an der Unterseite mit schwarzem Filz beklebt, um den Schreibtisch nicht zu verkratzen. Ich stellte ihn zurück, den Filz nach unten.

»Über Ettingers Welt oder die Welt seiner Frau würden Sie sich kaum Sorgen machen. Was macht Ihnen das aus, wenn die beiden ein bißchen aufgestört werden? Vorausgesetzt, Ettinger hat nicht etwas in der Hand, um Sie in Schach zu halten. Aber das glaube ich nicht. Sie lassen sich bestimmt nicht so leicht unter Druck setzen.«

»Mr. Scudder –«

»Etwas anderes steckt dahinter. Aber was? Geld ist es nicht. Eine physische Bedrohung auch nicht. Ah – ich weiß, was es ist.«

Er wich meinem Blick aus.

»Ihr Ruf. Sie haben Angst vor dem, was ich im Grab Ihrer Tochter entdecken könnte. Ettinger muß Ihnen mitgeteilt haben, daß sie ein Verhältnis hatte. Mir gegenüber hat er behauptet, das sei nicht der Fall gewesen, aber meiner Meinung nach bedeutet ihm die Wahrheit nicht so sehr viel. Tatsache ist, daß es wirklich so aussieht, als habe sie Beziehungen zu einem Mann gehabt. Vielleicht sogar zu mehr als einem. Das mag gegen Ihre Auffassung von dem, was sich gehört, verstoßen, aber verglichen damit, daß sie ermordet wurde, fällt es nicht stark ins Gewicht. Möglich, daß ein Liebhaber sie umgebracht hat. Möglich, daß ihr Mann sie umgebracht hat. Es gibt eine ganze Anzahl von Möglichkeiten, aber Sie wollen ihnen nicht ins Auge sehen, weil die Welt nach und nach herausfinden könnte, daß Ihre Tochter keine Jungfrau war.«

Einen Augenblick fürchtete ich, sein Temperament würde mit ihm durchgehen. Dann änderte sich der Ausdruck seiner Augen.

»Es tut mit leid, aber ich muß Sie jetzt bitten zu gehen«, erklärte er. »Ich muß mehrere Telefonate erledigen, und in fünfzehn Minuten habe ich eine Verabredung.«

»Montags scheint es bei den Versicherungen genauso geschäftig zuzugehen wie im Sportladen am Sonnabend.«
»Es tut mit leid, daß Sie verärgert sind. Später einmal werden Sie vielleicht Verständnis für meine Position aufbringen, aber –«
»Oh, ich habe Verständnis für Ihre Position«, versicherte ich ihm. »Ein Wahnsinniger hat Ihre Tochter völlig grundlos ermordet, und das ist eine unleugbare Tatsache, in die Sie sich gefügt haben. Aber dann waren die Tatsachen nicht mehr so unleugbar, und Sie mußten sich damit auseinandersetzen, daß sie vielleicht von jemandem ermordet wurde, der einen Grund hatte, und zwar einen guten Grund.« Ich schüttelte den Kopf, unzufrieden mit mir selbst, weil ich zuviel redete.
»Ich bin hergekommen, um mir ein Bild von Ihrer Tochter geben zu lassen. Ich nehme an, Sie haben keines mitgebracht.«
»Wozu wollen Sie es?«
»Habe ich Ihnen das nicht neulich gesagt?«
»Aber Sie haben jetzt ja nichts mehr mit dem Fall zu tun.« Er sagte das, als ob er einem begriffsstutzigen Kind etwas erklären müsse. »Ich will kein Geld von Ihnen zurückhaben, aber ich wünsche, daß Sie Ihre Untersuchung abbrechen.«
»Sie wollen mich feuern?«
»Wenn Sie es vorziehen, es so auszudrücken.«
»Aber Sie haben mich ja nie angestellt. Wie wollen Sie mich da feuern?«
»Mr. Scudder –«
»Wenn Sie eine Schachtel voller Würmer öffnen, können Sie die Würmer nicht wieder in die Schachtel zurückstopfen. Eine Menge Dinge sind in Bewegung gesetzt worden, und ich will herausfinden, wohin sie führen. Ich gebe jetzt nicht auf.«
Er hatte einen merkwürdigen Ausdruck, beinahe so, als fürchte er sich ein wenig vor mir. Vielleicht hatte ich meine Stimme erhoben oder drohend dreingesehen.
»Beruhigen Sie sich«, beschwichtigte ich ihn. »Ich werde die Toten nicht in ihrer Ruhe stören. Sie sind jenseits solcher Einflüsse. Es ist Ihr gutes Recht, mir zu sagen, ich solle die Untersuchung fallenlassen, und es ist mein gutes Recht, Ihnen zu sagen, Sie können sich zum Teufel scheren. Ich bin Privatmann, der eine inoffizielle Untersuchung durchführt. Es ließe sich einfacher machen, wenn Sie mir helfen, aber ich komme auch ohne Ihre Hilfe aus.«

»Ich wünschte, Sie gäben es auf.«
»Und ich wünschte, Sie stünden mir zur Seite. Aber Wünsche sind nur Wünsche und keine Wirklichkeit, weder für Sie noch für mich. Es tut mir leid, daß die Sache nicht so verlaufen ist, wie Sie es erwartet hatten. Ich habe versucht, Sie zu warnen, daß es so kommen könnte. Aber Sie wollten es nicht wahrhaben.«

Auf meinem Weg nach unten blieb der Fahrstuhl fast auf jedem Stockwerk stehen. Ich ging auf die Straße hinaus. Der Himmel war noch überzogen, und mir schien es kälter als vorher. Ich schlenderte die Straße entlang, bis ich eine Bar fand. Ich trank schnell einen doppelten Bourbon und ging. Ein paar Straßen weiter machte ich in einer anderen Bar halt und bestellte dasselbe. Ich fand eine Untergrundbahnstation, schlug erst die Richtung nach Manhattan ein, überlegte es mir dann aber anders und wartete auf einen Zug nach Brooklyn. An der Jay Street stieg ich aus, ging geradeaus, schwenkte dann ein und war schließlich in Boerum Hill. In der Schermerhorn Street war eine Kirche. Auf dem Brett mit den Mitteilungen standen lauter Ankündigungen in Spanisch. Ich blieb ein paar Minuten sitzen in der Hoffnung, einen klaren Kopf zu kriegen, aber es nützte nichts. Meine Gedanken stießen gegeneinander und gingen durcheinander, sie bewegten sich zwischen toten Dingen – einem toten Hund, einer toten Ehe, einer toten Frau in ihrer Küche, einer toten Spur.
Ein glatzköpfiger Mann in ärmellosem Pullover über einem braunen Hemd fragte mich etwas auf spanisch. Ich glaube, er bot mir seine Hilfe an. Ich stand auf und ging weg.
Ich lief noch eine Zeitlang umher. Sonderbar, dachte ich, jetzt, wo Barbaras Vater mich aus dem Verkehr gezogen hatte, fühlte ich mich stärker verpflichtet als vorher, Barbara Ettingers Mörder dingfest zu machen. Die Aussichten waren ebenso hoffnungslos wie zu Beginn der Untersuchung, hoffnungsloser sogar, da mein Klient mir nicht mehr den Rücken stärkte. Und trotzdem schien ich an das zu glauben, was ich ihm über die einmal in Bewegung gesetzten Dinge gesagt hatte. Die Toten berührte das nicht, aber ich hatte die Lebenden aufgestört und fühlte, daß mich das irgendwohin führen würde.
Ich begab mich zu dem Haus in der Wyckoff Street und drückte auf die Klingel von Donald Gilman und Rolfe Waggoner. Sie waren nicht zu Hause. Judy Fairborn auch nicht. Ich kam an dem

Gebäude vorbei, in dem Jan mit – wie war sein Name gewesen? Edward, Eddie – gelebt hatte.
Ich machte halt an einer Bar und bestellte einen Bourbon. Keinen doppelten. Einen einfachen. Eine kleine vorsorgliche Maßnahme zur Abwehr gegen die kalte Luft.
Ich beschloß, Louis Pinell zu besuchen. Eine Sache, die ich von ihm wissen wollte, war, ob er jedes Mal einen neuen Eispickel benützt hatte. Die Autopsien hatten in dieser Hinsicht nichts ergeben. Die Gerichtsmedizin war vielleicht noch nicht soweit vorangeschritten.
Ich fragte mich, wo er die Eispickel wohl herhatte. Ein Eispickel war doch ein verdammt altmodischer Gegenstand. Wofür – außer für Mord – ließ sich das Ding gebrauchen? Die Leute hatten längst keine Eisschränke mehr, für die der Eismann Eisblöcke lieferte. Um kleine Eisstückchen zu haben, füllte man Behälter mit Wasser oder hatte eine Vorrichtung im Kühlschrank, die automatisch Eisstückchen produzierte.
Der Kühlschrank in Syosset hatte so einen automatischen Eismacher gehabt.
Wo trieb man einen Eispickel auf? Wieviel kostete er? Ich hatte plötzlich den Kopf voll von Eispickelfragen. Ich stieß auf ein Kaufhaus, ging hinein und erkundigte mich bei einer Verkäuferin, wo ich einen Eispickel bekäme. Sie schickte mich in die Haushaltsabteilung, wo eine andere Verkäuferin mir erklärte, sie führten keine Eispickel.
»Wahrscheinlich ein Artikel, der nicht mehr gebraucht wird«, meinte ich.
Sie würdigte mich keiner Antwort. Ich lief noch ein bißchen herum und blieb vor einem Schaufenster stehen, wo Küchengeräte und Werkzeuge ausgestellt waren. Der junge Mann hinter dem Ladentisch trug eine Kamelhaarjacke und kaute an einem Zigarrenstummel. Ich fragte, ob er Eispickel habe. Er machte ein paar Schritte, ohne ein Wort zu sagen, und kam mit einem an einem Stück Pappe befestigten Eispickel in der Hand zurück.
»Achtundneunzig Cents«, sagte er. »Macht eins null sechs mit der Steuer.«
Ich wollte eigentlich gar keinen. Ich hatte nur wissen wollen, ob man welche erhielt und was sie kosteten. Ich bezahlte ihn aber und warf draußen auf der Straße die braune Papiertüte und das Stück Pappe in einen Abfallbehälter und sah mir meine Anschaf-

fung näher an. Der Dorn war etwa zwölf Zentimeter lang und hatte eine scharfe Spitze. Der runde Stiel war aus dunklem Holz. Ich hielt das Ding erst in einer Hand, dann in der anderen und ließ es schließlich in meine Tasche gleiten.
Ich ging in den Laden zurück. Der junge Mann, der mir den Eispickel verkauft hatte, sah von seiner Illustrierten auf. »Ich habe vor ein paar Minuten diesen Eispickel bei Ihnen gekauft«, sagte ich.
»Ist was nicht in Ordnung damit?«
»Nein, nein. Verkaufen Sie viele davon?«
»Einige.«
»Wie viele?«
»Das kann ich nicht sagen«, meinte er. »Ab und zu verkaufe ich einen.«
»Wofür benützen die Leute so was?«
Er sah mich an mit jenem besonderen Blick, der sich in die Augen schleicht, wenn man an dem gesunden Menschenverstand seines Gegenübers zu zweifeln beginnt. »Was sie wollen«, antwortete er. »Als Zahnstocher sicher nicht, aber sonst kann man sie für alles mögliche brauchen.«
»Sind Sie schon lange hier?«
»Ob ich was?«
»Ob Sie diesen Laden schon lange haben?«
»Lange genug.«
Ich nickte und ging. Ich fragte ihn nicht, wer vor neun Jahren von ihm einen Eispickel gekauft hatte. Hätte ich das getan, wäre er nicht der einzige gewesen, der an meinem Verstand zweifelte. Aber wenn jemand ihm diese Frage gleich nach dem Mord an Barbara Ettinger gestellt hätte, ihm und in jedem anderen Laden, in dem es Waren dieser Art gab, in diesem Teil Brooklyns, und wenn die entsprechenden Bilder herumgezeigt und noch ein paar zusätzliche Fragen gestellt worden wären, vielleicht hätte man dann damals sehr bald den Mörder erwischt.
Sie hatten keinen Grund gehabt, so zu handeln. Keinen Grund anzunehmen, es sei nicht wieder der Eispickelmörder gewesen.
Ich lief umher, die Hand um die Spitze des Eispickels in meiner Tasche. Ein handliches kleines Ding. Zum Zuschlagen taugte es nicht. Man konnte nur zustechen, aber das genügte, um jemanden ganz schön zuzurichten.
War es illegal, einen Eispickel bei sich zu tragen? Das Gesetz

klassifizierte Eispickel nicht als tödliche Waffen, sondern als gefährliche Instrumente. Tödliche Waffen waren solche Gegenstände wie geladene Revolver oder Pistolen, Schnappmesser, Dolche, Knüppel, Keulen und Schlagringe, die zu nichts anderem als mörderischen Anschlägen dienten. Ein Eispickel hatte auch andere Zwecke, obwohl der Mann, der sie verkaufte, mir keinen genannt hatte.

Das hieß aber noch lange nicht, daß man die Dinger legal mit sich herumtragen konnte. In den Augen des Gesetzes gilt eine Machete als gefährliches Instrument, nicht als tödliche Waffe, aber es ist nicht erlaubt, damit durch die Straßen von New York zu spazieren. Ich nahm das Ding mehrmals aus der Tasche und betrachtete es. Irgendwo unterwegs ließ ich es dann durch ein Abflußgitter verschwinden.

War der Eispickel, der Barbara Ettinger umgebracht hatte, auf dieselbe Weise verschwunden? Es war sogar nicht einmal ausgeschlossen, daß er in denselben Abflußkanal geworfen worden war. Alles war möglich.

Der Wind wurde immer heftiger. Ich unterbrach meinen Weg und nahm einen weiteren Drink.

Ich verlor jeden Sinn für die Zeit. Einmal sah ich auf meine Uhr, und es war fünfundzwanzig Minuten vor vier. Mir fiel ein, daß ich eine Verabredung mit Lynn London um vier Uhr hatte. Ich sah keine Möglichkeit, rechtzeitig dort zu sein. Allerdings war Chelsea, wo sie wohnte, nicht allzuweit.

Ich hielt in meinen Gedanken inne. Warum war ich so besorgt? Warum mir den Hals brechen, um eine Verabredung einzuhalten, zu der sie gar nicht erscheinen würde? Denn mittlerweile würde ihr Vater mit ihr geredet haben, entweder früh am Morgen oder noch am vergangenen Abend, und sie würde jetzt darüber unterrichtet sein, daß sich die Wünsche der Familie geändert hatten. Matthew Scudder war nicht mehr befugt , die Interessen der Familie London zu vertreten. Aus persönlicher, verbohrter Narrheit bestand er darauf, die begonnene Untersuchung weiterzuführen. Dazu mochte er das Recht haben, aber auf eine Unterstützung seitens Charles Londons oder seines Fräulein Tochter konnte er nicht rechnen.

»Haben Sie was gesagt?«

Ich sah auf und blickte in die braunen Augen des Barmixers. »Hab mit mir selbst geredet«, war meine Erwiderung.

»Dabei is nix«, versicherte er.
Mir gefiel seine Denkweise. »Geben Sie mir noch einen; wenn Sie schon dabei sind, schenken Sie sich auch einen für sich selbst ein.«

Ich rief Jan zweimal von Brooklyn aus an, und beide Male war das Telefon besetzt. Nachdem ich wieder in Manhattan war, versuchte ich es nochmals von Armstrong aus, aber es war wieder nur das Besetztzeichen zu hören. Ich trank eine Tasse Kaffee mit einem Schuß darin, machte einen letzten Versuch, aber die Leitung war immer noch nicht frei.

Ich ersuchte die Zentrale, die Nummer zu überprüfen. Der Hörer sei nicht aufgelegt, teilte man mir mit. Sie haben die Möglichkeit, das Telefon klingeln zu lassen, selbst wenn der Hörer nicht auf der Gabel liegt, und ich spielte einen Augenblick mit dem Gedanken, mich als Polizist zu erkennen zu geben und diesen Dienst zu verlangen, aber ich beschloß, es doch nicht zu tun.
Ich hatte kein Recht, mich einzumischen. Vielleicht schlief sie. Vielleicht war sie nicht allein.

Vielleicht war ein Mann bei ihr oder eine Frau. Es ging mich nichts an.

Mein Magen reagierte und brannte, als enthielte er glühende Kohlen. Ich trank einen weiteren mit Bourbon veredelten Kaffee, um das Feuer zu löschen.

Der Abend verflog. Ich achtete nicht auf die Zeit. Meine Gedanken gingen ihrer Wege.

Ich mußte nachdenken.

Irgendwann merkte ich, daß ich in einer Telefonzelle stand und Lynn Londons Nummer wählte. Keine Antwort. Sie hatte mir ja mitgeteilt, sie habe Karten für ein Konzert. Ich konnte mich auch nicht mehr erinnern, wieso ich sie überhaupt anrief. Ich war schon zu dem Schluß gekommen, daß das gar keinen Sinn hatte. Deswegen hatte ich ja meine Verabredung mit ihr versäumt.
Sie wäre gar nicht erst erschienen. Hätte mich da einfach stehenlassen, und ich wäre mir wie ein Esel vorgekommen.

Also rief ich Jan wieder an. Immer noch besetzt.

Ich erwog, zu ihr zu gehen. Mit einem Taxi würde es nicht lange dauern. Aber was sollte das? Wenn eine Frau den Telefonhörer nicht auflegt, tut sie es nicht, weil sie hofft, du würdest an ihre Tür klopfen.

Zum Teufel mit ihr.

Wieder an der Bar, sprach jemand über den Mörder von der First Avenue. Ich entnahm daraus, daß man ihn noch nicht geschnappt hatte. Eines der überlebenden Opfer hatte geschildert, wie der Mann versucht hatte, ein Gespräch mit ihm anzufangen, ehe er seine Waffe zeigte und ihn attackierte.
Mir fiel der Artikel ein, den ich gelesen hatte, über Taschendiebe, die einen nach der Zeit fragen oder um Auskunft bitten. Sprich nicht mit Fremden, dachte ich.
»Das ist's, was hier nicht stimmt«, erklärte ich. »Zu viele Fremde.«
Einige der Gäste sahen mich an. Billie fragte mich von hinter der Bar, ob irgend etwas mit mir wäre.
»Ich bin in Ordnung«, versicherte ich ihm. »Aber es ist zu voll hier heute abend. Man kann ja nicht atmen.«
»Das beste in dem Fall ist, früh ins Bett zu gehen.«
»Richtig.«
Aber ich hatte keine Lust, früh ins Bett zu gehen, bloß raus wollte ich. Ich ging um die Ecke zu McGovern und goß mir schnell einen hinter die Binde. Es war nichts los, und ich hockte nicht lange herum. Mein nächstes Ziel war Pollys Nest auf der anderen Straßenseite. Ich ging weg, als die Musikbox anfing, mir auf die Nerven zu gehen.
Die Luft draußen tat gut. Es wurde mir plötzlich klar, daß ich den ganzen Tag über getrunken hatte. Der Alkohol läpperte sich zu einem beachtlichen Quantum zusammen, aber er schien mir nicht viel anzuhaben. Ich war hellwach und hatte einen klaren Kopf. Schlafengehen kam vorläufig nicht in Frage.
Ich ging um den Block herum, machte in einem winzigen Lokal, mehr einem Loch in der Wand, halt und legte dann eine weitere Pause in Joe Farrells Bar in der Eighth Avenue ein. Ich war von Ruhelosigkeit gepackt und in leicht gereizter Stimmung, ging aber weg, als der Barmixer etwas sagte, was mich irritierte. Was es war, weiß ich nicht mehr.
Und dann lief ich einfach durch die Straßen. Ich war auf der Ninth Avenue, gegenüber von Armstrong, und ging in südlicher Richtung. Mir war, als läge irgend etwas in der Luft, das mich warnte, auf der Hut zu sein. Während ich dies empfand, kam etwa zehn Meter von mir entfernt ein junger Mann aus einem Hausflur.
Er hatte eine Zigarette in der Hand. Als ich näher kam, trat er auf

mich zu und bat mich um ein Streichholz.
So gehen sie vor, diese Hundesöhne. Einer hält dich an, schätzt dich ab. Die anderen schleichen sich hinter dich, und du hast einen Arm um den Hals, der dir die Luft abschnürt, und ein Messer an der Kehle.
Ich rauche nicht, aber ich habe für gewöhnlich Streichhölzer in der Tasche. Ich zündete eins an, schützte die Flamme mit meinen Händen, während er seine Zigarette zwischen die Lippen steckte und sich nach vorne beugte. In dem Moment warf ich das brennende Hölzchen nach oben gegen sein Gesicht, packte ihn und versetzte ihm einen Stoß, der ihn gegen die Hauswand hinter ihm warf.
Ich drehte mich mit einem Sprung um, bereit, seinen Partner in Angriff zu nehmen.
Hinter mir befand sich keine Menschenseele. Nur die leere Straße.
Das machte es einfacher. Ich wandte mich wieder um und stand ihm von Angesicht zu Angesicht gegenüber, als er mit aufgerissenen Augen und geöffnetem Mund von der Wand loskam. Er war ungefähr gleich groß wie ich, wog aber weniger und mußte um die Zwanzig herum sein. Sein Haar war ungekämmt und das Gesicht weiß wie Papier im Licht der Straßenlampe.
Mit einer schnellen Bewegung schlug ich ihm mit der Faust in den Leib. Er holte zu einem Gegenschlag aus, aber ich wich ihm aus und traf ihn wieder ein paar Zentimeter über der Gürtelschnalle. Das zog seine Hände herunter, und ich holte mit meinem rechten Arm aus und ließ meinen Ellbogen auf seinen Mund knallen. Er sprang zurück und hielt sich beide Hände vor den Mund.
»Dreh dich um, und lehn dich an die Mauer«, schnauzte ich ihn an. »Los, du Scheißer. Hände gegen die Mauer.«
Ich sei verrückt, sagte er. Er hätte nichts getan.
Aber er drehte sich um und legte die Hände gegen die Mauer.
Ich befahl ihm, den Kopf an die Mauer zu lehnen.
»Ich hab Sie doch bloß um ein Streichholz gebeten.«
Ich brummte, er solle gefälligst das Maul halten. Ich durchsuchte ihn, und er ließ es sich gefallen. Aus einem Mundwinkel tröpfelte ein wenig Blut. Nichts Schlimmes. Er hatte eine von diesen Lederjacken mit Fellkragen und zwei großen Vordertaschen an. Bomberjacken nennt man sie, glaube ich. In der einen Tasche war ein Bündel Papiertaschentücher und ein Päckchen Winston. In

der anderen steckte ein Messer. Ein Ruck mit dem Handgelenk, und die Klinge sprang heraus.

Ein Schnappmesser. Eine der sieben tödlichen Waffen.

»Ich trag's ja bloß bei mir.«

»Wozu?«

»Um mich zu schützen.«

»Vor wem? Vor zittrigen alten Damen?«

Aus seiner Hüfttasche zog ich eine Brieftasche. Laut Ausweis hieß er Anthony Sforczack und wohnte in Woodside, Queens.

»Ganz schön weit weg von zu Hause, Tony.«

»Na und?«

Zwei Zehner und eine Einernote steckten in der Brieftasche. In seiner Hosentasche fand ich eine mit einem Gummiband zusammengehaltene dicke Rolle Geldscheine, und aus der Brusttasche im Hemd zog ich eins dieser Wegwerffeuerzeuge.

»Es ist leer«, sagte er.

Ich flippte es an. Eine Flamme schoß hoch, und ich zeigte sie ihm. Er wich der Hitze aus, und ich ließ das Ding ausgehen.

»Vorhin ging's nicht an. Keine Flamme.«

»Was du sagst. Warum hast du's dann behalten und nicht weggeworfen?«

»Straßenverschmutzung ist gegen das Gesetz.«

»Dreh dich um.«

Er wandte sich langsam um, Mißtrauen in den Augen. Ein dünner Blutfaden zog sich von einem Mundwinkel bis zum Kinn. Sein Mund begann anzuschwellen, da, wo ich ihn mit meinem Ellbogen getroffen hatte.

Er würde nicht daran sterben.

Ich gab ihm die Brieftasche und das Feuerzeug. Die zusammengerollten Geldscheine steckte ich in meine Tasche.

»Das ist mein Geld«, protestierte er.

»Das hast du gestohlen.«

»Das ist nicht wahr! Was wollen Sie damit tun? Selbst behalten?«

»Was denkst du, was ich damit tun werde?« Ich ließ das Messer herausschnappen und hielt es so, daß das Licht auf dem Stahl spielte. »Laß dich in diesem Teil der Stadt ja nicht mehr sehen. Und noch was läßt du besser bleiben, nämlich mit einem Messer in der Tasche rumlaufen, wenn das halbe Polizeikorps auf der Lauer nach dem Messerstecher von der First Avenue liegt.«

Er starrte mich an. In seinen Augen war zu lesen, wie sehr er sich wünschte, ich hätte kein Messer in der Hand. Ich hielt seinem Blick stand, klappte das Messer zusammen und warf es hinter mich auf die Straße.
»Los«, forderte ich ihn auf. »Tu dir keinen Zwang an.«
Ich balancierte auf meinen Fußballen, in gespannter Haltung auf ihn wartend. Einen Augenblick schien er zu erwägen, auf mich loszugehen, und ich hoffte, er würde die erste Bewegung machen. Ich spürte das But in meinen Venen singen und in meinen Schläfen pulsieren.
»Sie sind ja verrückt«, sagte er schließlich. »Sie sind ja nicht bei Sinnen«, und er begann seinen langsamen Rückzug, Schritt für Schritt, etwa zehn oder zwanzig Meter. Dann rannte er mehr oder weniger davon.
Ich blieb stehen, bis ich ihn aus dem Blickfeld verlor.
Die Straße war noch immer leer. Ich fand das Messer auf dem Pflaster und steckte es in meine Tasche. Auf der anderen Straßenseite öffnete sich die Tür von Armstrongs Bar, und ein junger Mann und eine junge Frau kamen heraus. Hand in Hand gingen sie davon.
Mir war wohl zumute. Ich war nicht betrunken. Mein Trinken tagsüber hatte nur dazu gedient, mich in Form zu halten, nichts weiter. Sehe sich mal einer an, wie ich mit dem Lümmel fertig geworden war. Nichts auszusetzen an meinen Instinkten und ebensowenig an meinen Reflexen. Der Alkohol hatte daran nichts geändert. Das war nur ein Auftanken gewesen, Reservetreibstoff. Nichts daran auszusetzen.

12

Ich wachte ganz plötzlich auf. Kein langsames Zusichkommen. Es war so übergangslos, wie man ein Transistorradio andreht.
Ich lag auf dem Bett in meinem Zimmer, auf der Decke und mit dem Kopf auf dem Kissen. Meine Kleider hatte ich auf den Stuhl gelegt, die Unterwäsche hatte ich noch an. In meinem ausgetrockneten Mund war ein widerlicher Geschmack, und ich hatte fürchterliche Kopfschmerzen.
Ich stand auf. Mir war elend zumute, ich war unsicher auf den Beinen, das Gefühl eines mir unabwendbar drohenden Verhäng-

nisses erfüllte mich, so als ob ich dem Tod ins Auge schauen würde, wenn ich mich rasch umdrehte.
Ich hatte kein Verlangen nach Alkohol, aber ich brauchte einen kräftigen Schluck, um meinen Zustand zu überwinden. Ich konnte die Flasche mit Bourbon nicht finden, entdeckte sie aber schließlich im Papierkorb. Offenbar hatte ich sie vor dem Zubettgehen geleert. Ich hatte keine Ahnung, wieviel drin gewesen war. Unwichtig. Jetzt war sie jedenfalls leer.
Ich hielt eine Hand vor die Augen. Kein sichtbares Zittern. Ich bog die Finger. Nicht gerade so ruhig wie der Felsen von Gibraltar, doch ein richtiges Zittern war nicht zu entdecken.
Aber innerlich war alles ein bißchen wacklig.
An die Rückkehr ins Hotel konnte ich mich nicht erinnern. Ich versuchte es krampfhaft, aber ich kam nicht weiter als zu dem Moment, wo der Kerl sich um die Straßenecke aus dem Staub gemacht hatte. Anthony Sforczak war der Name.
Na also! Alles in bester Ordnung mit meinem Gedächtnis. Bloß daß es an der Stelle nicht weiterging – oder einen Augenblick später, als das Pärchen aus Armstrongs Tür trat und Hand in Hand die Straße hinunterging. Danach war alles ausgelöscht bis zu meiner Rückkehr ins Hotelzimmer. Wie spät war es überhaupt?
Die Uhr war noch an meinem Handgelenk. Viertel nach neun. Und draußen war es hell, also war es Viertel nach neun morgens. Nicht, daß ich das Licht gebraucht hätte, um mich zu vergewissern. Ich hatte keinen Tag verloren, nur die Zeit, die es mich gekostet hatte, in mein Hotel zu kommen und zu Bett zu gehen. Angenommen, ich war direkt nach Hause gegangen.
Ich zog mir die Unterwäsche aus und ging unter die Dusche. Während das Wasser auf mich heruntersprühte, konnte ich mein Telefon läuten hören. Ich ließ es klingeln. Ich blieb lange unter dem heißen Wasser, danach unter dem kalten, solange ich es aushielt, und das war nicht sehr lang. Dann trocknete ich mich ab und rasierte mich. Meine Hand hätte ruhiger sein können, aber ich ließ mir Zeit und schnitt mich nicht.
Mir gefiel nicht, was ich im Spiegel sah. Sehr viel Rot in den Augen. Havermeyers Beschreibung von Susan Potowski fiel mir ein: »Augen wie blutige Ovale.« Meine roten Augen gefielen mir nicht, und das Netz geplatzter Blutäderchen über meinen Backenknochen und meinem Nasenrücken gefiel mir ebenfalls nicht.

Ich kannte die Ursache. Das Trinken war es. Nichts anderes. Wie sehr es meiner Leber schadete, konnte man vergessen, denn die Leber steckte irgendwo innen, war verborgen, und ich brauchte sie mir nicht jeden Morgen anzusehen.
Und niemand anders konnte sie sehen.
Ich zog mich an, alles frisch, Wäsche und Anzug. Die getragenen Sachen stopfte ich in den Wäschesack. Die Dusche half, das Rasieren half, und die frischen Kleider halfen, aber trotz allem überschlich mich Reue und hüllte mich, einem Umhang gleich, ein. Ich wollte von der gestrigen Nacht nichts mehr wissen, denn ich war mir im klaren, daß mir nicht gefallen würde, was da passiert war.
Aber hatte ich denn eine Wahl?
Ich steckte die Geldscheine in eine Tasche und das Messer in die andere. Ich ging die Treppe hinunter und durch die Halle hinaus, ohne auch nur den Schritt zu verlangsamen, am Portier vorbei. Ich wußte, daß da Nachrichten für mich waren, aber sie konnten warten.

Ich nahm mir vor, nicht zu McGovern hineinzugehen, tat es dann aber doch. Einen schnellen Drink, nur um das unsichtbare Zittern zu überwinden. Ich trank das Zeug wie Medizin, was es ja auch war.
In der St.-Pauls-Kirche um die Ecke setzte ich mich hinten auf eine Bank. Eine, wie mir schien, lange Zeit saß ich da, ohne zu denken. Ich saß einfach da.
Aber dann kamen die Gedanken. Und sie ließen sich nicht aufhalten.
Ich war am Vorabend betrunken gewesen, ohne mir dessen bewußt zu sein.
Ich erinnerte mich daran, in einer Bar in Brooklyn gesessen und mit mir selbst geredet zu haben. Da mußte ich schon betrunken gewesen sein, denn in nüchternem Zustand tat ich das nicht.
Bis jetzt wenigstens noch nicht.
Verdammt noch mal, ich trank zu viel, und wenn das zur Gewohnheit wird, dann kommt es halt vor, daß man sich betrinkt, ohne es zu wollen. Es war nicht das erste Mal, und es würde nicht das letzte Mal sein.
Aber ich war betrunken gewesen, als ich auf der Ninth Avenue den großen Helden gespielt hatte, den Superpolizisten. Auf

meinen oberschlauen Instinkt, der einen Überfall gewittert hatte, war ich jetzt, am Morgen danach, weniger stolz.
Vielleicht hatte der Kerl wirklich nur ein Streichholz gewollt.
Mir wurde übel bei dem Gedanken, und der Geschmack von Galle haftete auf meiner Zunge. Vielleicht war er nur ein Bursche, der von Woodside hereingekommen war, um sich in Manhattan zu amüsieren. Vielleicht hatte mir nur mein umnebelter Geist eingegeben, einen Dieb vor mir zu haben. Vielleicht hatte ich ihn ohne jeden Grund geschlagen und bestohlen.
Aber er hatte mich nach einem Streichholz gefragt, obwohl er ein funktionierendes Feuerzeug in der Tasche hatte.
Was hieß das schon? Es war eine Floskel, um das Eis zu brechen. Bitte um ein Streichholz, dann fang eine Unterhaltung an. Vielleicht hatte er Ausschau nach einem Freund für die Nacht gehalten? Bestimmt war er nicht der erste Schwule, der eine Bomberjacke trug.
Er trug aber auch ein Schnappmesser. Das bedeutet auch nichts. Durchsuch die Stadt, und du wirst genug finden, um ein ganzes Arsenal damit zu füllen. Die halbe Stadt trägt irgend etwas bei sich, um sich vor der anderen Hälfte zu schützen. Das Messer gehörte zu den tödlichen Waffen, und damit, daß er es bei sich trug, hatte er gegen das Gesetz verstoßen, aber das bewies noch lange gar nichts.
Und das Geld? Die zusammengerollten Scheine?
Vielleicht hatte er es legal erworben, vielleicht aber auch auf unehrliche Weise, doch selbst das bedeutete noch nicht, daß er darauf aus war, Leute zu überfallen.
Ich nahm das Schnappmesser aus der Tasche und öffnete es. Angenommen, ich hätte es am gestrigen Abend bei mir gehabt? Und, um die Dinge nüchtern zu betrachten, angenommen, ich hätte auch den Eispickel, den ich in Boerum Hill gekauft hatte, noch bei mir getragen? Hätte ich mich dann auch mit ein paar Boxhieben und einem Stoß mit dem Ellenbogen in sein Gesicht begnügt? Oder hätte ich ihn mit den beiden Gegenständen bearbeitet?
Mir war elend zumute, und daran trug nicht nur mein Kater die Schuld.
Ich steckte das Messer ein, nahm dann die Geldrolle hervor, streifte das Gummiband ab und zählte die Scheine. Hundertsiebzig Dollar in Fünfer- und Zehnernoten.

Auf meinem Weg hinaus zündete ich zwei Kerzen an; fünfzehn Dollar steckte ich in die Almosenbüchse.
An der Ecke der Siebenundfünfzigsten Straße ließ ich das Messer durch ein Gitter im Abwasserkanal verschwinden.

13

Mein Taxichauffeur entpuppte sich als ein israelischer Immigrant, der noch nie von der Gefängnisinsel Rikers Island gehört zu haben schien. Ich bedeutete ihm, den Schildern zum LaGuardia-Flugplatz zu folgen, und von dort aus wies ich ihn ein. Ich stieg bei einem Restaurant am Fuß der Brücke aus, die sich über die Bowery Bay und den East-River-Kanal spannt.
Die Zeit für die Mittagspause war vorbei und das Lokal fast leer. An der Theke saßen ein paar Männer in Arbeitskleidern. An einem der Tische weiter hinten saß ein Mann vor einer Tasse Kaffee, der erwartungsvoll aufblickte, als ich mich näherte. Ich stellte mich vor, und er sagte, er sei Marvin Hiller.
»Ich habe meinen Wagen draußen stehen«, sagte er. »Oder hätten Sie gern eine Tasse Kaffee? Ich bin nur in ziemlicher Eile. Ich hatte heute morgen so lange im Kriminalgericht in Queens zu tun, und in fünfundvierzig Minuten sollte ich bei meinem Zahnarzt sein. Wenn ich zu spät komme, komme ich halt zu spät.«
Mir läge nichts an Kaffee, versicherte ich ihm. Er zahlte, und wir gingen hinaus und fuhren mit dem Wagen über die Brücke. Er war ein angenehmer, recht ernster Mann, ein paar Jahre jünger als ich, und er sah genauso aus wie das, was er war, nämlich ein Anwalt mit einer Praxis am Queens Boulevard in Elmhurst. Einer seiner Klienten, allerdings einer, der wenig zur Miete des Büros beigetragen hatte, war Louis Pinell.
Seinen Namen hatte ich von Frank Fitzroy erhalten, und es war mir gelungen, ihn am Telefon zu sprechen. Ich hatte eine glatte Abfuhr auf mein Ersuchen, Pinell sehen zu können, erwartet. Statt dessen geschah das Gegenteil. »Damit alles koscher ist«, meinte er, »treffen wir uns besser irgendwo da draußen und fahren zusammen hin. Auf diese Weise erfahren Sie mehr von ihm. Er ist eher zu Mitteilungen gewillt, wenn sein Anwalt dabei ist.«

Jetzt bemerkte er: »Ich weiß nicht, was Sie von ihm erfahren könnten. Sie wollen sich wahrscheinlich nur vergewissern, daß er diese Ettinger nicht umgebracht hat.«
»Ja.«
»Damit hat er wohl nichts zu tun. Die Beweise sind ziemlich eindeutig. Wenn's nur auf sein Wort ankäme, würde ich sagen, Sie lassen besser die Finger davon. Wer weiß, woran sich solche Leute erinnern und was ihnen alles einfällt, wenn sie so verrückt sind wie er.«
»Ist er wirklich verrückt?«
»Ein Spinner erster Ordnung«, erklärte Hiller. »Kein Zweifel. Sie werden's ja selbst sehen. Ich bin sein Anwalt, aber, unter uns gesagt, ich sehe es als meine Pflicht an, dafür zu sorgen, daß er nie mehr ohne Leine losgelassen wird. Ein Glück, daß der Fall mir zugeteilt wurde.«
»Wieso?«
»Weil einer, der verrückt genug ist, das zu wollen, ihn ohne große Schwierigkeiten rauskriegen würde. Ich werde auf schuldig plädieren, aber wenn ich gegen den Staatsanwalt ankämpfen wollte, würde die Anklage zusammenbrechen. Alles, was der Staat in seinem Fall in Händen hat, ist Pinells Geständnis, und das läßt sich aus einem Dutzend Gründen zerpflücken, nicht zuletzt damit, daß er nicht alle Tassen im Schrank hatte, als er das Geständnis ablegte. Der Staat hat doch gar keine Beweise, doch nicht nach neun Jahren. Da gibt's doch Anwälte, die finden, sie müssen sich für Burschen wie Pinell herumschlagen und kämpfen, damit die sich wieder auf den Straßen herumtreiben können.«
»Er würde es wahrscheinlich wieder tun.«
»Klar würde er es wieder tun. Der Scheißkerl hatte ja einen Eispickel in der Tasche, als sie ihn am Kragen packten. Ich sag Ihnen, auch das unter uns, ich bin der Meinung, daß Anwälte mit solchen Ansichten ins Gefängnis gehören, zusammen mit ihren Klienten. Aber in diesem Fall bin ich da und spiele den lieben Gott. Was wollen Sie Louis fragen?«
»Es fand noch ein Mord in Brooklyn statt. Dazu möchte ich ihm ein paar Fragen stellen.«
»Sheepshead Bay. Das hat er zugegeben.«
»Richtig. Was ich ihn sonst noch fragen werde, weiß ich nicht. Wahrscheinlich vergeude ich meine Zeit, und Ihre auch.«

»Machen Sie sich darüber keine Gedanken.«
Dreißig oder vierzig Minuten später fuhren wir zum Festland zurück, und ich entschuldigte mich nochmals dafür, seine Zeit in Anspruch genommen zu haben.
»Sie haben mir einen Gefallen getan«, war seine Erwiderung. »Ich brauche nicht zum Zahnarzt zu gehen. Ich muß einen neuen Termin ausmachen.«
Ich sagte, er könne mich irgendwo absetzen, aber er bestand darauf, mich bis zur Untergrundbahn am Northern Boulevard zu fahren. Unterwegs unterhielten wir uns über Pinell. »Es liegt auf der Hand, warum sie ihn auf der Straße aufgelesen haben. Der Irrsinn sitzt doch in den Augen. Ein Blick, und man weiß Bescheid.«
»Es gibt eine Menge Verrückter auf den Straßen.«
»Ja, aber er ist gefährlich verrückt, und man sieht's. Trotzdem bin ich nie nervös, wenn ich bei ihm bin. Aber ich bin ja auch keine Frau, und er hat keinen Eispickel. Vielleicht kommt es daher.«
Am Eingang zur Untergrundbahn stieg ich aus, zögerte aber einen Moment, und er lehnte sich vor, mir zu. Wir schienen beide nicht voneinander Abschied nehmen zu wollen. Ich mochte ihn, und ich fühlte, daß es ihm mit mir ebenso ging.
»Sie haben keine Lizenz«, meinte er. »Haben Sie mir das nicht gesagt?«
»Das stimmt.«
»Können Sie keine bekommen?«
»Ich will keine.«
»Ich könnte Ihnen vielleicht ab und zu Aufträge verschaffen, wenn mir was Passendes über den Weg läuft.«
»Sehr schön, aber was veranlaßt Sie dazu?«
»Ich weiß selbst nicht. Mir gefiel Ihre Art mit Louis. Und ich habe das Gefühl, daß Ihnen die Wahrheit wichtig ist.« Er grinste. »Und außerdem schulde ich Ihnen doch Dank. Sie haben mir eine halbe Stunde auf dem Stuhl beim Zahnarzt erspart.«
»Falls ich je einen Anwalt brauchen sollte –«
»Dann wissen Sie, wen Sie anrufen.«
Der Zug nach Manhattan fuhr mir vor der Nase weg. Während ich auf der erhöhten Plattform auf den nächsten wartete, gelang es mir, ein öffentliches Telefon zu finden., das funktionierte, und ich wählte Lynn Londons Nummer. Bevor ich Hiller angerufen hatte, hatte ich mich beim Portier in meinem Hotel erkundigt, und es lag eine Nachricht von ihr noch von gestern abend vor. Wahr-

scheinlich wollte sie wissen, wieso ich nicht erschienen war. Vielleicht war sie es gewesen, die angerufen hatte, während ich eine Dusche nahm. Wer immer es gewesen war, hatte es vorgezogen, keine Nachricht zu hinterlassen. Es sei eine Frau gewesen, hatte der Mann im Büro mir gesagt, aber ich schenkte seinem Erinnerungsvermögen kein allzu großes Vertrauen.

Bei Lynn meldete sich niemand. Das war nicht erstaunlich. Sicher war sie noch in der Schule oder auf dem Heimweg. Hatte sie etwas über ihre Pläne für den Nachmittag gesagt? Ich konnte mich nicht erinnern.

Ich nahm die Münze wieder an mich. Gab es noch jemanden, den ich anzurufen hatte? Ich blätterte in meinem Notizbuch. Erstaunlich, wie viele Namen und Nummern und Adressen ich mir notiert hatte und wie wenig dabei herausgekommen war.

Karen Ettinger? Ich konnte sie fragen, wovor sie Angst hatte. Hiller hatte mir gerade versichert, man spüre, wie wichtig mir die Wahrheit sei. Ihr war es wichtig, sie zu verbergen.

Aber der Anruf ging in eine andere Zone, und ich hatte nicht genug Kleingeld bei mir.

Charles London? Frank Fitzroy? Einen ehemaligen Polizisten auf der oberen Westseite? Seine ehemalige Gattin auf der unteren Ostseite?

Mitzi Pomerance? Jan Keane?

Der Hörer lag wahrscheinlich noch immer nicht auf der Gabel. Ich steckte Notizbuch und Münze ein. Ich konnte einen Drink gebrauchen. Seit dem Augenöffner bei McGovern hatte ich nichts mehr getrunken. Außer einem späten Frühstück und ein paar Tassen Kaffee hatte ich nichts zu mir genommen.

Ich sah von der Plattform hinunter auf die Straße, und das rote Neonlicht einer Bar fiel mir auf. Ich hatte gerade einen Zug verpaßt. Ich konnte schnell einen heben gehen und längst wieder zurück sein, wenn der nächste Zug kam.

Ich setzte mich auf eine Bank und wartete.

Zweimal mußte ich umsteigen, dann gelangte ich zum Columbus Circle. Es wurde schon dunkel, als ich wieder auf der Straße war, und der Himmel nahm diesen für New York typischen kobaltblauen Schimmer an. Im Hotel fand ich keine Nachrichten vor. Ich rief Lynn London von der Hotelhalle aus an.

Dieses Mal antwortete sie. »Ah, der schwer anzutreffende Mr. Scudder«, bemerkte sie. »Sie haben mich versetzt.«

»Es tut mir leid.«
»Ich habe gestern nachmittag auf Sie gewartet. Nicht sehr lange, denn ich hatte nicht viel Zeit. Wahrscheinlich kam etwas dazwischen, aber Sie haben auch nicht angerufen.«
Ich erinnerte mich daran, wie ich erwogen hatte, die Verabredung einzuhalten, mich dann jedoch dagegen entschied. Der Alkohol hatte die Entscheidung für mich getroffen. Ich hatte in einer warmen Bar gesessen, und draußen war es kalt.
»Ich hatte gerade mit Ihrem Vater gesprochen«, versuchte ich, mein Nichterscheinen zu erklären. »Er hat von mir verlangt, die Untersuchung fallenzulassen. Ich dachte, er wäre doch sicherlich mit Ihnen in Verbindung und hätte Ihnen geraten, sich nicht mit mir einzulassen.«
»Und da beschlossen Sie, mit den Londons nichts mehr zu tun zu haben.«
In ihrer Stimme klang ein amüsierter Unterton mit. »Ich habe gewartet, wie ich Ihnen schon gesagt habe. Und dann ging ich aus und hatte meine Verabredung für den Abend. Als ich wieder heimkam, rief mein Vater an, um mir zu sagen, er habe Ihnen den Auftrag entzogen, Sie aber bestünden darauf, auf eigene Faust weiterzumachen.«
Also hätte ich sie treffen können. Der Alkohol hatte entschieden, falsch entschieden.
»Ich solle Sie nicht ermutigen, hat er gesagt. Es sei ein Fehler gewesen, die Vergangenheit wieder aufzuwühlen.«
»Aber Sie haben doch bei mir angerufen. Oder war das, bevor Sie mit Ihrem Vater gesprochen hatten?«
»Einmal vorher und einmal nachher. Das erste Mal rief ich an, weil ich wütend war, daß Sie mich versetzt hatten. Und das zweite Mal rief ich an, weil ich wütend auf meinen Vater war.«
»Warum?«
»Weil ich mir nicht gern vorschreiben lasse, was ich tun soll. In der Beziehung bin ich empfindlich. Sie wollten ein Bild von Barbara, hat er gesagt. Er hat sich vermutlich geweigert, Ihnen eins zu geben. Wollen Sie es noch immer?«
Wollte ich eins? Im Moment fiel mir nicht ein, was ich damit im Sinn gehabt hatte. Wollte ich vielleicht in die in Frage kommenden Läden gehen und es jedem Verkäufer zeigen, der Eispickel führte?
»Ja«, erwiderte ich. »Ich will noch immer ein Bild.«

»Das kann ich Ihnen geben. Aber was ich Ihnen sonst noch geben könnte, weiß ich beim besten Willen nicht. Und eine Sache, die ich Ihnen absolut nicht zur Verfügung stellen kann, ist Zeit. Ich war gerade im Begriff auszugehen, als das Telefon läutete. Ich habe schon meinen Mantel an. Ich treffe mich mit einem Freund zum Essen, und danach habe ich auch etwas vor.«
»Gruppentherapie?«
»Woher wissen Sie das? Habe ich es erwähnt während unserer letzten Unterhaltung? Sie haben ein gutes Gedächtnis.«
»Manchmal.«
»Lassen Sie mich überlegen. Morgen abend ist's auch unmöglich. Ich würde sagen, kommen Sie heute abend nach meiner Therapie, aber im allgemeinen fühle ich mich danach, als ob mich einer durch die Mangel gedreht hätte. Nach der Schule morgen findet eine Sitzung in der Fakultät statt, und wenn die fertig ist – könnten Sie zur Schule kommen?«
»Morgen?«
»Von eins bis zwei bin ich frei. Wissen Sie, wo ich unterrichte?«
»In einer Privatschule im Village. Mehr weiß ich nicht.«
»An der Devonhurst-Schule. Klingt elegant, wie? Dabei ist's alles andere als das. Wir sind in East Village, auf der Second Avenue, zwischen der Zehnten und Elften Straße.«
»Ich werde es schon finden.«
»Ich werde in Zimmer 41 sein. Und noch etwas, Mr. Scudder. Ich möchte nicht zum zweiten Mal versetzt werden.«

Ich ging um die Ecke zu Armstrong, aß einen Hamburger und etwas Salat und trank danach einen Kaffee mit einem Schuß Bourbon. Der Barmixer wird um acht Uhr abgelöst. Als Billie eine halbe Stunde vor Anfang seiner Schicht kam, ging ich zu ihm hinüber.
»Gestern abend war's ziemlich schlimm mit mir, was?« fragte ich ihn.
»Ach, Sie waren in Ordnung«, beschwichtigte er mich.
»Es war ein langer Tag und eine lange Nacht.«
»Sie haben ein bißchen laut geredet«, meinte er. »Aber abgesehen davon, waren Sie so wie immer. Und Sie waren gescheit genug, früh zu Bett zu gehen.«
Das hatte ich eben nicht getan.
Ich setzte mich wieder an meinen Tisch und bestellte noch einen

Bourbon und einen Kaffee. Und als ich damit fertig war, hatte sich auch mein Kater verflüchtigt. Das Kopfweh war ich schon früher losgeworden, aber das sonderbare Gefühl, nicht ganz Herr meiner selbst zu sein, hatte mich den ganzen Tag nicht verlassen. Ein großartiges System: Gift und Gegengift kamen aus derselben Flasche.

Ich ging zum Telefon und ertappte mich dabei, wie ich beinahe Anitas Nummer gewählt hätte. Wie kam ich dazu? Ich wollte nicht über einen toten Hund reden, und das war die bedeutungsvollste Unterhaltung gewesen, die wir seit Jahren geführt hatten.

Ich wählte Jans Nummer. Mein Notizbuch steckte in der Tasche, aber ich brauchte es gar nicht zu Rate zu ziehen, ich wußte die Nummer auswendig.

»Ich bin's, Matthew«, meldete ich mich. »Möchtest du Gesellschaft haben?«

»Oh.«

»Oder bist du beschäftigt?«

»Nein. Um die Wahrheit zu sagen, ich bin nicht gerade in Hochform. Ich war gerade dabei, mich auf einen ruhigen Abend vor dem Fernseher einzustellen.«

»Wenn du lieber allein sein möchtest –«

»Das habe ich nicht gesagt.« Es entstand eine Pause. »Ich möchte nur nicht, daß es zu spät wird.«

»Das möchte ich auch nicht.«

Auf dem Weg zu ihr fühlte ich mich wie ein Halbwüchsiger vor einem Rendezvous. Ich drückte auf ihre Klingel, stellte mich dann an den Straßenrand, sie warf den Schlüssel hinunter, und ich ging hinein und fuhr in dem großen Fahrstuhl hinauf.

Sie trug Rock und Pullover und hatte Pantoffeln an. Wir sahen uns einige Augenblicke an, und dann reichte ich ihr die Tüte, die ich mitgebracht hatte. Sie nahm die zwei Flaschen heraus. Die eine war Teachers Scotch und die andere der russische Wodka, den sie bevorzugte.

»Das perfekte Geschenk für die Gastgeberin«, sagte sie. »Ich dachte, du trinkst lieber Bourbon.«

»Neulich morgens bin ich mit klarem Kopf aufgewacht. Das sieht doch so aus, als ob ich von Scotch keinen Kater kriege.«

Sie stellte die Flaschen ab. »Ich hatte mir vorgenommen, heute nicht zu trinken.«

»Das Zeug hält sich«, beruhigte ich sie. »Wodka verdirbt nicht.«
»Nur, wenn man ihn nicht trinkt.«
Zuerst war die Atmosphäre etwas steif. Wir waren einander nahe gewesen, hatten eine Nacht zusammen im Bett verbracht, und trotz allem benahmen wir uns gehemmt und unsicher. Ich begann, von dem Fall zu reden, zum Teil, weil ich mit jemandem darüber sprechen wollte, und zum Teil, weil es etwas war, das wir gemeinsam hatten. Ich berichtete, wie mein Klient versucht hatte, mich von der weiteren Untersuchung abzuhalten, daß ich aber nicht aufhören wollte. Sie schien das nicht sonderbar zu finden. Dann sprach ich über Pinell.
»Den Mord an Barbara Ettinger hat er definitiv nicht begangen«, erklärte ich, »aber der Eispickelmord in der Sheepshead Bay geht ganz sicher auf sein Konto. Ich hatte schon vorher kaum Zweifel in diesen beiden Punkten, aber ich wollte mir selbst ein Bild machen. Und ich wollte diesen Pinell sehen, wollte wissen, was er für ein Kerl ist.«
»Und wie ist er?«
»Gewöhnlich. Es sind immer gewöhnliche Typen. Bloß ist das nicht das richtige Wort für sie. Pinell sieht ganz unbedeutend aus.«
»Ich glaube, ich habe ein Bild von ihm in der Zeitung gesehen.«
»Durch eine Fotografie bekommt man nicht den richtigen Eindruck. Pinell ist einer der Menschen, die man gar nicht wahrnimmt. Burschen wie ihn sieht man Lebensmittel liefern, im Kino die Karten abreißen. Unauffällig und unbedeutend, und ein Gesicht, das man sich nicht merkt.«
»Die Banalität des Bösen.«
»Was ist das?«
Sie wiederholte den Ausdruck. »Es ist der Titel einer Abhandlung über Adolf Eichmann.«
»Ob Pinell böse ist, weiß ich nicht. Er ist verückt. Vielleicht ist das Bösesein eine Form des Irrsinns. Bei ihm brauchst du keinen psychiatrischen Befund, um zu wissen, daß er verrückt ist. Man sieht's seinen Augen an. Apropos Augen: Das war ein weiterer Punkt, zu dem ich ihn befragen wollte.«
»Was?«
»Ob er alle seine Opfer in beide Augen stach. Ja, sagte er, das hätte er gleich getan, als erstes, noch bevor er ihre Körper in Steckkissen verwandelte.«

Sie schüttelte sich. »Aber warum?«
»Das wollte ich auch von ihm wissen. Warum die Augen? Und er nannte mir einen völlig logischen Grund. Um der Entdeckung zu entgehen.«
»Das verstehe ich nicht.«
»In den Augen eines toten Menschen präge sich der letzte Eindruck, den sie vor dem Tod aufgenommen hatten, ein. Daran glaubte er. Und wenn das so war, ließ sich das Bild des Mörders von der Retina des Opfers ablesen. Und um das unmöglich zu machen, blendete er sie.«
»Mein Gott!«
»Das Erstaunliche ist, daß er keineswegs der erste war, der diese Theorie aufstellte. Es gab einige Kriminologen im vergangenen Jahrhundert, die dasselbe glaubten wie Pinell. Sie waren der Meinung, es sei nur eine Frage der Zeit, bis die notwendige Technik entwickelt würde, das Bild von der Retina zu lösen. Und wer weiß, ob das nicht wirklich eines Tages möglich sein wird?«
»Also ist Pinell nur seiner Zeit ein Stückchen voraus?« Sie stand auf und nahm mein leeres Glas mit zur Bar. Sie füllte es und goß sich selbst einen Wodka ein. »Daraufhin hat man einen Schluck nötig.«
Sie setzte sich wieder und sagte: »Dabei hatte ich mir vorgenommen, heute nichts zu trinken. Zum Teufel mit allen Vorsätzen.«
»Ich will heute auch ein bißchen bremsen«, gestand ich.
Sie nickte und blickte auf das Glas in ihrer Hand. »Ich war froh, daß du angerufen hast, Matthew. Ich hatte es nicht erwartet.«
»Ich habe gestern schon versucht, dich zu erreichen, aber es war die ganze Zeit besetzt.«
»Ich hatte den Hörer von der Gabel genommen.«
»Ich weiß.«
»Du hast das Amt kontrollieren lassen? Ich wollte die Welt ausschließen gestern. Wenn ich hier drinnen bin, die Tür verschlossen, das Telefon ausgehängt und die Jalousien heruntergezogen, dann fühle ich mich sicher. Kannst du das verstehen?«
»Ich glaube ja.«
»Sonntag früh wachte ich mit schwerem Kopf auf, und Sonntag abend war ich betrunken. Und dann wieder gestern abend.«
»Oh.«
»Als ich heute früh aufstand, nahm ich erst etwas gegen meinen Kater, und dann beschloß ich, für ein paar Tage trocken zu

bleiben. Nur, um von der Berg-und-Tal-Bahn herunterzukommen. Verstehst du?«
»Klar.«
»Na, und hier sitze ich mit einem Glas in der Hand.«
»Du hättest etwas sagen sollen, Jan. Dann hätte ich keinen Wodka mitgebracht und auch keinen Scotch für mich. Wir können auch einen Abend zusammen sein, ohne zu trinken.«
»Glaubst du wirklich?«
»Natürlich.«
Sie sah mich mit ihren großen grauen Augen einen Moment traurig an, aber dann hellte sich ihre Miene auf. »Zu spät, um die Probe aufs Exempel zu machen, stimmt's? Lassen wir den Dingen einfach ihren Lauf.«
Wir tranken nicht zu viel. Sie spielte ein paar Platten. Wir begannen auf der Couch zärtlich miteinander zu sein, gingen dann aber ins Schlafzimmer, um das Begonnene zu beenden.
Es gelang uns besser als am Sonntag. Neuheit ist Würze, aber wenn es zwischen zwei Liebenden funktioniert, bringt das Vertrautsein erhöhten Genuß mit sich. Ich ging mehr aus mir heraus und fühlte etwas von dem, was sie empfand.
Später wechselten wir wieder zurück zur Couch, und ich begann, über den Mord an Barbara Ettinger zu reden. »Sie ist so verdammt tief vergraben«, erklärte ich ihr. »Es sind nicht nur die neun Jahre, die vergangen sind. Es gibt Leute, die sind vor neun Jahren gestorben, und man kann trotzdem noch heute ihr Leben verfolgen und feststellen, daß alles mehr oder weniger noch so ist, wie sie's verlassen haben.
Mit Barbara ist nichts mehr, wie es war. Du hast die Kinderkrippe aufgegeben, dich von deinem Mann getrennt und bist hierher gezogen. Dein Mann hat die Kinder genommen und sich nach Kalifornien abgesetzt. Ich war einer der ersten Bullen am Tatort, und der liebe Gott weiß, wie sich seither in meinem Leben alles auf den Kopf gestellt hat. Dann sind da noch die drei Polizisten, die den Fall in der Sheepshead Bay bearbeiteten, zumindest anfingen, ihn zu bearbeiten. Zwei von ihnen sind tot, und einer hat seinen Abschied genommen, sich von seiner Frau getrennt, lebt in einem möblierten Zimmer und ist Wächter in einem Kaufhaus geworden.«
»Und Doug Ettinger hat wieder geheiratet und verkauft Sportartikel.«

Ich nickte. »Und Lynn London war verheiratet und ist geschieden, und die Hälfte der Bewohner der Wyckoff Street sind wer weiß wohin gezogen. Es ist, als ob sämtliche Winde der Erde sich verschworen hätten, Sand auf Barbaras Grab zu blasen. Aber irgendwo muß da eine Öffnung sein, eine Tür. Das war kein Verrückter, der sie umgebracht hat. Das war jemand, der einen Grund hatte, jemand, den sie kannte. Jemand, der es absichtlich so erscheinen ließ, als sei da Pinell am Werk gewesen. Und der Mörder läuft noch herum. Er ist nicht gestorben oder irgendwohin verschwunden. Er ist noch da. Ich kann's nicht beweisen, ich kann's nicht erklären, aber es ist ein Gefühl, das sich nicht abschütteln läßt.«

»Glaubst du, Doug ist's gewesen?«

»Wenn ich's nicht glaube, bin ich wohl der einzige, der so denkt. Sogar seine Frau vermutet, er sei's gewesen. Sie ist sich vielleicht nicht im klaren darüber, daß sie so denkt, aber aus welchem Grund sollte sie sonst Angst haben vor dem, was ich entdecken könnte?«

»Aber du denkst, es war jemand anders?«

»Ich finde, eine Menge Leben haben sich radikal geändert nach ihrem Tod. Ihr Sterben hatte vielleicht etwas mit diesen Veränderungen zu tun, mit einigen zumindest.«

»Dougs Leben auf alle Fälle, ob er sie nun umgebracht hat oder nicht.«

»Vielleicht wurden auch andere Leben davon betroffen.«

»Wie der Stein, den man ins Wasser wirft. Er zieht Kreise.«

»Möglich. Ich weiß nicht, was sich wirklich abgespielt hat oder wie es geschah. Wie ich dir schon sagte, ist es mehr ein Gefühl, eine Art Ahnung. Nichts Konkretes, auf das ich hinweisen könnte.«

»Dein Polizisteninstinkt, ja?«

Ich lachte, und sie wollte wissen, was daran komisch sei. »Komisch ist es nicht. Ich habe nur den ganzen Tag über meinen Polizisteninstinkt nachgedacht.«

»Wieso?«

Und dann erzählte ich ihr mehr, als ich vorgehabt hatte. Alles, von Anitas Anruf bis zu dem Burschen mit dem Schnappmesser. Als ich schwieg, sagte sie: »Ich verstehe dich nicht. Warum quälst du dich so? Er hätte dich umbringen können. Du machst dir Sorgen, weil du dem Burschen eine blutige Lippe verpaßt hast.«

Ich schüttelte den Kopf. »Nein, ich mache mir Sorgen, weil meine Urteilskraft mich verlassen hat.«
»Weil du betrunken warst.«
»Und mir dessen nicht einmal bewußt.«
»Hatte deine Urteilskraft dich auch verlassen, als du damals die beiden Kerle bei dem Überfall erschossen hast? Als das kleine Mädchen aus Puerto Rico getötet wurde?«
»Du hast ein scharfes Köpfchen, meine Liebe.«
»Ich bin ein Genie der Schärfe.«
»Deine Frage trifft jedenfalls den Kern. Die Antwort ist: Nein, meine Urteilskraft war in Ordnung. Ich hatte nicht viel getrunken. Aber –«
»Aber es ließ dich nicht los. Ein Echo blieb.«
»Richtig.«
»Und du wolltest dem, was da in dir wühlte, ausweichen, genauso wie Karen Ettinger dem ausweichen möchte, was da in ihr wühlt, nämlich dem Gedanken, ihr Mann könnte seine erste Frau ermordet haben.«
»Du hast wirklich ein scharfes Köpfchen.«
»Schärfere gibt's gar nicht. Ist dir jetzt wohler?«
»Hm.«
»Drüber reden hilft. Aber du hast es so tief in dir vergraben, daß du gar nicht mehr wußtest, daß es da ist.« Sie gähnte. »Ein scharfes Köpfchen sein macht müde.«
»Ich glaub's dir.«
»Willst du ins Bett?«
»Klar.«
Ich blieb nicht über Nacht. Ich hatte vorgehabt zu bleiben, aber ich lag noch immer wach, als ihr Atem regelmäßiger wurde und mir zeigte, daß sie schlief. Ich legte mich auf eine Seite und dann auf die andere, aber ich konnte einfach nicht einschlafen. Ich stand auf und ging leise in das andere Zimmer.
Ich zog mich an und stand dann am Fenster und sah hinaus auf die Straße. Es war noch eine Menge Scotch übrig, aber er reizte mich nicht im geringsten.
Ich ging hinunter auf die Straße, und etwa einen Block weiter gelang es mir, ein Taxi zu bekommen. Ich kam gerade noch rechtzeitig, um die letzte halbe Stunde bei Armstrong zu verbringen, aber ich sagte mir, der Teufel soll's holen, und ging direkt in mein Zimmer hinauf.

Es dauerte geraume Zeit, ehe ich einschlafen konnte.

14

Es wurde eine Nacht voller Träume. Bandy, der Hund, kam in einem vor. Er war gar nicht tot. Sein Tod war nur vorgetäuscht und Bestandteil eines sorgfältig ausgetüftelten Plans. Das alles erzählte er mir, und er sagte auch, er habe schon immer sprechen können, es aber nicht gewagt, dieses Talent zu offenbaren. »Wenn ich das geahnt hätte«, rief ich aus, »wie wunderbar hätten wir uns unterhalten können!«

Ich wachte ausgeruht auf, mein Kopf war klar, und ich hatte schrecklichen Hunger. In einer Kaffeestube in der Nähe aß ich Eier und Speck und Bratkartoffeln. Dabei las ich die Morgenzeitung. Sie hatten den Mörder von der First Avenue erwischt, zumindest hatten sie jemanden verhaftet, von dem sie behaupteten, er sei der Mörder. Eine Fotografie des Verdächtigten sah dem Phantombild, das der Zeichner bei der Polizei angefertigt hatte, erstaunlich ähnlich. Das kam nicht oft vor.

Ich war bei meiner zweiten Tasse Kaffee angelangt, als plötzlich Vinnie vor mir auftauchte. »'ne Frau drüben in der Hotelhalle«, teilte er mir mit.

»Für mich?«

Er nickte. »Jung, sieht nicht schlecht aus. Hübsch angezogen, nette Frisur. Sie hat mir ein paar Dollars zugesteckt, damit ich ihr sage, wenn Sie zur Halle hereinkommen. Ich weiß ja nicht, ob Sie überhaupt zurückkommen, und da hab ich mir gedacht, ich riskier's und guck mich um, vielleicht finde ich Sie. Eddie ist am Empfang für mich. Kommen Sie jetzt zurück ins Hotel?«

»Das war nicht meine Absicht.«

»Was Sie machen könnten, ist, sie angucken und mir dann ein Zeichen geben, ob ich ihr sagen soll, daß Sie's sind, oder nicht. Mir wär's lieber, ich könnt was tun für die paar Scheinchen. Aber es ist kein Vermögen, mit dem ich mich zur Ruhe setzen kann, also – Sie wissen schon, was ich meine. Wenn Sie der Madame ausweichen wollen –«

»Sie können ihr ruhig zu verstehen geben, daß ich's bin«, gab ich zur Antwort. »Wer immer sie sein mag.«

Er ging zurück an seinen Arbeitsplatz, und ich trank meinen Kaffee aus, las die Zeitung zu Ende und ließ mir Zeit mit meiner Rückkehr ins Hotel. Als ich zur Tür hereinkam, machte Vinnie eine bedeutungsvolle Kopfbewegung in Richtung auf den Ohrensessel bei dem Zigarettenautomaten, aber das wäre gar nicht nötig gewesen. Sie wäre mir auch ohne diesen Hinweis aufgefallen. Sie paßte überhaupt nicht in diese Umgebung, eine sehr gepflegte, schön frisierte, Ton-in-Ton gekleidete, in ein elegantes Wohnviertel gehörende Dame, die irrtümlich in den schäbigeren Teil der Siebenundfünfzigsten Straße geraten war. Ein paar Blocks weiter nach Osten hätte sie eher in den Rahmen gepaßt. Da hätte sie in ein Abenteuer verwickelt sein, die verschiedenen Kunstausstellungen bewundern oder auch nach einer Graphik Ausschau halten können, die sich mit dem Farbton der Vorhänge in ihrem Wohnzimmer vertrug.
Ich ließ Vinnie sein Geld verdienen, ging an ihr vorbei und wartete vor dem Fahrstuhl. Die Türen öffneten sich gerade, als sie mich ansprach.
»Guten Tag, Mrs. Ettinger«, sagte ich.
»Woher –«
»Ich habe Ihr Bild auf dem Schreibtisch Ihres Mannes gesehen. Wahrscheinlich hätte ich auch Ihre Stimme erkannt, obwohl ich sie nur am Telefon gehört habe.« Das blonde Haar war etwas länger als in Douglas Ettingers Fotowürfel und die Stimme weniger nasal, als ich sie in Erinnerung hatte, aber es konnte kein Zweifel daran bestehen, daß sie es war. »Ich habe Ihre Stimme mehrmals gehört. Einmal, als ich Sie anrief, dann, als Sie mich anriefen, und noch einmal, als ich zurückrief.«
»Ich habe mir gedacht, daß Sie das waren«, bemerkte sie. »Es war mir unheimlich, als das Telefon läutete, und dann sagten Sie kein Wort.«
»Ich wollte mich nur vergewissern, daß ich Ihre Stimme erkannt hatte.«
»Mittlerweile habe ich Sie wieder angerufen. Gestern, zweimal.«
»Man hat mir nichts ausgerichtet.«
»Ich habe nichts ausrichten lassen. Ich weiß selbst nicht, was ich zu Ihnen gesagt hätte, wenn Sie da gewesen wären. Können wir uns irgendwo etwas ungestörter unterhalten?«
Ich ging mit ihr in ein Lokal ein paar Häuser weiter. Beim

Hinausgehen zwinkerte mir Vinnie grinsend zu. Wieviel Geld mochte sie ihm wohl gegeben haben?
Sicher weniger, als sie mir zuzuschieben gewillt war. Wir hatten uns kaum gesetzt, als sie ihre Handtasche auf den Tisch legte und vielsagend mit der Hand darauf klopfte.
»Da drin ist ein Umschlag, in dem stecken fünftausend Dollar«, verkündete sie.
»Das ist eine Menge Geld, viel zuviel, um es in dieser Stadt einfach so bei sich zu tragen.«
»Vielleicht hätten Sie Lust, es für mich zu tragen.« Sie beobachtete mich, beugte sich aber vor, als ich nicht reagierte, und fuhr in gedämpftem Verschwörerton fort: »Das Geld ist für Sie, Mr. Scudder. Sie brauchen bloß das zu tun, worum Mr. London Sie schon gebeten hat. Lassen Sie die Sache fallen.«
»Wovor haben Sie Angst, Mrs. Ettinger?«
»Ich will nur nicht, daß Sie in unserem Leben herumstöbern.«
»Was, fürchten Sie denn, könnte dabei ans Licht kommen?«
Ihre Hand klammerte sich an die Tasche, als könne ihr das Vorhandensein von fünftausend Dollar Sicherheit geben. Ihre Nägel waren rostrot lackiert. Sehr sanft fragte ich: »Glauben Sie, daß Ihr Mann seine erste Frau umgebracht hat?«
»Nein!«
»Wovor haben Sie dann Angst?«
»Ich weiß es nicht.«
»Wann haben Sie Ihren Mann kennengelernt, Mrs. Ettinger?«
Sie sah mich an, antwortete aber nicht.
»Vor dem Tod seiner Frau?« Ihre Finger kneteten die Handtasche. »Sie sind in Long Island aufs College gegangen. Sie sind zwar jünger als er, aber Sie könnten ihn ja damals getroffen haben.«
»Das war, bevor er sie überhaupt kannte«, gab sie zu. »Lange bevor sie heirateten. Und dann trafen wir uns zufällig wieder nach ihrem Tod.«
»Und Sie hatten Angst, ich könnte das ausfindig machen?«
»Ich –«
»Sie sahen einander schon vor ihrem Tod, nicht wahr?«
»Das können Sie nicht beweisen.«
»Wozu sollte ich das beweisen? Wozu sollte ich das überhaupt beweisen wollen?«
Sie öffnete ihre Handtasche mit ungeschickten Fingern und

entnahm ihr einen gelben Bankumschlag. »Fünftausend Dollar«, sagte sie.
»Stecken Sie's wieder ein.«
»Ist es nicht genug? Das ist doch eine Menge Geld. Fünftausend Dollar dafür, daß Sie nichts tun.«
»Es ist zuviel. Sie haben sie doch nicht ermordet, Mrs. Ettinger?«
»Ich?« Es fiel ihr schwer, die Frage in ihrer ganzen Bedeutung aufzunehmen. »Ich? Natürlich nicht!«
»Aber Sie waren froh, als sie starb.«
»Das ist schrecklich. Wie können Sie so etwas sagen«, wehrte sie sich.
»Sie hatten ein Verhältnis mit ihm. Sie wollten ihn heiraten, und dann wurde sie ermordet. Wie sollten Sie da nicht froh sein?«
Ihre Augen waren in die Ferne gerichtet, und ihre Stimme war so geistesabwesend wie ihr Blick. »Ich wußte nicht, daß sie schwanger war«, erklärte sie leise. »Er behauptete, er habe das auch nicht gewußt. Mir hatte er gesagt, sie schliefen nicht mehr zusammen. Sie hatten keinen Sex, meine ich. Sie schliefen natürlich zusammen, in einem Bett, aber sie hätten keinen Sex mehr, sagte er. Ich habe ihm geglaubt. Es sei von einem anderen Mann. Sein Kind könne es nicht sein.«
»Haben Sie das Charles London erzählt?«
»Ich habe Mr. London nie gesprochen.«
»Aber Ihr Mann. Hat er ihm das gesagt? Hatte London Angst, das könne bei meiner Untersuchung ans Licht kommen?«
Ihre Stimme hatte einen unbeteiligten Ton. »Sie sei von einem anderen Mann schwanger, hat er ihm gesagt. Von einem Schwarzen. Das Kind würde schwarz sein.«
»Hatte er Ihnen das auch gesagt?«
»Nein. Ich glaube, das erfand er nur, um Mr. London zu beeinflussen.« Sie sah mich an, und in ihren Augen ließ sich etwas von dem Menschen erkennen, der sich hinter dieser sorgfältigen äußeren Aufmachung verbarg. »Genau wie alles andere nicht stimmte. Es war wahrscheinlich sein Kind.«
»Sie nehmen nicht an, daß sie ein Verhältnis hatte?«
»Vielleicht. Vielleicht war da jemand. Aber mit ihm muß sie auch geschlafen haben. Sonst hätte sie doch Maßnahmen ergriffen, um nicht schwanger zu werden. Frauen sind doch nicht so

dumm. In mancher Beziehung sind sie es aber. Männer reden ihren Freundinnen immer ein, sie schliefen nicht mehr mit ihren Frauen. Und es ist immer gelogen.«

»Sie glauben, daß –«

Sie ließ mich nicht ausreden. »Ihr erzählt er wahrscheinlich auch, daß er nicht mehr mit mir schläft.« Sie sprach sehr sachlich. »Und das ist gelogen.«

»Wem erzählt er das?«

»Derjenigen, mit der er ein Verhältnis hat.«

»Ihr Mann hat zur Zeit ein Verhältnis mit einer anderen Frau?«

»Ja«, sagte sie, die Stirn runzelnd. »Ich wußte es nicht bis jetzt. Das heißt, ich wußte es schon, wußte aber nicht, daß ich es wußte. Ach, ich wünschte, Sie hätten diesen Fall nie angerührt.«

»Mrs. Ettinger –«

Sie war aufgestanden, die Tasche mit beiden Händen umklammernd. Ihr Gesicht spiegelte ihre innere Qual wider. »Ich hatte eine glückliche Ehe. Und was habe ich jetzt? Sagen Sie mir das. Was habe ich jetzt?«

15

Ich glaube nicht, daß sie mit einer Anwort rechnete. Ich hätte auch keine gewußt, und sie wartete nicht ab, was ich sonst noch vorzubringen hatte. Sie ging mit steifen Schritten hinaus. Ich trank meinen Kaffee aus und zahlte. Nicht nur hatte ich die fünftausend Dollar zurückgewiesen, jetzt ging auch ihr Kaffee noch auf meine Rechnung.

Es war schön draußen, und ich entschloß mich, die Zeit totzuschlagen, indem ich zu meiner Verabredung mit Lynn London zu Fuß ging. Einmal ruhte ich mich auf einer Bank im Park aus, und ein zweites Mal machte ich Pause, um einen Kaffee zu trinken und ein Brötchen zu essen. An der Vierzehnten Straße angelangt, nahm ich in einer Bar meinen ersten Drink an diesem Tag. Ich hätte gern noch ein bißchen herumgesessen, aber ich hatte die Lehrerin schon einmal warten lassen.

Ich fand die Schule, ging hinein. Niemand fragte mich, was ich zu suchen hätte, niemand hielt mich in den Korridoren an. Bei Zimmer 41 blieb ich einen Moment im Türrahmen stehen und betrachtete die Frau, die an dem hellen Schreibtisch saß. Sie las in einem Buch und bemerkte meine Gegenwart nicht. Ich klopfte an die offene Türe, und sie sah auf.

»Ich bin Matthew Scudder«, meldete ich mich an.

»Und ich bin Lynn London. Kommen Sie herein. Und machen Sie die Tür zu.«

Sie stand auf, und wir gaben uns die Hand. Einen Platz zum Sitzen gab es nicht; die Pulte waren auf Kindergröße zugeschnitten. Die künstlerischen Produkte der Kinder, manche mit goldenen oder silbernen Sternen geschmückt, waren an ein schwarzes Brett geheftet.

»Sie wollten ein Bild haben«, stellte Lynn fest. »Ich gebe nicht viel auf Erinnerungen und Familienbilder und solche Sachen. Das hier ist das Beste, was ich Ihnen geben kann. Das ist Barbara im College.«

Ich studierte das Bild und sah dann die Frau an, die vor mir stand. Sie fing den Blick auf. »Wenn Sie nach einer Ähnlichkeit suchen, verschwenden Sie Ihre Zeit«, bemerkte sie. »Sie sah unserer Mutter ähnlich.«

Lynn kam dem Vater eher nach. Sie hatte die gleichen eiskalten blauen Augen. Wie er trug auch sie eine Brille, allerdings gerahmt und mit rechteckigen Gläsern. Ihr braunes Haar war straff zurückgekämmt und in einem Knoten zusammengefaßt. Das Gesicht drückte Strenge aus, die Züge waren scharf. Ich wußte, daß sie dreiunddreißig war, aber sie wirkte um einige Jahre älter.

Barbaras Bild war nicht viel zu entnehmen. Ich hatte Polizeiaufnahmen von ihr gesehen, nach ihrem Tod entstanden, in starkem Schwarzweißkontrast, in der Küche in der Wyckoff Street. Was ich suchte, war ein Bild, aus dem sich etwas über ihre Persönlichkeit herauslesen ließ, und das vermittelte Lynns Foto auch nicht. Vielleicht wollte ich mehr, als eine Fotografie zu vermitteln imstande ist.

»Mein Vater hat Angst, daß Sie Barbaras Namen in den Dreck ziehen. Werden Sie das tun?«

»Ich hatte nicht die Absicht.«

»Douglas Ettinger hat ihm etwas erzählt, und er hat Angst, Sie könnten es in die Welt hinausposaunen. Ich wünschte, ich wüßte, was es war.«

»Er hat Ihrem Vater erzählt, Ihre Schwester sei von einem Schwarzen schwanger gewesen.«

»Du lieber Himmel! Ist das wahr?«
»Was ist Ihre Meinung?«
»Meine Meinung ist, daß dieser Doug ein ekelhafter Wurm ist. Das war schon immer meine Meinung. Jetzt begreife ich, wieso mein Vater Sie haßt. Darum wollte ich Sie treffen. Ich wollte den Mann sehen, der eine so starke Reaktion in meinem Vater auslösen konnte. Wenn Sie nicht gewesen wären, hätte er doch nie so etwas Schändliches zu Ohren bekommen über seine in den Himmel gehobene Tochter. Wenn er Sie nicht angestellt hätte, wenn Sie nicht mit Doug geredet hätten – Sie haben doch mit Doug geredet, oder nicht?«
»Ja. In seinem Geschäft in Hicksville.«
»Wenn Sie nicht mit ihm gesprochen hätten, hätte er meinem Vater nicht etwas gesagt, was der auf gar keinen Fall hören wollte. Mir scheint, er würde am liebsten in dem Glauben bleiben, seine beiden Töchter seien Jungfrauen. Was mich betrifft, ist es ihm allerdings eigentlich egal. Ich hatte die Unverfrorenheit, mich scheiden zu lassen, und damit war ich für ihn jenseits von Gut und Böse. Er würde sich furchtbar aufregen, falls ich etwas mit einem Mann einer anderen Rasse anfinge, denn schließlich gibt's ja Grenzen, aber daß ich Liebschaften habe, bekümmert ihn nicht weiter. Ich bin doch schon beschädigte Ware.« Sie sagte es ohne Nachdruck. Die Stimme klang weniger bitter, als die Worte es waren. »Aber Barbara war eine Heilige. Wenn ich umgebracht würde, würde er Sie gar nicht erst anstellen, um nachzuforschen. Und wenn er es doch täte, wäre es ihm gleich, was Sie herausfinden. Mit Barbara ist das ganz etwas anderes.«
»War sie eine Heilige?«
»Wir standen uns nicht sehr nahe.« Sie sah weg und nahm einen Bleistift vom Pult. »Sie war meine große Schwester. Ich stellte sie auf ein Piedestal und entdeckte dann ihre tönernen Füße. Ich fühlte mich ihr haushoch überlegen und sah mit Verachtung auf sie hinunter. Ich wäre aus dieser Überheblichkeit wohl herausgewachsen, aber dann wurde sie ermordet, und mich erdrückten Schuldgefühle wegen meiner Einstellung ihr gegenüber.« Sie sah mich an. »Das ist eines der Probleme, über die ich in der Therapie wegzukommen suche.«
»Hatte sie in der Zeit ihrer Ehe mit Ettinger ein Verhältnis?«
»Falls sie eins hatte, hätte sie es mir nicht erzählt. Daß er sich mit anderen herumtrieb, das hat sie mir gesagt. Er versuche mit allen

ihren Freundinnen anzubandeln und schlafe auch mit seinen Klientinnen von der Wohlfahrt. Ob das wahr war oder nicht, kann ich nicht beurteilen. Bei mir hat er's nie versucht.«
Das letzte klang, als sei es ein zusätzlicher Punkt auf einer langen Liste erlittener Kränkungen. Ich unterhielt mich ungefähr zehn Minuten mit ihr und erfuhr nichts weiter, als daß Barbaras Tod einen starken Einfluß auf das Leben ihrer Schwester ausgeübt hatte, und das war nichts Neues. Wie war Lynn wohl vor neun Jahren gewesen und wie hätte sie sich entwickelt, wäre Barbara am Leben geblieben? Vielleicht war alles schon vorhanden gewesen, nur noch nicht an die Oberfläche gekommen, die Verbitterung, der Panzer um alles Gefühlsmäßige. Wie war wohl Lynns Ehe gewesen? Ich konnte es mir denken. Hätte sie den gleichen Mann geheiratet, wenn Barbara noch dagewesen wäre? Würde sie sich in diesem Fall haben scheiden lassen?
Ich ging mit einer nutzlosen Fotografie und einem Kopf voller unwichtiger – oder nicht zu beantwortender – Fragen weg. Ich war froh, von der verkrampften Persönlichkeit dieser Lynn London fortzukommen.
Sonderbar, wie man manchmal aus den unwesentlichsten Anlässen in eine oder die andere Richtung gelenkt wird. Ich war müde von all dem Zufußgehen. Ich wollte die Untergrundbahn nach Hause nehmen, andererseits verlangte es mich nach einem Drink, und ich blieb einen Moment stehen und überlegte, was ich nun tun wollte. Während ich da stand, kamen zwei Polizisten in Uniform vorbei. Sie waren beide unwahrscheinlich jung, und der eine hatte so ein Knabengesicht, daß die Uniform wie ein Kostüm wirkte.
Ein Ladenschild auf der anderen Straßenseite trug die Aufschrift »Haberman«. Was sie zu verkaufen hatten, weiß ich nicht.
Burton Havermeyer fiel mir ein. Vielleicht hätte ich, auch ohne die Polizisten zu sehen oder durch den ähnlichen Namen dazu angeregt, an ihn gedacht. Jedenfalls kam er mir in den Sinn, und ich erinnerte mich, daß er einmal in dieser Straße gewohnt hatte und seine Frau noch immer hier lebte. An die genaue Adresse erinnerte ich mich nicht mehr, aber ich hatte sie aufgeschrieben. St. Marks Place 212, und daneben stand die Telefonnummer.
Es lag durchaus kein Grund vor, mir das Gebäude anzusehen, wo sie wohnte. Er gehörte nicht einmal zu den Personen, die mit dem Fall zu tun hatten, an dem ich arbeitete, denn mein Gespräch mit

Louis Pinell hatte mir bestätigt, daß der armselige Psychopath Susan Potowski umgebracht, aber mit Barbara Ettingers Tod nichts zu tun hatte. Doch Havermeyers Leben hatte eine Wendung genommen, und zwar auf eine Weise, die mich interessierte, denn sie war unähnlich der Wendung in meinem Leben auf Grund eines anderen Todes.

St. Marks Place beginnt an der Third Avenue, und die Nummern werden höher, wenn man nach Osten geht. Der Block zwischen der Second und der First Avenue wies mehr Wohnhäuser und weniger Geschäfte auf.

Ich ging zur First Avenue, überquerte die Straße und setzte meinen Weg fort. Die Häuser sahen weniger gut erhalten aus als in dem vorherigen Block. Einer der am Straßenrand geparkten Wagen, an denen ich vorbeischritt, war nur noch ein Wrack. Die Räder waren abmontiert, das Radio herausgerissen und das Innere völlig ausgebrannt.

Die Straße endete mit der Nummer 132, da, wo die Avenue A die westliche Grenze vom Tompkins Park bildet. Ich stand da, starrte die Hausnummer an, dann den Park.

Von der Avenue A nach Osten bis zum Fluß erstrecken sich die Straßenblöcke, die im Volksmund »Alphabetstadt« heißen. Die Bevölkerung setzt sich aus Dieben, Drogensüchtigen und Irren zusammen. Kein anständiger Mensch lebt dort, wenn er es sich leisten kann, woanders zu wohnen.

Ich zog mein Notizbuch hervor. 212 St. Marks Place.

Ich ging durch den Park und über die Avenue B. Auf dem Weg durch den Park wurden mir Drogen, Pillen und LSD angeboten. Entweder sah ich nicht wie ein Polizist aus, oder sie scherten sich nicht drum.

Auf der anderen Seite der Avenue B fingen die Nummern mit 300 an. Und die Straßenschilder lauteten nicht mehr St. Marks Place, sondern Achte Straße Ost.

Ich ging zurück durch den Park. In dem Haus St. Marks Place 130 war eine Bar. Ich ging hinein. Es war eine heruntergekommene Bruchbude, die nach verschüttetem Bier, Urin und ungewaschenen Leibern stank. Etwa ein Dutzend dieser Leiber waren anwesend, die meisten von ihnen an der Bar, ein paar an Tischen. Es wurde totenstill, als ich hereinkam. Ich sah wohl nicht so aus, als ob ich in diese Umgebung gehöre, und Gott soll mich davor bewahren, daß es je dazu kommt.

Als erstes sah ich im Telefonbuch nach. Vielleicht hatte ich die Nummer falsch notiert. Ihn fand ich aufgeführt. Burton Havermeyer, Hundertdritte Straße West, aber es gab keinen Havermeyer am St. Marks Place.
Ich hatte keine Münzen mehr. Der Barmixer gab mir Kleingeld. Die Kunden schien ich nicht mehr zu stören, nachdem sie gemerkt hatten, daß ich nichts von ihnen wollte.
Ich wählte die Nummer aus meinem Buch. Keine Antwort.
Ich ging hinaus und sah mir im Haus Nummer 112 die Namen auf den Briefkästen an, ohne Hoffnung, den Namen Havermeyer zu finden. Ich ging zurück in die Bar und rief dieselbe Nummer noch einmal an. Diesmal meldete sich nach dem vierten Läuten eine Knabenstimme. Ich dachte, ich hätte falsch gewählt, und fragte, ob das die Wohnung von Havermeyer sei. Die Antwort war ja.
Ich fragte nach Mrs. Havermeyer.
»Sie ist nebenan«, erwiderte er. »Ist's wichtig? Ich kann sie ja holen.«
»Mach dir keine Umstände«, wehrte ich ab. »Ich wollte nur sicher sein, daß ich die richtige Adresse habe für eine Lieferung. Wie ist die Hausnummer?«
»Zweizwölf.«
Er fing an, mir die Wohnungsnummer durchzusagen, aber ich erklärte ihm, daß ich den Straßennamen brauchte.
»St. Marks Place zweizwölf«, wiederholte er.
Ich durchlebte einen Augenblick, wie ich ihn aus Träumen kannte, wenn das schlafende Bewußtsein sich in einen unbegreiflichen Widerspruch verwickelt sieht und zu der Erkenntnis durchringt, daß es träumt. Ich sprach mit einem vorlauten Jungen, der darauf bestand, an einer Adresse zu leben, die es nicht gab. Wer weiß, vielleicht lebten er und seine Mutter mit den Eichhörnchen zusammen im Park.
»Zwischen welchen Straßen ist das?«
»Zwischen der Dritten und Vierten.«
»Wie bitte?«
»Unser Haus liegt zwischen Third und Fourth Avenue.«
»Das ist unmöglich«, widersprach ich.
»Was?«
Ich sah vom Telefon auf, halb darauf gefaßt, eine völlig veränderte Umgebung zu sehen, eine Mondlandschaft vielleicht. Der St.

Marks Place fing bei der Third Avenue an und verlief in östlicher Richtung. Zwischen Third und Fourth Avenue gab es keinen St. Marks Place.

»Wo?« fragte ich.

»Was? Hören Sie mal, ich hol lieber meine Mutter. Ich –«

»Warte! Bist du in Manhattan? In Brooklyn? In der Bronx? Wo bist du, Junge.«

»In Brooklyn.«

»Bist du sicher.«

»Klar bin ich sicher.« Er schien den Tränen nahe. »Wir wohnen in Brooklyn. Was wollen Sie eigentlich? Sind Sie nicht ganz bei Trost, oder was ist mit Ihnen los?«

»Schon gut«, beschwichtigte ich ihn. »Du hast mir sehr geholfen. Ich danke dir.«

Ich legte den Hörer auf und kam mir wie ein Idiot vor. Es gab gleiche Straßennamen in den fünf Distrikten. Ich hatte keine Ursache anzunehmen, sie lebten in Manhattan.

Ich versuchte, mir meine frühere Unterhaltung mit der Frau ins Gedächtnis zu rufen. Es hätte mir klarwerden müssen, daß sie nicht in Manhattan wohnte. »Er lebt in Manhattan«, hatte sie von ihrem Mann gesagt. So hätte sie sich nicht ausgedrückt, wenn sie selbst in Manhattan gewesen wäre.

Aber wie war dann mein Gespräch mit Havermeyer zu verstehen? »Ihre Frau lebt noch im Village«, hatte ich gesagt, und er hatte zugestimmt.

Vielleicht wollte er nur mit der Unterhaltung Schluß machen. Es war einfacher, mir zuzustimmen, als zu erklären, daß es in Brooklyn auch einen St. Marks Place gab.

Trotzdem . . .

In einem Buchladen sah ich in Hagstroms Taschenatlas nach und fand, was ich suchte.

Der St. Marks Place in Brooklyn erstreckte sich wie der in Manhattan über drei Häuserblöcke. Nach Osten, auf der anderen Seite der Flatbush Avenue, verläuft die Straße unter dem Namen St. Marks Avenue bis nach Brownsville.

Nach Westen zu hört St. Marks Place an der Third Avenue auf, genauso wie der andere St. Marks Place an der anderen Third Avenue in Manhattan. Aber jenseits der Third Avenue trägt der St. Marks Place in Brooklyn einen neuen Namen.

16

Es mußte um drei Uhr herum gewesen sein, als ich mit dem Jungen sprach. Es war zwischen halb sieben und sieben, als ich vor dem Eingang zu seinem Haus in der Hundertdritten Straße West stand. In den dazwischenliegenden Stunden war ich beschäftigt gewesen.

Ich läutete an einigen Wohnungen, aber nicht an seiner, und jemand drückte auf den Knopf, der die Haustüre automatisch öffnet, und ließ mich herein, ohne zu fragen, was ich wolle. Ich lauschte einen Moment vor Havermeyers Tür. Das Fernsehen war angestellt. Die Nachrichten waren zu hören.

Ich erwartete nicht, daß er durch die Tür schießen würde, aber als Wächter besaß er eine Pistole, und obwohl er die wahrscheinlich an seiner Arbeitsstelle ließ, war es sehr gut möglich, daß er zu Hause eine zweite Waffe hatte. Es wird einem eingetrichtert, sich neben die Tür zu stellen, wenn man anklopft, und das tat ich auch. Ich hörte, wie sich seine Schritte der Tür näherten, und dann seine Stimme, als er fragte, wer da sei.

»Scudder«, meldete ich mich.

Er öffnete die Tür. Er war in Zivil und ließ wahrscheinlich nicht nur die Pistole, sondern auch seine Uniform nach dem Dienst im Geschäft. Er hatte eine Bierdose in der Hand. Ich fragte, ob ich hereinkommen könne. Er reagierte sehr langsam darauf, aber schließlich nickte er und machte mir Platz. Ich trat ein und zog die Tür hinter mir zu.

»Noch immer hinter dem Fall her, he? Kann ich was für Sie tun?«

»Ja.«

»Gern. Wie steht's mit einem Bier?«

Ich schüttelte den Kopf. Er sah die Bierdose in seiner Hand an, machte dann die paar Schritte zum Tisch, stellte sie darauf und drehte sich zum Fernseher, um ihn abzustellen. Er blieb einen Augenblick unbeweglich stehen, und ich betrachtete aufmerksam sein Gesicht im Profil. Diesmal war er rasiert. Er wandte sich langsam um, als warte er auf das, was kommen mußte.

»Ich weiß, daß Sie sie umgebracht haben, Burt.«

Ich beobachtete seine tiefbraunen Augen. Er schien sich eine Widerrede zurechtzulegen, aber dann kam ein Augenblick, in dem er beschloß, sich nicht zu wehren. Es war etwas wie ein innerliches Zusammenklappen.

»Seit wann wissen Sie's?«
»Seit ein paar Stunden.«
»Als Sie Sonntag hier weggingen, war ich mir nicht klar, ob Sie's wußten oder nicht. Ich dachte, vielleicht spielt er Katz und Maus mit mir. Aber den Eindruck hatte ich eigentlich nicht. Ich hatte das Gefühl, wir verstünden uns gut. Wir waren zwei Expolizisten, zwei Männer, die aus persönlichen Gründen ihren Abschied genommen hatten. Es wäre auch möglich gewesen, daß Sie mir eine Rolle vorspielten, mir eine Falle stellen wollten, aber das Gefühl hatte ich nicht.«
»Das habe ich auch nicht getan.«
»Wie haben Sie es herausgefunden?«
»St. Marks Place. Sie haben nicht im Village gelebt, sondern in Brooklyn, drei Blocks von Barbara Ettinger entfernt.«
»Tausende von Leuten lebten ebenso nahe bei ihr.«
»Aber Sie ließen mich in der Meinung, Sie wohnten im Village. Hätte ich von Anfang an gewußt, daß Sie in Brooklyn gewohnt haben, wäre ich wahrscheinlich nie stutzig geworden. Brooklyn ist groß. Von einem St. Marks Place in Brooklyn wußte ich nichts, also hatte ich auch keine Ahnung, in welcher Verbindung er mit der Wyckoff Street stand. Er hätte in Sheepshead Bay sein können, in der Nähe von Ihrem Revier. Aber Sie logen mich an.«
»Bloß, um einer langen Erklärung aus dem Weg zu gehen«, wandte er ein. »Das beweist noch gar nichts.«
»Es hat mich veranlaßt, Sie genauer unter die Lupe zu nehmen. Und da kam ich auf eine andere Lüge. Ihre Frau und Sie hätten keine Kinder, haben Sie mir gesagt. Aber ich habe mit Ihrem Sohn heute nachmittag telefoniert, und später rief ich ihn nochmals an und fragte ihn nach dem Namen seines Vaters und wie alt er sei. Er muß sich gewundert haben, daß da jemand solche Fragen stellte. Er ist zwölf Jahre, also war er drei, als Barbara Ettinger ermordet wurde.«
»Und?«
»Sie brachten ihn immer zur Kinderkrippe in der Clinton Street.«
»Das ist Ihre Phantasie.«
»Nein.«
»Die Krippe existiert nicht mehr. Die haben schon vor Jahren zugemacht.«
»Aber als Sie aus Brooklyn wegzogen, war die Krippe noch in Betrieb. Haben Sie sich seither für sie interessiert?«

»Meine ehemalige Frau muß die Krippe erwähnt haben«, sagte er. Dann zuckte er mit den Achseln. »Ich bin da vielleicht mal vorbeigelaufen, wenn ich in Brooklyn war, um Danny zu besuchen.«
»Die Leiterin der Krippe lebt in New York. Sie kann sich an Sie erinnern.«
»Nach neun Jahren?«
»Sie sagt, ja. Und sie hat ihre Unterlagen aufgehoben. Die Bücher mit den Namen und Adressen der Kinder und Eltern und die Buchführung über die Zahlungen. Sie stopfte all das Zeug in eine Schachtel, als sie die Krippe schloß, hat sich aber dann nie die Mühe gemacht, die Sachen durchzusehen und das, was sie nicht mehr brauchte, wegzuwerfen. Heute hat sie die Schachtel geöffnet. Und sie erinnert sich an Sie. Sie hätten den Jungen immer hingebracht, hat sie gesagt. Ihrer Frau ist sie nie begegnet, aber an Sie erinnert sie sich.«
»Sie muß ein gutes Gedächtnis haben.«
»Sie waren meistens in Uniform. Es ist leicht, sich daran zu erinnern.«
Er sah mich an, ging dann zum Fenster und blickte in die Weite. Ich glaube nicht, daß er etwas wahrnahm.
»Wo haben Sie den Eispickel erstanden, Burt?«
Ohne sich umzudrehen, erwiderte er: »Ich brauche nichts zuzugeben. Ich brauche auch keine Fragen zu beantworten.«
»Natürlich nicht.«
»Selbst wenn Sie ein Polizist wären, brauchte ich nichts zu sagen. Und Sie sind kein Polizist. Sie haben keinerlei Berechtigung.«
»Alles völlig richtig.«
»Warum also soll ich dann auf Ihre Fragen antworten?«
»Sie haben es lange Zeit mit sich herumgetragen, Burt. Quält Sie das nicht? Das immer mit sich zu schleppen?«
»O Gott«, stieß er hervor. Er ließ sich auf einen Stuhl fallen. »Geben Sie mir das Bier rüber. Wollen Sie das für mich tun?«
Ich gab es ihm. Er fragte mich, ob ich wirklich keines wolle. Nein, danke, erwiderte ich. Er trank ein paar Schluck, und ich wiederholte meine Frage, wo er den Eispickel gekauft habe.
»In irgendeinem Laden. Ich weiß nicht mehr wo.«
»In der Nachbarschaft?«
»Ich glaube in Sheepshead Bay, aber ich bin nicht sicher.«
»Barbara Ettinger kannten Sie von der Krippe her.«

»Ich hatte sie schon in der Nachbarschaft gesehen, noch bevor ich Danny zur Krippe brachte.«
»Und Sie hatten ein Verhältnis mit ihr?«
»Wer hat das behauptet? Nein, ich hatte kein Verhältnis mit ihr. Ich hatte mit niemandem ein Verhältnis.«
»Aber Sie hätten gern was mit ihr angefangen?«
»Nein.«
Ich wartete, aber er ließ es bei dem Gesagten bewenden. »Warum haben Sie sie umgebracht, Burt?«
Er sah mich an, senkte dann den Blick und hob ihn wieder. »Sie können mir nichts beweisen.«
Ich zuckte die Achseln.
»Nichts können Sie beweisen. Und ich brauche Ihnen nichts zu sagen.« Er atmete tief. Ein Seufzer folgte. »Als ich die Potowski liegen sah, da hakte etwas in mir aus.«
»Wie meinen Sie das?«
»In mir ging etwas vor. Innerlich. Plötzlich hatte ich etwas im Kopf, und ich konnte es nicht mehr loswerden. Ich weiß noch, wie ich dastand und mir mit der Hand gegen die Stirn schlug.
Aber es ging mir nicht mehr aus dem Kopf.«
»Sie wollten Barbara Ettinger umbringen?«
»Nein, versuchen Sie nicht, für mich zu reden, ja? Lassen Sie mich meine eigenen Worte finden.«
»Verzeihen Sie.«
»Ich sah die Tote, aber ich sah nicht sie da am Boden. Ich sah meine Frau. So oft das Bild wieder vor mir stand, die Mordszene, sie so zu töten, ging mir nicht mehr aus dem Kopf.«
Er trank ein paar Schluck. Über den Rand der Bierdose hinweg sprach er weiter. »Ich hatte manchmal daran gedacht, sie umzubringen. Das erschien mir als der einzige Ausweg. Ich ertrug meine Ehe nicht mehr. Ich war allein, meine Eltern waren tot, Brüder und Schwestern hatte ich nicht, und ich glaubte, ich bräuchte einen Menschen. Und sie brauchte mich, das wußte ich. Aber ich irrte mich. Ich haßte es, verheiratet zu sein. Es lag mir wie eine Kette um den Hals, eine Kette, die würgt, die zu eng ist, an der man beinahe erstickt, und ich konnte sie mir nicht abreißen.«
»Warum haben Sie Ihre Frau nicht verlassen?«
»Wie konnte ich sie denn einfach verlassen? Wie hätte ich ihr das antun können? Was ist das für ein Mensch, der eine Frau wie sie verläßt?«

»Tag für Tag verlassen Männer ihre Frauen.«
»Sie verstehen nicht.« Er seufzte wieder. »Wo war ich? Ach ja. Ich dachte immer wieder daran, sie umzubringen. Ich grübelte darüber nach, aber sie hätten mich als ersten unter die Lupe genommen, das war klar, und dann hängen sie einem die Sache an, denn sie gehen immer zuerst auf den Ehemann los, und in neunzig Prozent der Fälle ist das auch der, der's getan hat. Sie zerpflücken dir deine Geschichte und zerpflücken dich, und was hat man dann gewonnen? Dann sah ich die Potowski, und ich sah, wie's zu machen war. Ich konnte sie töten, daß es so aussah, als sei der Eispickelmörder einmal mehr am Werk gewesen. Der Potowskifall wurde so behandelt, daß wir die ganze Sache ans Zentrum Süd abschoben. Keiner nahm sich den Ehemann vor oder setzte ihn unter Druck.«
»Und da beschlossen Sie, sie umzubringen.«
»Ja.«
»Ihre Frau.«
»Ja.«
»Was hatte dann Barbara Ettinger damit zu tun?«
»O Gott!« stieß er hervor.
Ich wartete.
»Ich hatte Angst, sie zu töten. Meine Frau, meine ich. Ich hatte Angst, es könnte etwas schiefgehen. Ich dachte, was geschieht, wenn ich anfange, es aber nicht zu Ende bringen kann? Den Eispickel hatte ich, und manchmal nahm ich ihn aus der Tasche und sah ihn an und – jetzt erinnere ich mich auch. In der Atlantic Avenue habe ich ihn gekauft. Keine Ahnung, ob der Laden noch existiert.«
»Das ist unwichtig.«
»Ich weiß. Ich stellte mir vor, wie es sein würde, wie ich beginnen würde, auf sie einzustechen, und dann nicht weiterkonnte. Das Bild verfolgte mich, es ging mir ständig im Kopf herum, ich war dem Wahnsinn nahe. Nicht nur nahe. Ich war wahnsinnig . . .« Er trank wieder von seinem Bier. »Ich habe sie zur Übung umgebracht«, gestand er.
»Barbara Ettinger.«
»Ja. Ich mußte sicher sein, daß ich es auch tun konnte. Es war eine Vorsichtsmaßnahme. Ein Mord mehr mit dem Eispickel in Brooklyn, und wenn sie dann meine Frau drei Blocks weiter ermordet fanden, war's eben wieder einer in der Reihe, einer mehr.

Möglich, daß sie irgend etwas finden würden, das den Fall von den echten Eispickelmorden unterschied, aber sie würden doch nicht den geringsten Grund haben, mich zu verdächtigen, eine Fremde wie die Ettinger umgebracht zu haben. Und dann würde meine Frau auf dieselbe Weise sterben, und ach – das alles redete ich mir selbst ein. Ich habe die Ettinger umgebracht, weil ich Angst hatte, meine Frau zu töten, und ich mußte jemanden töten.«
»Sie mußten jemanden töten?«
»Ich *mußte*.« Er saß auf dem Rand seines Sessels und beugte sich vor. »Ich kriegte es nicht aus dem Kopf. Wissen Sie, wie das ist, wenn einem etwas im Kopf herumgeht, und man kommt nicht davon los?«
»Ja ich weiß.«
»Ich wußte nicht, wer es sein sollte. Und dann, eines Tages, als ich Danny zur Kinderkrippe brachte, unterhielt ich mich mit ihr, wie wir das immer taten, und da kam mir die Idee, sie umzubringen, und die Idee paßte.«
»Wie meinen Sie das – ›die Idee paßte‹?«
»Sie gehörte ins Bild. Ich konnte sie mir vorstellen, auf dem Küchenboden. Ich fing an, sie zu beobachten. Wenn ich keinen Dienst hatte, lungerte ich in der Nachbarschaft herum und spürte ihr nach.«
Sie hatte es gefühlt, daß jemand ihr folgte, sie beobachtete. Und seit dem Mord an der Potowski hatte sie Angst gehabt, daß jemand ihr nachstellte.
»Ich entschied, daß man sie ruhig ermorden konnte. Sie hatte keine Kinder. Niemand war von ihr abhängig. Und sie war eine unmoralische Person. Sie flirtete mit mir, sie flirtete mit anderen Männern in der Krippe. Und wenn ihr Mann nicht da war, hatte sie Männerbesuche in ihrer Wohnung. Wenn etwas schiefging, dachte ich, und sie kamen drauf, daß es nicht der Eispickelmörder gewesen war, würde es genug andere Verdächtige geben. Auf mich würden sie niemals kommen.«
Ich fragte ihn nach dem Mordtag.
»Meine Tour war um Mittag herum vorbei an dem Tag. Ich ging zur Clinton Street hinüber und setzte mich in einem Café an die Theke, von wo aus ich ihr Haus beobachten konnte. Als sie früh wegging, folgte ich ihr. Ich stand auf der anderen Seite von ihrem Haus, als ein Mann hineinging. Ich kannte ihn. Ich hatte ihn früher schon gesehen.«

»Ein Schwarzer?«
»Schwarzer? Nein. Wieso?«
»Nur so.«
»Ich weiß nicht mehr, wie er aussah. Er blieb ungefähr eine halbe Stunde bei ihr, dann ging er weg. Ich wartete noch ein bißchen, aber dann, ich weiß selbst nicht wieso, war mir klar, daß dies der richtige Moment war. Ich stieg hinauf und klopfte an ihre Tür.«
»Und sie ließ Sie herein?«
»Ich zeigte ihr mein Schild. Und ich rief ihr in Erinnerung, daß sie mich von der Kinderkrippe her kenne und daß ich Dannys Vater sei. Sie ließ mich hineinkommen.«
»Und?«
»Ich will nicht darüber reden.«
»Sind Sie sicher, daß Sie nicht reden wollen?«
Er schien es sich zu überlegen, und dann sagte er: »Wir waren in der Küche. Sie machte Kaffee und stand mit dem Rücken zu mir. Ich hielt ihr meine Hand vor den Mund und stieß ihr den Eispickel in die Brust. Ich wollte sie direkt ins Herz treffen. Sie sollte nicht leiden. Ich stieß weiter zu, sie sank mir in die Arme, und ich ließ sie zu Boden gleiten.« Er sah mich mit seinen glänzenden Augen an. »Ich glaube, sie starb gleich. Sie war sofort tot.«
»Und Sie stießen weiter zu?«
»Wenn ich daran gedacht hatte, ich meine, bevor ich's tat, da hatte ich immer wie ein Wahnsinniger zugestochen, immer und immer wieder. Das Bild war in meinem Kopf, aber dann war es anders. Ich mußte mich zwingen, auf sie einzustechen. Mir wurde übel, ich dachte, ich würde mich übergeben müssen, und ich durfte doch nicht aufhören und hieb mit dem Eispickel weiter auf sie ein –« Er brach ab und rang nach Luft. Sein Gesicht war fahl. Er sah wie ein Geist aus.
»Beruhigen Sie sich, Burt.«
»Oh, du mein Gott!«
»Sie stachen sie nur in ein Auge.«
»Es war furchtbar«, bekannte er. »Ihre Augen waren weit offen. Ich wußte, daß sie tot war. Ich wußte, sie konnte nichts mehr sehen, aber diese Augen starrten mich an. Es war entsetzlich schwer, ihr ins Auge zu stechen. Einmal brachte ich es fertig, aber dann ging es einfach nicht mehr. Ich hab's versucht, aber ich konnte es einfach nicht mehr.«

»Und dann?«
»Ich ging weg. Niemand hat mich gesehen. Ich ging einfach aus dem Haus und die Straße hinunter. Du hast's getan, dachte ich, du hast sie umgebracht und bist davongekommen. Aber mir war nicht zumute, als wär ich davongekommen. Mir war so übel. Ich dachte an das, was ich getan hatte, und ich konnte einfach nicht glauben, daß das wirklich passiert war. Als die Sache dann in den Zeitungen stand und im Fernsehen gebracht wurde, konnte ich es nicht fassen, daß ich das getan haben sollte. Ich dachte, das muß jemand anders gewesen sein.«
»Aber Ihre Frau haben Sie nicht getötet.«
Er schüttelte den Kopf. »Ich wußte, daß ich nie mehr imstande sein würde, so etwas zu tun. Ich habe darüber nachgedacht, nicht einmal, hundertmal, und ich sage Ihnen, ich war nicht bei Verstand. Mrs. Potowski daliegen sehen, dieses Blut um ihre Augen, diese Wunden am ganzen Körper, da klinkte etwas bei mir aus. Ich wurde verrückt, buchstäblich verrückt, und ich blieb verrückt, bis Barbara Ettinger tot war. Danach war ich wieder in Ordnung, aber sie war tot.
Mir wurde plötzlich vieles klar. Verheiratet zu sein, das ertrug ich nicht mehr. Aber mir wurde zum ersten Mal klar, daß ich das auch nicht brauchte. Ich konnte von meiner Frau und Danny weggehen. Es wäre zu schrecklich, das könnte ich nicht tun, hatte ich immer gedacht, aber ich hatte sie ja sogar umbringen wollen, ich hatte tatsächlich einen Menschen umgebracht, und das war hundertmal schlimmer als alles, was ich ihr sonst antun könnte, als sie zu verlassen.«
Ich ging die ganze Geschichte noch einmal mit ihm durch und klärte ein paar Punkte. Er trank sein Bier aus, holte sich aber kein neues mehr. Ich hatte Durst, aber Bier wollte ich nicht, und ich wollte auch nicht mit ihm trinken. Ich haßte ihn nicht, aber mit ihm trinken wollte ich doch nicht.
Er unterbrach das Schweigen. »Nichts davon läßt sich beweisen. Es spielt keine Rolle, was ich Ihnenn erzählt habe. Es gibt keine Zeugen und keine Beweise.«
»Es kann Leute geben, die Sie in der Nachbarschaft gesehen haben.«
»Und die sich nach neun Jahren noch daran erinnern? Und sich erinnern, an welchem Tag?«
Er hatte natürlich recht. Ich konnte mir keinen Staatsanwalt

vorstellen, der auch nur versuchen würde, Anklage zu erheben. Es ließ sich kein Fall daraus konstruieren.

»Warum ziehen Sie sich nicht Ihren Mantel an, Burt?«

»Wozu?«

»Wir gehen hinunter zum Achtzehnten Revier und reden mit einem Polizisten, einem gewissen Fitzroy. Dem erzählen Sie, was Sie mir erzählt haben.«

»Das wäre doch der Gipfel der Dummheit.«

»Wieso?«

»Ich brauche bloß so weiterzumachen wie bisher. Alles, was ich tun muß, ist, das Maul zu halten. Kein Mensch kann mir irgend etwas beweisen.«

»Das stimmt vermutlich.«

»Und da sagen Sie, ich soll gestehen.«

»Das sage ich, jawohl.«

Sein Gesichtsausdruck war der eines Kindes. »Warum?«

Um die Sache abzuschließen, dachte ich. Schön ordentlich, wie sich das gehörte. Um Frank Fitzroy zu zeigen, daß er recht gehabt hatte mit der Bemerkung, ich wäre vielleicht imstande, den Fall zu lösen.

»Ihnen würde wohler sein«, sagte ich.

»Das ist ja zum Lachen.«

»Wie fühlen Sie sich jetzt, Burt?«

»Wie ich mich fühle?« Er überlegte sich die Frage, und dann, als sei er überrascht von seiner Antwort: »Ich fühle mich gut.«

»Besser als Sie sich seit Sonntag gefühlt haben?«

»Ich glaube, ja.«

»Sie haben nie mit einem Menschen darüber gesprochen. Habe ich recht?«

»Natürlich nicht.«

»Neun Jahre lang zu niemandem gesprochen. Sie haben wahrscheinlich nicht oft darüber geredet. Das ist eine lange Zeit, um es mit sich herumzutragen.«

»O Gott.«

»Was sie mit Ihnen machen werden, weiß ich nicht, Burt. Sie brauchen vielleicht überhaupt nicht zu sitzen. Sie haben neun Jahre mit Ihrem Wissen gelebt, und Sie könnten vielleicht weiter damit leben. Aber wollen Sie das wirklich? Wollen Sie nicht lieber reinen Tisch machen?«

»Oh, mein Gott!« Er legte den Kopf in beide Hände. »Ich bin ganz

durcheinander.«
»Es wird alles gut werden.«
»Mein Bild wird in die Zeitungen kommen. In den Nachrichten werden sie von mir reden. Das wird doch alles entsetzlich für Danny sein.«
»Jetzt müssen Sie in erster Linie an sich denken.«
»Ich werde meine Stellung verlieren. Was soll dann aus mir werden?«
Darauf antwortete ich nicht. Ich wußte nicht, was ich hätte sagen können.
»Also los«, sagte er plötzlich.
»Bereit zu gehen?« fragte ich.
»Es wird das beste sein.«
Auf dem Weg zum Polizeirevier gab er zu: »Ich ahnte es schon am Sonntag. Ich wußte, Sie würden in der Vergangenheit herumstöbern und nicht aufgeben, bis Sie drauf kamen, daß ich es gewesen bin. Schon am Sonntag hätte ich Ihnen am liebsten alles gesagt.«
»Ich hatte Glück. Rein zufällig kam ich zum St. Marks Place, und ich dachte an Sie und hatte nichts Besseres zu tun, als mir das Haus anzusehen, in dem Sie früher gewohnt hatten. Aber die Nummern hörten bei hundertzweiunddreißig auf.«
»Wär's nicht der Zufall gewesen, hätte Sie ein anderer auf die Spur gebracht. Der Verlauf war vorgezeichnet von dem Moment an, in dem Sie in meiner Wohnung erschienen. Vielleicht war er vorgezeichnet von dem Moment an, in dem ich sie umbrachte. Manche Leute begehen einen Mord und kommen ungestraft davon, aber zu denen scheine ich nicht zu gehören.«
»Keiner kommt ungestraft davon. Manche werden nur nicht erwischt.«
»Ist das nicht dasselbe?«
»Sie sind neun Jahre nicht erwischt worden. Aber sind Sie ungestraft davongekommen?«
Knapp bevor wir an unserem Ziel ankamen, sagte ich: »Da ist ein Punkt, den ich nicht verstehe. Wieso haben Sie gedacht, es würde leichter sein, Ihre Frau umzubringen, als sie zu verlassen? Sie haben mehrmals bemerkt, es wäre eine furchtbare Sache, eine Frau wie sie zu verlassen, daß das verachtungswürdig sei, aber eine Menge Männer und Frauen verlassen einander. Was war in Ihrem Fall so besonders?«
»Ach so. Sie wissen es nicht.«

»Was weiß ich nicht?«
»Sie haben sie nicht gesehen. Sie sind doch heute nachmittag nicht zu ihr hinausgegangen, oder doch?«
»Nein.«
(»Ich sehe ihn nie . . . Ich sehe meinen früheren Mann nie . . . Ich sehe meinen Mann nicht, und ich sehe den Scheck nicht. Verstehen Sie?«)
»Die Potowski mit den Augen, die durch all das Blut starrten – als ich das sah, war es so ein Schock, ich kam nicht darüber weg. Aber Sie können das nicht verstehen, weil Sie sie nicht kennen.«
Die Antwort lag in der Luft. Sie war greifbar, ich hätte sie erfassen müssen, aber mein Verstand nahm sie nicht wahr.
»Meine Frau ist blind«, sagte er.

17

Es wurde spät an diesem Abend, obwohl die Fahrt zur Zwanzigsten Straße hinunter nur wenig Zeit in Anspruch nahm. Wir nahmen ein Taxi, und Burton Havermeyer und ich unterhielten uns über irgend etwas, aber worüber, das weiß ich nicht mehr. Ich begleitete Havermeyer zum Revier und stellte ihn Frank Fitzroy vor. So weit war ich in der Sache behilflich. Ich war weder der Polizist, der einen Verdächtigen verhaftet hatte, noch hatte ich in irgendeiner amtlichen Funktion gehandelt oder hatte überhaupt offiziell irgend etwas mit dem Fall zu tun. Meine Anwesenheit war nicht nötig, als ein Stenograph Havermeyers Geständnis niederschrieb.
Fitzroy nahm sich die Zeit, mit mir an die Ecke zu gehen und mir bei P. J. Reynolds einen Drink zu spendieren.
Ich war nicht sehr erpicht darauf, mich von ihm einladen zu lassen. Ich verlangte nach einem Drink, aber ich wollte ebensowenig mit ihm trinken wie mit Burt Havermeyer. Ich fühlte mich abgeschnitten von allem und jedem, ganz eingeschlossen in mich selbst, wo tote, blinde Frauen nicht an mich heran konnten.
Die Getränke kamen, und er sagte: »Das war gute Arbeit, Matt.«

»Ich hatte Glück.«
»Diese Art Glück hat man nicht, das verschafft man sich. Daß du überhaupt auf Havermeyer gekommen bist, war schon allerhand.«
»Glück. Die anderen beiden Polizisten vom Einundsechzigsten waren tot. Er war übrig.«
»Du hättest dich ja mit ihm telefonisch unterhalten können, aber etwas veranlaßte dich, ihn aufzusuchen.«
»Weil ich nichts Besseres vorhatte. Das war die Veranlassung.«
»Und dann hast du ihm Fragen gestellt, er hat darauf mit Lügen geantwortet, und die haben ihn dir ins Netz getrieben.«
»Ich war bloß zur richtigen Zeit am richtigen Platz und sah zufällig auf das richtige Ladenschild, als die richtigen zwei Polizisten an mir vorbeispazierten.«
»Ach Scheiße«, war seine Reaktion. Er winkte dem Barmixer. »Mach dich selbst klein, wenn du willst.«
»Gar nicht, aber ich finde, daß ich nichts getan habe, um mir eine Beförderung zum Chef der Detektivabteilung zu verdienen.«
Der Barmixer kam an den Tisch, Fitzroy bedeutete ihm, unsere Gläser nachzufüllen, und ich ließ ihn ruhig auch für diese Runde, wie schon für die erste, zahlen.
»Eine offizielle Anerkennung deiner Leistung in dieser Sache wird es nicht geben, Matt. Das weißt du doch.«
»Das ist mir auch lieber.«
»Der Presse werden wir sagen, sein Gewissen habe ihm zu schaffen gemacht, als Pinell verhaftet und der Fall wieder eröffnet wurde. Er hat sich mit dir, auch einem ehemaligen Polizisten, beraten und sich dann entschlossen, sich zu stellen und ein Geständnis abzulegen. Wie klingt das?«
»Klingt wie die Wahrheit.«
»Es ist nicht die ganze Wahrheit, strenggenommen. Wie ich gesagt habe, offiziell wird nichts darüber geäußert werden, aber das Polizeikorps wird wissen, was wirklich davon zu halten ist. Verstehst du, was ich meine?«
»Was soll mir das?«
»Du könntest dir keinen besseren Passierschein zurück zum Polizeidepartment wünschen. Das meine ich. Ich habe mit Eddie Koehler vom Sechsten Revier gesprochen. Du kannst ohne jede Schwierigkeit wieder eintreten.«
»Es liegt mir aber nichts daran.«
»Daß du so antworten würdest, hat er mir gleich gesagt. Bist du so

sicher? Gut, du bist ein Einzelgänger, du bist nicht zufrieden mit der Welt, du hast das da« – er deutete auf mein Glas – »öfter in der Hand, als ratsam ist, aber du bist ein Polizist, Matt, und das bist du geblieben, auch nachdem du dein Schild zurückgegeben hast.«

Ich schwieg einen Moment, nicht um mir seinen Vorschlag zu überlegen, sondern um meine Antwort abzuwägen. »Einerseits hast du recht, aber andererseits irrst du dich. Ich habe aufgehört, ein Polizist zu sein, *bevor* ich die Uniform an den Nagel gehängt habe.«

»Wegen des Kindes, das da starb?«

»Nicht deswegen allein. Man ändert sich, und damit ändert sich auch das Leben für einen.«

»Na schön«, sagte er schließlich. Erst herrschte Schweigen zwischen uns, dann fanden wir ein anderes Thema, das um weniger persönliche Dinge ging. Wir tranken eine dritte Runde, und auch für die ließ ich ihn zahlen, und dann ging er zurück in sein Büro, und ich nahm ein Taxi und fuhr heim. Im Hotel lagen keine Nachrichten für mich vor. Ich ging um die Ecke zu Armstrong, und damit fing ein langer Abend an.

Ich trank meinen Bourbon im Kaffee, ließ mir Zeit dabei und nahm es gemütlich. Ich sprach mit dem oder jenem, dachte aber auch viel nach und ließ den abgelaufenen Tag wie einen Film vor mir abrollen. Irgendwann einmal rief ich bei Jan an und wollte ihr berichten, was sich ereignet hatte. Es war besetzt. Entweder sprach sie mit jemandem, oder sie hatte wieder den Hörer ausgehängt. Diesmal bat ich die Zentrale nicht, die Verbindung zu kontrollieren.

Ich trank vernünftig, zur Abwechslung. Nicht so viel, daß mein Verstand versagte und mein Erinnerungsvermögen erlosch, aber genug, um mir einen traumlosen Schlaf zu bringen.

Als ich am nächsten Tag in die Pine Street kam, wußte Charles London schon Bescheid. Die Morgenzeitungen brachten die ganze Geschichte. Ihre Berichte waren ungefähr so, wie ich es nach Fitzroys Erklärung erwartet hatte. Ich wurde erwähnt als der ehemalige Polizist, dem Havermeyer gestanden und der ihn begleitet hatte, so daß er sich selbst stellen und den Mord an Barbara Ettinger gestehen konnte.

London sah trotzdem nicht so aus, als freue ihn mein Anblick. »Ich muß mich bei Ihnen entschuldigen«, bemerkte er. »Ich war

zu der Überzeugung gekommen, daß Ihre Untersuchungen für einige Leute schlimme Folgen haben könnten. Ich dachte –«
»Ich weiß, was Sie dachten.«
»Wie sich gezeigt hat, war meine Einstellung falsch. Ich mache mir immer noch Gedanken über das, was beim Prozeß alles aufgerührt werden könnte, aber vielleicht kommt es gar nicht zu einem Prozeß.«
»Sie brauchen sich keine Sorgen zu machen über das, was womöglich herauskommen könnte«, beschwichtigte ich ihn. »Ihre Tochter hätte kein schwarzes Baby zur Welt gebracht.« Er sah aus, als hätte ihn jemand geohrfeigt. »Sie war von ihrem Mann schwanger. Möglich, daß sie ein Verhältnis hatte, schon um sich an ihrem Mann für sein Benehmen zu rächen, aber es gibt keinerlei Anzeichen dafür, daß es sich um Rassenmischung gehandelt hat. Das hat Ihr früherer Schwiegersohn erfunden.«
»Ich verstehe.« Er machte die paar Schritte zum Fenster und vergewisserte sich, daß der Hafen noch da war. Dann wandte er sich zu mir um und bemerkte: »Es ist ja noch alles gut ausgegangen, Mr. Scudder. Barbaras Mörder hat seinen Richter gefunden. Der Gerechtigkeit ist Genüge getan. Ich brauche nicht mehr nachzugrübeln, wer sie umgebracht hat oder warum. Ja, ich glaube, man kann ruhig sagen, es ist gut ausgegangen.«
Wenn er das fand, war das seine Sache. Ich war nicht so sicher, daß es die Gerechtigkeit war, die nun im Fall Havermeyer waltete, wie immer sich sein Leben in Zukunft gestalten würde. Ich wußte nicht so recht, was Gerechtigkeit mit dem Elend zu tun hatte, das für Havermeyers Sohn und seine blinde ehemalige Frau gerade erst begann. Und wenn London auch der Verdacht, Douglas Ettinger habe Barbara umgebracht, nicht mehr zu quälen brauchte, konnte das, was er über Ettingers Charakter erfahren hatte, kaum sehr beruhigend auf ihn wirken.
Ich dachte auch an die Risse, die in Ettingers zweiter Ehe bereits zu entdecken waren, und ich fragte mich, wie lange die Blonde mit ihrem sonnengebräunten Gesicht und der gepflegten Frisur wohl ihren Platz in dem Fotowürfel auf seinem Schreibtisch behaupten würde. Würde er weiter für seinen zweiten Schwiegervater arbeiten können, falls die Ehe kaputtging?
Schließlich dachte ich darüber nach, wie sich die Einstellung der Menschen ändern konnte, je nach den Tatsachen, denen sie sich gegenübergestellt sahen. Zu Beginn hatte London geglaubt, seine

Tochter sei völlig grundlos ermordet worden, und er hatte sich damit abgefunden. Dann mußte er annehmen, es habe ein Grund für den Mord vorgelegen und ihr Mörder sei vielleicht jemand, der sie gut kannte. Auch damit hatte er sich abgefunden. Jetzt stand fest, daß sie von einem beinahe Fremden aus einem Grund, der nichts mit ihr zu tun hatte, getötet worden war. Ihr Tod war eine Generalprobe für einen anderen Mord gewesen, und durch ihren Tod hatte sie das Leben des vorgesehenen Opfers gerettet. Man konnte das als Teil eines großen vorgezeichneten Plans oder als einen Beweis dafür ansehen, daß die Welt verrückt war. Wie auch immer, London würde sich ganz sicher auch damit abfinden.

Bevor ich ging, gab er mir einen Scheck über tausend Dollar. Das sei ein Bonus, sagte er und bestand darauf, daß ich ihn nahm. Ich widersprach nicht. Wenn einem Geld angeboten wird, an das keine Bedingungen geknüpft sind, soll man es nehmen und in die Tasche stecken. Ich war innerlich noch Polizist genug, um mich an diese Devise zu erinnern.

Um Mittag herum rief ich bei Jan an, aber sie meldete sich nicht. Später am Nachmittag versuchte ich es wieder, dreimal, aber es war immer besetzt. Gegen sechs Uhr erreichte ich sie schließlich.

»Es ist schwer, dich zu erwischen«, sagte ich.

»Ich war weg, und später habe ich telefoniert.«

»Ich war auch unterwegs.« Ich erzählte ihr, was sich alles ereignet hatte, seit ich sie am gestrigen Nachmittag verlassen hatte mit dem Wissen, daß Havermeyers Junge, Danny, eines der Kinder in der Krippe gewesen war. Ich sagte ihr, warum Barbara Ettinger ermordet worden war, und ich sagte ihr auch, daß Havermeyers Frau blind sei.

»Lieber Gott«, war ihre Reaktion.

Wir unterhielten uns noch über andere Dinge, und ich fragte sie, ob sie für den Abend etwas vorhabe. »Mein Klient hat mir tausend Dollar gegeben, für die ich keinen Finger krumm gemacht habe, und davon möchte ich erst mal etwas leichtsinnig verprassen, bevor ich den Rest für notwendige Ausgaben vergeude.«

»Heute abend geht's leider nicht«, erwiderte sie. »Ich war gerade dabei, mir einen Salat zu machen.«

»Möchtest du in irgendeine Bar gehen, wenn du mit deinem Salat fertig bist?«

Es entstand eine Pause. Nach ein paar Augenblicken sagte sie: »Es ist so, Matthew, ich habe schon etwas vor heute abend.«
»Oh.«
»Keine Verabredung mit einem Mann. Ich gehe zu einem Meeting.«
»Einem Meeting?«
»Ja, zu einem Meeting der Anonymen Alkoholiker. Matthew, ich bin eine Alkoholikerin. Ich muß mir das klarmachen, und ich muß damit fertig werden.«
»Ich hatte nicht den Eindruck, daß du so viel trinkst.«
»Es kommt nicht darauf an, wieviel man trinkt, sondern was es für Folgen hat. Ich habe manchmal plötzliche Bewußtseinsstörungen. Ich habe mich verändert. Ich nehme mir fest vor, ich werde nicht trinken, und dann tue ich es doch. Ich sage mir: ein Glas, nicht mehr, und am nächsten Morgen sehe ich, daß die Flasche leer ist.«
»Du hast's doch schon früher mit den Anonymen Alkoholikern versucht.«
»Das stimmt.«
»Und es hat nichts genützt.«
»Es hat genützt. Bis ich wieder angefangen habe zu trinken. Diesmal will ich es durchhalten.«
Ich antwortete nicht gleich. »Das ist sehr gut.«
»Findest du das wirklich?«
»Wirklich«, sagte ich, und ich meinte es auch. »Es ist fabelhaft. Es nützt vielen Leuten, das weiß ich, und ich sehe nicht ein, warum es bei dir nicht auch nützen soll. Du gehst heute abend zu einem Meeting dieser Anonymen Alkoholiker?«
»Ja. Ich war auch heute nachmittag bei einem.«
»Ich dachte, die fänden nur am Abend statt.«
»Nein, diese Meetings sind durchgehend und in allen Teilen der Stadt.«
»Und wie oft mußt du da hingehen?«
»Man muß überhaupt nichts. Sie empfehlen dir, neunzig Meetings in den ersten neunzig Tagen zu besuchen, aber man kann auch zu mehr gehen. Ich habe eine Menge Zeit. Ich kann oft gehen. Nach dem Meeting heute nachmittag habe ich mit jemandem telefoniert, den ich noch vom letzten Mal kenne, als ich da war. Wenn ich zu dem Meeting heute abend gehe, bin ich durch den Tag gekommen und habe zumindest schon mal einen Tag

nüchtern geschafft. So muß man's machen, verstehst du? Immer nur einen Tag auf einmal bewältigen.«

»Großartig.« Ich wischte mir den Schweiß von der Stirn. Es wird warm in diesen Telefonzellen, wenn die Tür geschlossen ist. »Wann sind die Meetings zu Ende? Um zehn oder um halb elf?«

»Um zehn.«

»Na, da könnte –«

»Aber dann geht man meistens noch einen Kaffee trinken.«

»Wenn ich so gegen elf Uhr vorbeikäme, oder auch später.«

»Besser nicht, Matthew. Ich will's diesmal ernsthaft probieren, und ich will nicht Sabotage gegen mich selbst betreiben.«

»Ich wollte nicht hinüberkommen, um mit dir zu trinken, Jan.«

»Ich weiß, Matt.«

»Oder in deiner Gegenwart. Ich werde keinen Tropfen anrühren, solange ich mit dir zusammen bin. Das ist wirklich kein Problem.«

»Weil du jederzeit aufhören kannst, wenn du willst.«

»Ich kann mich ganz bestimmt zurückhalten, solange wir zusammen sind.«

Wieder eine Pause. Als sie sprach, hörte ich ihrer Stimme an, wie schwer ihr der Entschluß fiel. »Es ist nicht so einfach, Matt, Liebster. Eine Mahnung, die sie immer wiederholen, ist, daß wir keine Macht haben über Umstände und Leute.«

»Das verstehe ich nicht.«

»Es heißt, man soll allem aus dem Weg gehen, was das Verlangen nach einem Drink in einem verstärken könnte.«

»Und dazu gehöre auch ich?«

»Ja, Matt. Es tut mir leid.«

Ich öffnete die Tür ein wenig, um etwas Luft hereinzulassen. »Soll das heißen, daß wir uns nie mehr sehen werden?«

»Mein Gott!«

»Sag mir nur, wie es werden soll. Damit ich's begreife.«

»Ich kann jetzt an so einen weitgehenden Begriff wie ›nie mehr‹ nicht denken, Matt. Ich kann nicht einmal daran denken, ›nie mehr‹ zu trinken. Man soll einen Tag nach dem anderen bewältigen. Laß uns nur von heute reden.«

»Heute willst du mich nicht sehen?«

»*Natürlich* möchte ich dich gern sehen, Matt! Also gut, wenn du so gegen elf Uhr herüberkommen willst –«

»Nein.«

»Was – nein?«
»Ich habe nein gesagt. Du hast von Anfang an recht gehabt, und ich hätte dich nicht so unter Druck setzen sollen. Ich bin wie mein Klient. Ich muß mich erst mit den neuen Tatsachen abfinden. Aber meiner Meinung nach handelst du richtig.«
»Ist das wirklich deine Meinung?«
»Ja. Und wenn ich jemand bin, den du besser meidest, dann ist es gescheiter, du tust das jetzt. Falls es uns bestimmt ist, später wieder zusammenzukommen, wird das auch geschehen.«
Pause. Dann: »Ich danke dir, Matthew.«
Wofür? Ich verließ die Telefonzelle und ging hinauf in mein Zimmer. Ich zog ein frisches Hemd an, wechselte die Krawatte und leistete mir ein sehr gutes Steak bei Slate. Das ist ein Lokal, in dem die Polizisten vom John College und vom Revier Zentrum-Süd verkehren, aber ich hatte Glück und sah niemanden, den ich kannte. Ich saß allein und hatte vor dem ausgezeichneten Essen einen Martini und nachher einen Kognak.
Ich ging zurück zur Ninth Avenue und kam an der St. Pauls Kirche vorbei. Um diese Zeit war die Kirche selbst geschlossen. Ich stieg die schmale Treppe zum Untergeschoß hinunter.
In dem Viertel, in dem man lebt, kennt man sich aus und weiß auch über Dinge Bescheid, die einen nicht weiter interessieren. Ich blieb vor der Tür zu dem kleineren Saal einen Moment stehen. Mir war etwas wirr im Kopf, und ich empfand einen leichten Druck in der Brust. Das mußte vom Kognak kommen. Kognak ist ein starkes Getränk, und ich bin nicht daran gewöhnt, trinke es nur selten.
Ich öffnete die Tür und sah in den Raum. Ein paar Dutzend Leute auf Klappstühlen. Ein Tisch mit einer Kaffeemaschine und einem Haufen Plastikbechern. An die Wand waren ein paar Sprüche geklebt. NUR MIT DER RUHE, ALLES LÄSST SICH SCHAFFEN. Die idiotischen Weisheiten aller Zeiten.
In so einem Saal wie diesem saß sie wahrscheinlich auch, in einem anderen Stadtteil. Unten in einer Kirche, in Soho vielleicht. Viel Glück, meine Dame.
Ich trat zurück, ließ die Tür zufallen und ging wieder die Treppe hinauf. Ich hatte eine Vision, wie die Türe sich hinter mir öffnete, wie die Leute herausgestürzt kamen, mich packten und wieder zurückzerrten. Nichts dergleichen geschah.
Den Druck in der Brust war ich noch nicht los.

Das mußte der Kognak sein. Besser, sich nicht mehr damit einzulassen. Bleib bei dem, woran du gewöhnt bist, sagte ich mir. Bleib bei Bourbon.

Ich ging zu Armstrong. Ein bißchen Bourbon würde den Druck lindern. Ein bißchen Bourbon war imstande, fast alles zu lindern.

Stanley Ellin

Stanley Ellin, geboren 1916 in New York, arbeitete nach dem Studium in verschiedenen Berufen. Nach dem Zweiten Weltkrieg wurde er freier Schriftsteller.
Die Romane und Erzählungen des »Meisters des sanften Schreckens« haben ihm internationalen Ruhm eingetragen. Siebenmal wurde er mit dem Edgar-Allan-Poe-Preis ausgezeichnet, und 1975 erhielt er den »Grand Prix de la Littérature Policière«. Seine Werke wurden von Regisseuren wie Claude Chabrol, Joseph Losey und Alfred Hitchcock verfilmt.
Ellin hat sich vor allem mit seinen makaber-bösen Stories einen Namen gemacht, z. B. mit *Die Segensreich-Methode* oder *Die Spezialität des Hauses*. Er schuf damit ein völlig neues, psychologisch äußerst subtiles Genre des Kriminalromans.
Ellin starb am 31. Juli 1986 in New York.

Von Stanley Ellin sind erschienen:

Der Acht-Stunden-Mann
Im Kreis der Hölle
Die Millionen des Mr. Valentin
Nagelprobe mit einem Toten
Die schöne Dame von nebenan
Spezialitäten des Hauses
Die Tricks der alten Dame
Der Zweck heiligt die Mittel